MUSE DE SORCIÈRE

LES SORCIÈRES DE KEATING HOLLOW, TOME 9

DEANNA CHASE

Traduction par
VIVIANE FAURE

RÉSUMÉ DU LIVRE

Wanda Danvers est toujours partante pour faire la fête. Elle impose ses conditions et ne se laisse pas dicter sa conduite. Sa vie amoureuse ne fait pas exception, même si elle fréquente le beau et talentueux Cameron Copeland. Mais avant que leur relation ne prenne vraiment son envol, sa jeune demi-sœur débarque sur le pas de sa porte à la recherche d'un toit. Maintenant, avec une adolescente à sa charge, les sorties en amoureux deviennent plus compliquées. Soudain, Cameron lui demande de s'engager... une requête à laquelle Wanda s'était juré de ne jamais céder.

Cameron Copeland sait ce qu'il veut. Et ce qu'il veut, c'est Wanda Danvers. Il est prêt à vivre en couple, mais comment convaincre la femme de ses rêves, allergique à tout engagement, qu'il est parfaitement sérieux ? D'autant plus qu'il voyage constamment pour son travail. Ajoutez à cela une ado à problèmes et Cameron n'est pas sorti de l'auberge ! Mais alors qu'il s'apprête à prouver à Wanda qu'il en vaut la peine, il reçoit à son tour une visite surprise. Cameron et Wanda se

laisseront-ils submerger ou trouveront-ils un moyen de fonder
une famille ensemble ?

CHAPITRE 1

— Tu portais *quoi* quand ses parents sont entrés ?
s'écria Abby Townsend.

Une mèche de ses longs cheveux blonds tomba de son chignon mal fait alors qu'elle rejetait la tête en arrière en éclatant de rire.

— Une nuisette transparente, répondit Wanda avec une grimace.

Elle n'arrivait toujours pas à croire que les parents de Cameron se soient pointés pendant qu'elle attendait dans sa chambre à l'Auberge de Keating Hollow, prête à lui faire tourner la tête. C'était un scénariste qui était récemment venu à Keating Hollow pour travailler sur son dernier projet. Lui et Wanda avaient passé deux semaines intenses après leur rencontre, et puis il était reparti pour travailler sur son dernier film. Mais il lui avait envoyé un SMS pour la prévenir qu'il serait de retour en ville ce soir-là, et elle avait décidé de reprendre les choses pile là où ils s'étaient arrêtés... Sauf que ses parents l'avaient bloquée dans ses projets.

— C'est la première fois que je rencontre les parents d'un homme avec mes tétons bien en vue.

— Oh, par les dieux.

Abby colla une main devant sa bouche et secoua la tête, des larmes de rire dans ses yeux bleus.

— C'est une méthode pour faire une première impression inoubliable. Qu'est-ce que tu as fait ?

— À ton avis ?

Wanda prit une longue gorgée de sa bière et fixa le ciel empli d'étoiles. Quand elle s'était enfuie de l'auberge, elle était partie tout droit chez Abby et l'avait convaincue de venir faire un tour dans sa voiturette de golf. En temps normal, elles auraient fait le tour de la ville avec Prince à fond dans les haut-parleurs, mais cette fois, elles s'étaient retrouvées au bord de la rivière pour discuter. Wanda buvait une bière et Abby, future maman, de l'eau pétillante.

— Je n'imagine même pas. Je me serais cachée sous la couverture en priant pour que le lit m'avale et me fasse disparaître.

Wanda rit jaune.

— Ça aurait pu le faire. Au lieu de ça, j'ai bondi hors du lit et je me suis étalée par terre de tout mon long. Ensuite de quoi, je suis calmement allée dans la salle de bain, je me suis habillée, et je suis partie la tête haute.

— Oh, Wanda, dit Abby en lui jetant un regard amusé mais empathique. C'est… horrible, et ultra drôle tout à la fois.

— Je sais.

Wanda poussa un soupir.

— Maintenant je vais devoir me cacher jusqu'à ce que Cameron quitte la ville. Comment se présente ta chambre d'amis ?

— Elle est pleine d'affaires de bébé, répondit Abby en

posant les mains sur son ventre à peine renflé. Clay et moi sommes peut-être un peu enthousiastes.

Ses yeux pétillèrent et même au clair de lune, il était impossible de ne pas voir qu'elle était radieuse. Wanda était ravie de voir sa meilleure amie aussi heureuse. Elle et Clay étaient en couple à l'époque du lycée, mais ils avaient été séparés plus de dix ans quand ils avaient tous deux quitté la ville après le décès de leur amie Charlotte Pelsh. Sa mort avait été tragique et Abby, en particulier, ne l'avait pas bien prise. Mais Clay et elle étaient revenus à Keating Hollow et ils s'étaient retrouvés. Cela n'avait été facile ni pour l'un ni pour l'autre, mais ils étaient le couple le plus amoureux que Wanda ait jamais connu. Ils étaient tout ce qu'on pourrait souhaiter dans une relation. Sauf que Wanda n'avait jamais eu envie de se marier. Elle avait toujours été ravie d'être célibataire. Jusqu'à ce que Cameron Copeland se pointe.

Ce type lui faisait de l'effet. Il était sexy, drôle et facile à vivre. Et parfait pour elle. Son travail l'obligeait à voyager, ce qui voulait dire qu'il avait sa vie et qu'elle avait la sienne. Ils se retrouvaient quand il était en ville et quand il partait, il lui manquait bien sûr, mais elle appréciait aussi d'avoir du temps pour elle et de n'avoir de comptes à rendre à personne.

Indépendance aurait pu être le second prénom de Wanda.

— Je peux te préparer une fête de pré-naissance, ou bien tes sœurs s'en occupent ? demanda-t-elle à Abby. Tu sais que j'adore les fêtes.

Abby lui adressa un grand sourire.

— Ça serait super. Je crois que Noel est bien occupée avec ma nièce, alors je ne pense pas qu'elle ait prévu quoi que ce soit de ce côté-là. Mais vérifie avec Yvette et Faith. Elles m'ont sondée sur les achats dont nous avons besoin, alors elles complotent sans doute quelque chose.

— Ça marche.

Wanda n'avait jamais voulu avoir d'enfants, mais elle adorait gâter la progéniture des sœurs Townsend. Elle était ravie de jouer les tatas cool dans cette famille dont elle avait toujours eu le sentiment de faire un peu partie.

— J'ai envie d'une glace, déclara soudain Abby. Non. Oublie ça. Démarre la voiturette, et allons à la brasserie. Il y a un sundae avec des morceaux de brownie tièdes au menu, et je peux l'entendre qui m'appelle.

— De la bière et des brownies ? Là on parle.

Wanda fit ce que son amie demandait et cette fois, elle choisit « 1999 » de Prince quand elle alluma la musique. Alors que la voiturette de golf s'élançait en avant, la chanson se mit à beugler tandis que des lumières violettes clignotaient dans la nuit.

— Youhou !

Abby leva les bras en l'air et commença à chanter à pleins poumons. Wanda lui jeta un coup d'œil et sentit cette joie qui bouillonnait dans sa poitrine quand elle était avec des gens qu'elle aimait. Tout à l'heure, quand elle s'était enfuie pour échapper à Cameron et ses parents, elle s'était sentie humiliée et blessée quand Cameron l'avait présentée comme une simple amie.

Juste une amie.

C'était quoi, ça ? Même s'ils ne s'étaient rien promis et qu'elle n'attendait pas de bague de fiançailles, elle n'était pas non plus du genre à coucher avec n'importe qui. *Amis* n'était pas le mot qu'elle aurait employé pour décrire leur relation.

Mais elle ne pouvait pas faire taire cette petite voix agaçante qui demandait : *Qu'est-ce qu'il était censé dire d'autre ?* Compagne ? La femme avec qui il sortait ? Ou plus précisément, avec qui il couchait ?

Wanda poussa un grognement dégoûté. Avait-elle perdu l'esprit ?

— Qu'est-ce qui t'arrive ? demanda Abby. Tu penses de nouveau à Cameron ?

— À qui d'autre ?

Elle prit la Grand-Rue et monta le volume de la musique pour ne pas se trouver obligée de verbaliser ses pensées.

Abby sembla comprendre le message, car au lieu d'insister, elle se remit à chanter avec Prince à pleins poumons. Wanda sentit ses lèvres esquisser un petit sourire et remercia l'univers de lui avoir accordé Abby Townsend comme meilleure amie.

Cinq minutes plus tard, elles étaient attablées à la Brasserie Townsend. Wanda choisit un de leurs nouveaux cidres bruts, tandis qu'Abby prit une tisane qu'elle avait fait mettre au menu.

— Une tisane avec un sundae ? demanda Wanda en riant. C'est un drôle de mélange, non ?

— Mon seul autre choix, c'est un chocolat chaud, et ça fait trop de chocolat, même pour moi.

— Vraiment ? Depuis quand ?

Wanda lui jeta un coup d'œil et laissa son regard dériver sur son petit ventre.

— Je t'ai vue engloutir un gros sac de chocolats d'Halloween et le faire descendre avec un grand verre de lait chocolaté.

Abby grimaça, puis pouffa de rire.

— Tu y crois ? On dirait que ce bébé prend déjà ses décisions. S'il s'avère qu'elle a ne serait-ce qu'une légère aversion pour le chocolat, je vais devoir me demander si j'ai été enlevée par des extraterrestres parce que c'est impossible que ma fille puisse avoir un gène anti-chocolat.

— Ça me paraît raisonnable, approuva Wanda en souriant à Rhys, le gérant en second de la brasserie.

5

Il déposa deux énormes sundaes devant elles et demanda :

— Autre chose, mesdames ?

— Du chocolat chaud. Deux, dit Wanda en faisant un clin d'œil à Abby.

Celle-ci gémit, mais ne corrigea pas son amie. Rhys se mit à rire.

— C'est noté.

— Tu es le diable en personne, déclara Abby en prenant une grande cuillerée de brownie et de glace.

Wanda était en train d'attaquer sa coupe glacée quand un SMS fit vibrer son téléphone. Elle faillit l'ignorer, mais ne put s'empêcher de se demander si Cameron essayait de la contacter. Mais le numéro qui apparut lui était inconnu. Elle fronça les sourcils et toucha l'écran.

Wanda, c'est Blake. Où es-tu ?

— Blake ? murmura Wanda.

Cela faisait plus de neuf mois qu'elle n'avait pas parlé à sa demi-sœur. Pas depuis qu'elle s'était engueulée avec son père et qu'il lui avait dit qu'il ne voulait plus la voir. Wanda avait été soulagée. Sa relation avec son père avait toujours été tumultueuse et sa sœur Blake était la seule raison pour laquelle elle avait gardé contact. Mais quand son père l'avait envoyée balader, la communication avec Blake avait cessé également. La peur lui crispa le ventre. Pourquoi sa sœur avait-elle un nouveau numéro ? Elle tapa rapidement un SMS pour lui dire qu'elle était au pub. Et elle ajouta :

Pourquoi ? Où est-ce que tu es ?

Devant chez toi.

Wanda ne se soucia pas de demander à sa sœur ce qu'elle faisait à Keating Hollow. Il n'y avait qu'une seule raison pour laquelle elle traverserait le pays sans prévenir. Il s'était passé quelque chose avec leur père.

La clé est sous le pot avec un tournesol peint dessus. Rentre. J'arrive tout de suite.

— Qu'est-ce qui ne va pas ? demanda Abby en reposant sa cuillère. Tu as l'air prête à assassiner la première personne venue.

Wanda jeta quelques billets sur la table et se leva.

— Pas la première personne venue. Mon père. Désolée, Abs, il faut que je file. Blake m'attend devant chez moi.

— Blake ? répéta Abby en écarquillant les yeux. Comment ça ? Elle ne vit pas en Caroline du Nord ?

— Si. Et je ne sais pas comment elle est arrivée ici. Elle a dix-sept ans, elle ne peut pas louer de voiture.

Un soubresaut secoua son estomac alors qu'elle essayait de ne pas tirer de conclusions prématurées. Blake était intelligente. Elle n'aurait pas pris de risques idiots.

— Je te rappelle.

— Peut-être que tu devrais lui ramener ton brownie. On peut te le mettre dans une coupe à emporter, ça va vite.

Wanda secoua la tête.

— Prends-le, toi. J'ai des trucs au congélo.

Et sans un mot de plus, elle sortit de la brasserie en oubliant complètement qu'elle laissait Abby sans moyen de locomotion.

Il ne lui fallut guère de temps pour arriver à son cottage rustique en bordure de la ville. La maison à un étage était sur les collines juste en dessous de la montagne et avait une vue magnifique sur la ville et la rivière. Elle l'avait achetée quelques années auparavant pour la rénover et elle avait passé d'innombrables heures à refaire la cuisine et les placards de la salle de bain, à réparer les planchers et à peindre chaque pièce. Elle en était immensément fière ; c'était son sanctuaire.

Un petit SUV était garé dans l'allée habituellement vide et elle poussa un soupir de soulagement. Sa sœur avait réussi à trouver un véhicule. Les dieux en soient remerciés. Wanda ouvrit la porte du garage avec sa télécommande et y fit entrer la voiturette. Elle était en train de descendre de voiture quand sa sœur accourut dans le garage, laissa tomber un sac de sport, et faillit faire tomber Wanda à la renverse en la serrant dans ses bras.

— Tu m'as tellement manqué, dit Blake, la voix brisée par l'émotion.

— Toi aussi, Blake.

Wanda lui rendit son étreinte en passant une main dans ses longs cheveux noirs. Quand elle recula, elle vit de grosses larmes couler sur le visage de l'adolescente.

— Qu'est-ce qui s'est passé ?

— Ils sont juste… partis, hoqueta-t-elle.

— Comment ça, partis ? demanda Wanda en fronçant les sourcils. Qui est parti ?

— Maman et papa.

Les larmes coulèrent de plus belle.

— Je suis revenue d'un week-end à la plage avec des amis, et la plupart de leurs affaires avaient disparu.

Elle prit une inspiration tremblante.

— Maman avait laissé une carte de crédit prépayée avec un petit mot où elle disait qu'ils se retiraient du monde.

— Se retiraient du monde ? répéta Wanda sans comprendre ce que sa sœur était en train de dire.

Est-ce qu'ils avaient chargé un camping-car et étaient partis dans le désert avec ?

— Ça veut dire quoi, au juste ?

Blake secoua la tête.

— Je ne sais pas. Papa parlait de partir bourlinguer depuis quelques années. Mais ces derniers temps, ils…

Elle déglutit.

— Maman est retombée dedans.

— Et papa ? demanda Wanda dont le cœur battait si fort qu'il semblait vouloir sortir de sa poitrine.

Leur père les avait quittées, elle et sa mère, quand elle était petite. C'était un alcoolique fonctionnel. Des années plus tard, quand il avait enfin repris contact, il lui avait dit qu'il était sobre. Elle était heureuse, bien sûr, mais leur relation ne s'en était jamais remise. Quant à Blake, elle avait vécu chez ses grands-parents par intermittence, mais une fois son père de nouveau sobre, elle était allée vivre chez ses parents pour de bon. Désormais, Wanda se demandait à quel point c'était grave pour qu'ils l'aient carrément abandonnée.

Blake haussa les épaules.

— Je ne sais pas. Il le cache bien.

Il y avait tellement de questions que Wanda avait envie de lui poser, mais ça attendrait.

— Très bien. Rentrons. Je vais te faire un chocolat chaud et te trouver quelque chose à manger. Et puis on pourra reparler de tout ça.

Blake hocha la tête, mais fixa ses pieds. Ses mains tremblaient et Wanda ne pouvait qu'imaginer sa peur.

— Blake ?

— Oui ?

Elle releva la tête et cligna des yeux pour en chasser les larmes.

— Ça va aller, ma puce. Tu es ici chez toi. Promis. Quoi qu'il se passe, je suis là pour toi. D'accord ?

Blake hocha la tête, mais ses mains se crispèrent sur son sac.

— Allez, viens.

Wanda ouvrit la porte qui menait dans la cuisine.

— Monte et va mettre tes affaires dans la chambre d'amis.

C'est la première à droite, juste à côté de l'escalier. Je vais te préparer un chocolat chaud. D'accord ?

— Tu as des chamallows ? demanda Blake avec un sourire affligé.

— C'est quoi cette question ? rétorqua Wanda avec un clin d'œil. Bien sûr. Dépêche-toi avant que je les mange tous.

Elle se rappela la fois où leur père avait amené Blake à Keating Hollow il y avait environ sept ans de cela. C'était l'été, et Wanda avait passé toute la semaine à essayer de remporter l'approbation de sa petite sœur avec toutes les sucreries possibles et imaginables. C'étaient les chamallows grillés qui avaient marché.

Blake se tourna et partit vers le salon. Elle s'arrêta soudain, regarda par-dessus son épaule et dit d'une toute petite voix :

— Merci, Wanda.

Celle-ci sentit son cœur se briser en songeant à ce que ses parents lui avaient fait. Elle avait envie de la serrer dans ses bras et de la maintenir physiquement pour l'empêcher de craquer. Parce qu'il était assez évident que, maintenant qu'elle était en sécurité, la jeune fille allait s'effondrer.

— Ah, ma puce. Tu n'as pas à me remercier. C'est ce que la famille est censée faire.

Les larmes lui montèrent à nouveau aux yeux, mais cette fois quand Blake se retourna, la tension qui maintenait ses épaules dans une posture si rigide sembla refluer quelque peu. Et Wanda se demanda combien de temps cela prendrait avant que la fille heureuse et pétillante qu'elle avait rencontrée pour la première fois il y avait sept ans de cela soit de retour.

CHAPITRE 2

— *C*ameron, dit Emily Copeland de sa voix de maman.

Ils étaient à l'Auberge de Keating Hollow et elle se tenait sur le seuil d'une de leurs chambres. Il avait été surpris quand ses parents avaient décidé de l'accompagner à la dernière minute pour visiter le village magique, mais bien moins que quand ils étaient tombés sur Wanda qui l'attendait dans une des chambres, presque nue.

— File retrouver cette fille immédiatement. Ce n'est pas le moment de laisser couler.

— Ce n'est pas une fille, maman, dit-il en se repassant l'image de Wanda en lingerie transparente.

Il faillit pousser un gémissement au souvenir de ses courbes. Mais quand sa mère reprit la parole, toute pensée de cette femme superbe disparut et ses joues se mirent à chauffer de gêne. Pourquoi se retrouvait-il à parler de ça avec sa mère ?

— Surprendre un homme ainsi nécessite beaucoup de courage, sans parler de confiance, dit-elle en pointant une main vers lui. Je te le dis, si tu ne fais pas quelque chose pour désamorcer la situation, ça ne se reproduira pas. Si tu ne veux pas décevoir cette femme, tu vas aller la trouver et lui faire savoir à quel point tu apprécies ses efforts.

Cameron gémit. Ce n'était pas qu'il n'avait pas envie de courir chez Wanda. La moindre cellule de son corps lui hurlait de le faire. Mais le fait que ce soient ses parents qui le poussent à le faire, c'était bizarre et gênant.

— S'il te plaît, arrête. Ça ne m'aide pas.

— Elle a raison, fiston, intervint son père.

Dayton Copeland se dressait derrière sa femme. Il fit un clin d'œil à son fils en ajoutant :

— Va retrouver cette fille et termine ce qu'elle a commencé.

— Ça suffit.

Cameron marcha jusqu'à la porte pour les pousser délicatement dans le couloir tous les deux.

— Cette conversation est terminée. À demain pour le petit déjeuner.

— Pas trop tôt, rétorqua Dayton. Prends ton temps pour revenir de chez ta petite amie.

Cameron ferma la porte sans répondre. Wanda n'était pas sa petite amie. Ou si ? Non. Ils n'en avaient pas parlé. Pour tout dire, ils avaient tous les deux fait bien attention à ne pas chercher à définir leur relation. Ce qui les réunissait, c'étaient deux semaines de sexe génial et beaucoup de rires. La seule promesse qu'il lui avait faite, c'était qu'il reviendrait. Elle n'avait rien promis en retour.

Toutefois, son agacement évident quand il avait dit qu'elle était une amie ne lui avait pas échappé. Il gémit à nouveau. Ses parents avaient raison, c'était indéniable. Il devrait aller la retrouver. Il n'était en ville que pour quelques jours avant de devoir repartir en tournage, alors pourquoi perdre du temps ?

Sans y réfléchir davantage, il attrapa son bagage cabine, la clé de sa voiture de location, et sortit de la chambre.

— Oh, super ! s'écria sa mère, ce qui lui tira un sursaut.

Elle se tenait devant sa porte avec une tasse à la main. Elle avait dû descendre se prendre une boisson chaude dans le lobby.

— Amuse-toi bien. N'oublie pas de te protéger. Il faut sortir couvert.

Cameron secoua la tête et fit comme s'il n'était pas en train de mourir de gêne.

— À demain, mère.

— *Mère.*

Elle gloussa et ouvrit la porte de sa chambre. Juste avant qu'elle se referme, il l'entendit ajouter :

— C'est trop facile de le faire rougir.

Cameron ne put se retenir de pouffer de rire. Elle faisait exprès de l'embêter, et c'était l'une des raisons pour lesquelles il l'aimait tant. Il savait qu'il avait de la chance. Ses parents avaient toujours été relax, drôles, et ils étaient ses plus grands soutiens. Il aurait juste préféré qu'ils ne lui fassent pas partager la moindre pensée qui leur venait à l'esprit. Parfois, laisser un peu d'espace aux gens n'était pas une mauvaise chose.

Le cottage de Wanda était plongé dans l'obscurité quand il se gara dans l'allée. Il commençait à se faire tard et il se demanda si elle était déjà partie se coucher. Mais ça ne lui ressemblait pas. Wanda était un oiseau de nuit, tout comme lui. Elle ne vint pas lui ouvrir quand il frappa à la porte, et il décida de l'imiter. Il trouva la clé sous le pot avec le tournesol et entra. Il l'appela pour ne pas lui faire peur si jamais elle était chez elle. Comme elle ne répondait pas, il sourit intérieurement et monta à l'étage.

Ce n'était pas la première fois qu'il venait chez elle, et il fonça droit dans sa chambre. Il jeta un coup d'œil au lit bien fait et se dit qu'il avait hâte de salir les draps avec elle. En souriant, il marcha jusqu'à la cheminée et toucha les mèches des bougies alignées sur le rebord. Des flammes vacillantes jaillirent aussitôt. Il toucha ensuite le tableau de la forêt de séquoias et le ruisseau se mit à bouillonner et la lumière qui filtrait à travers les arbres s'intensifia.

Il était un sorcier d'esprit et avait des dons uniques et inhabituels. C'était le cas de tous les sorciers d'esprit, et presque aucun d'eux n'avait les mêmes capacités. Cameron avait appris enfant qu'il pouvait manipuler plusieurs éléments. Il était précoce et avait rendu sa mère folle, par exemple en changeant les fruits en cookies. Ils n'étaient pas aussi bons que les vrais, mais ils étaient meilleurs que les bananes trop mûres que sa mère voulait lui faire manger.

Il toucha un tableau qui représentait une roseraie et dirigea les pétales de rose pour qu'ils viennent tomber sur le lit. La scène semblait sortir tout droit d'une comédie romantique et il était probable que Wanda allait gentiment se moquer de lui sans relâche à ce sujet, mais il savait qu'elle apprécierait le geste malgré tout. Une fois l'atmosphère établie, Cameron traversa le couloir pour entrer dans l'immense salle de bain et se débarrasser de ses vêtements. Il n'avait pas envie de s'asseoir sur le lit tout nu comme une star de porno, alors il passa une serviette blanche molletonnée autour de sa taille et décida qu'il était prêt à repartir dans la chambre de Wanda.

Mais en ouvrant la porte, il tomba sur une grande ado qui hurla et recula vivement, les mains relevées comme si elle était prête à se battre.

— Oh là ! s'écria Cameron, surpris.

Il eut un instant de panique où il se demanda s'il s'était introduit dans la mauvaise maison. Que faisait cette ado ici ?

Mais il repoussa aussitôt cette pensée. Bien sûr que c'était la maison de Wanda. Il n'était pas dingue au point de ne pas reconnaître sa demeure.

— Non mais vous êtes qui ? demanda l'adolescente. Le petit copain de Wanda ou quoi ?

— Heu, quelque chose du genre, dit-il.

Il jeta un regard par-dessus son épaule dans la salle de bain où ses vêtements étaient empilés. Il recula d'un pas en serrant la serviette pour l'empêcher de tomber.

— Je ferais bien de…

— Qu'est-ce qui ne va pas ? demanda Wanda depuis le rez-de-chaussée.

Cameron entendit ses pas juste avant qu'elle tourne l'angle et s'arrête net.

— Cam ? Qu'est-ce qui se passe ? demanda-t-elle.

Son regard passa de l'ado à Cameron.

— Je suis venu pour te parler et quand je me suis rendu compte que tu n'étais pas chez toi, je me suis dit que j'allais te rendre la pareille et te faire une surprise. Je ne m'attendais pas à ce que nos expériences soient aussi similaires, dit-il en faisant un signe de tête vers la jeune fille.

Wanda cligna des yeux. Et puis elle aboya de rire. Une fois qu'elle eut essuyé ses larmes d'hilarité, elle désigna la fille qui se tenait à côté d'elle.

— Cameron, voilà ma sœur, Blake. Blake, je te présente mon *ami*, Cameron.

— Ami, hein ? dit Blake en haussant un sourcil exactement comme Wanda le faisait quand elle savait qu'on lui racontait des bobards. Mes amis ne me font pas des surprises en se baladant à moitié à poil, mais si c'est comme ça que tu veux appeler ça, très bien.

Elle remit ses longs cheveux en arrière, fit un signe vers la salle de bain et ajouta :

— Si vous voulez bien m'excuser, j'ai besoin d'aller aux toilettes.

— D'accord.

Cameron se poussa sur le côté et regarda Blake disparaître dans la salle de bain où ses vêtements étaient restés, bien pliés sur le dessus du meuble. Wanda afficha un grand sourire en le regardant et secoua la tête.

— Alors… qu'est-ce qui t'amène ici ce soir ?

Cameron baissa les yeux sur sa serviette, puis lança un regard entendu à Wanda.

— Je pensais que c'était évident.

— Oui. On dirait.

Elle se rapprocha et murmura à son oreille :

— Et si tu t'habillais et que tu me rejoignais en bas ?

— Je veux bien, mais mes habits sont là-dedans, dit-il en désignant la salle de bain.

Un nouvel éclat de rire secoua Wanda.

— Évidemment.

Elle le poussa dans sa chambre, mais au lieu de l'y suivre, elle resta sur le seuil et dit :

— Attends là que ma sœur ait terminé. Et puis habille-toi et retrouve-moi en bas.

Avant que Cameron puisse placer un mot, elle referma la porte avec un sourire en coin et le laissa seul dans sa chambre. Cameron émit un petit rire et décida à cet instant que Wanda Danvers était sans doute la femme la plus parfaite qu'il ait jamais rencontrée.

Il l'écouta descendre l'escalier et se tourna pour contempler le décor qu'il avait créé dans sa chambre. C'était bien dommage que tout ce romantisme soit gâché.

— Ça sera pour la prochaine fois, marmonna-t-il.

Il entendit une deuxième personne descendre l'escalier et se faufila jusqu'à la salle de bain. Quelques minutes plus tard, il trouva Wanda dans la cuisine en train de s'affairer : elle faisait du café.

— Où est ta sœur ? demanda-t-il en s'appuyant au chambranle.

Wanda haussa les épaules et lui fit un petit sourire.

— N'importe où sauf ici. Je crois que tomber sur un inconnu à moitié nu lui a fait un choc.

— Elle n'est pas la seule à avoir eu un choc ce soir, dit Cameron en la rejoignant dans la cuisine.

Il lui prit une tasse des mains tandis que Wanda acquiesçait :

— Non, en effet.

Elle alla se placer à la table du petit déjeuner qui se trouvait dans une alcôve encadrée d'une fenêtre en saillie. Elle s'assit et lui sourit.

— Est-ce que tes parents sont traumatisés à vie ?

Cameron pouffa de rire en se rappelant comment sa mère lui avait ordonné de s'élancer derrière Wanda quand elle s'était carapatée de l'auberge.

— Tu découvriras vite que ma mère n'est pas quelqu'un de très réservé. Il en faudrait plus que trouver une amante de son fils dans la chambre pour la perturber.

— Amante ? Je suppose que c'est plus exact qu'*amie*, remarqua Wanda.

Le sarcasme dans sa voix n'échappa pas à Cameron. Il la regarda et observa son expression neutre.

— En effet, mais ce n'est pas vraiment le genre de choses que j'avais envie d'annoncer à ma mère.

— Je crois qu'elle avait déjà compris, Cam, répondit doucement Wanda dont les joues avaient rosi.

Merde, ce qu'elle était sexy comme ça. Wanda n'était pas du genre à être facilement gênée. Elle était pleine d'assurance et ne s'excusait jamais de la façon dont elle menait sa vie. C'était pour ces qualités qu'il l'appréciait autant. Mais il devait reconnaître que la voir rougir parce qu'elle l'avait attendu quasiment nue le rendait tout chose.

— Oui, mais elle n'avait pas besoin d'une confirmation de ma part. Certaines choses sont faites pour rester privées.

Wanda secoua la tête et ses lèvres frémirent légèrement.

— Tu te rends compte que toute la ville sait qu'il y a un truc entre nous, hein ?

— Ah bon ? demanda-t-il d'un air innocent.

Bien sûr qu'il s'en rendait compte. Keating Hollow était une petite ville et les habitants adoraient les ragots. Même si Wanda n'en avait parlé à personne, tout le monde les avait vus partir ensemble lors du bal de Noël, et il y avait un certain nombre de gens qui avaient aperçu Wanda quitter l'auberge dans sa robe de soirée le lendemain matin. Sans mentionner qu'ils ne se cachaient pas dans sa chambre tout le temps. Ils étaient sortis plein de fois manger dans les divers restaurants et cafés de la ville.

Elle haussa un sourcil et le mit au défi du regard. Il pouffa de rire.

— D'accord, tu as raison. Tout le monde est au courant. Pour autant, je ne vais quand même pas avoir cette conversation avec ma mère.

— Ça se comprend.

Elle reporta son attention vers son café.

— Écoute, dit-il avec hésitation. Je suis désolé d'avoir dit que nous étions juste amis. Il ne faut pas être un génie pour se rendre compte que tu n'as pas apprécié cette appellation.

Wanda poussa un soupir.

— Non, c'est moi qui suis désolée. À l'évidence, j'ai mal interprété les choses. Ce n'est pas comme si nous avions eu une conversation sur le statut de notre relation.

Il posa une main au-dessus de la sienne.

— Tu me plais, ce n'est pas un secret, Wanda.

— Tu me plais aussi, répondit-elle, les yeux pétillants dans la lumière douce de la pièce.

— Ravi de l'entendre. Je n'aurais pas été très heureux de découvrir que ce n'était pas le cas, dit-il avec un clin d'œil. Bon, maintenant qu'on a clarifié ça, qu'est-ce que tu en dis ? Est-ce que je devrais commencer à te présenter comme ma petite amie ?

Elle ouvrit la bouche pour répondre, mais l'adolescente déboula dans la cuisine pile à cet instant. Elle agita les mains et déclara :

— Ne faites pas attention à moi. Je suis juste venue chercher un truc à boire et à grignoter. Je repars tout de suite.

Cameron ne dit rien en la regardant fouiller dans le frigo à la recherche d'un soda et sortir un paquet de bretzels d'un placard.

Blake disparut dans une autre pièce et Cameron se tourna vers Wanda.

— Donc…

— Donc… répéta-t-elle avant de soupirer. Écoute, Cam. Je sais que j'ai fait la gueule tout à l'heure quand tu as dit que j'étais une amie, mais la vérité, c'est que c'est ce que nous sommes, non ?

— Oui, mais…

Elle leva une main pour le faire taire.

Il avait désespérément envie de reprendre toute cette soirée à zéro. De se débarrasser de ses parents et de leur prendre une location de vacances, ou de les installer à Eureka, n'importe où sauf à l'Auberge de Keating Hollow où ils étaient tombés sur Wanda. Parce que là, on aurait dit que Wanda était en train de tout freiner. Et c'était la dernière chose qu'il voulait.

— Je suis désolée. Ça a été une soirée bizarre. D'abord tes parents et maintenant ma petite sœur qui débarque sans prévenir. Tu crois qu'on pourrait en reparler une autre fois ?

Cameron l'observa attentivement. Elle faisait de son mieux pour cacher son stress, mais il ne pouvait ignorer la tension dans la ligne de ses épaules ou le fait qu'elle n'arrêtait pas d'étirer son cou comme si ses cervicales étaient bloquées. C'était tout à fait inhabituel chez elle.

— Bien sûr. Je suis désolé de m'être imposé, dit-il en se levant. Je voulais juste que tu saches que j'étais ravi de te trouver dans ce qui était censé être *ma* chambre. Dans d'autres circonstances, j'aurais apprécié la moindre minute de notre nuit ensemble.

— Moi aussi.

Wanda se leva et passa son bras en travers du sien.

— Mais là, il faut que je parle à ma sœur. Je peux te rappeler demain ?

— J'y compte bien.

Il déposa un doux baiser sur sa joue et ouvrit la porte d'entrée. Wanda le suivit à l'extérieur, et dès qu'ils furent sous le porche, elle referma la porte et le plaqua contre la rambarde pour amener ses lèvres à quelques centimètres des siennes.

La respiration de Cameron se bloqua et il sentit son corps réagir immédiatement au sien.

— Ce n'est pas comme ça que je souhaite bonne nuit à mes amies, d'habitude, la taquina-t-il.

Ses yeux brillèrent au clair de lune.

— Moi non plus.

Et puis elle colla ses lèvres aux siennes et l'embrassa avec passion.

CHAPITRE 3

*L*es lèvres de Wanda la picotaient toujours quand elle rentra dans la maison. Il lui avait fallu faire appel à toute sa force de volonté pour renvoyer Cameron chez lui et ne pas déclarer qu'il était son petit ami quand il lui avait demandé de définir ce qu'ils étaient l'un pour l'autre. Par les dieux, elle en avait eu envie et c'était cela, plus que n'importe quoi d'autre, qui lui avait fichu une trouille bleue. Wanda n'était pas du genre à plonger comme ça dans une relation, surtout après seulement quelques semaines, alors qu'ils s'étaient trouvés dans deux villes différentes la plupart du temps. C'était trop rapide, et il fallait qu'elle s'occupe de sa sœur.

— Je suis surprise que tu n'aies pas entraîné ton *ami* dans ta chambre pour t'occuper de son cas, dit Blake, blottie dans un grand fauteuil dans un coin du salon.

Le cœur de Wanda faillit lui remonter dans la gorge.

— La vache, Blake. Tu m'as fichu une de ces trouilles.

Sa sœur pouffa de rire.

— Désolée. Je pensais que tu m'avais vue quand tu as tiré ce beau gosse hors d'ici.

Wanda marcha jusqu'au canapé et s'assit.

— File-moi des bretzels.

Blake lui passa le sachet et dit :

— Tiens, j'ai terminé.

— Merci.

Wanda en mangea quelques-uns et observa sa sœur. Elle étrécit les yeux en se rendant compte que la voiture dans l'allée appartenait à Cameron et non à Blake.

— Comment tu es arrivée ici ?

Blake détourna le regard et se plongea dans la contemplation d'un tableau du village au mur. Après un moment de silence complet, Wanda se racla la gorge.

— Blake ? Réponds-moi. Comment tu es arrivée en Californie ?

— J'ai pris un bus.

— Un bus !

Wanda se redressa, complètement tendue.

— Tu as pris un bus pour venir de Caroline du Nord jusqu'à Eureka ? Ça t'a pris combien de jours ?

— Quatre, murmura-t-elle.

— Quatre jours !

La tension artérielle de Wanda monta en flèche alors que tout un tas de pensées terrifiantes lui passaient par la tête. Sa jeune et jolie sœur venait de passer quatre jours dans un bus à traverser le pays. Personne ne savait où elle était et il aurait pu lui arriver n'importe quoi.

— Pourquoi tu ne m'as pas appelée ? Je t'aurais pris un billet d'avion.

— Je n'avais pas ton numéro, répondit-elle, l'air soudain épuisée. Je l'ai obtenu de la femme à l'auberge. Je suis passée là-

24

bas en me disant que je prendrais une chambre s'il le fallait, mais Noel a dit qu'elle te connaissait et elle m'a donné ton numéro après m'avoir forcée à manger un sandwich.

Wanda aurait voulu embrasser Noel sur-le-champ pour avoir pris soin de sa sœur.

— Est-ce que j'ai envie de savoir comment tu es arrivée d'Eureka ?

Il n'y avait pas de bus entre les deux villes. Les seules options étaient la voiture ou le taxi.

— Non.

Les lèvres de Blake formèrent un grand O alors qu'elle bâillait. Elle essuya ses yeux larmoyants et ajouta :

— Ne t'inquiète pas, j'ai pris soin de scanner son énergie avant de monter dans sa voiture.

— Tu as fait du stop ?

Wanda se sentait au bord du malaise.

— Tu es dingue ?

— Non, fit-elle avec un geste nonchalant de la main. J'ai demandé à la gare routière si quelqu'un se rendait à Keating Hollow et pouvait m'y emmener. Une certaine Hope venait de déposer son frère et elle a dit que je pouvais rentrer avec elle. Si j'avais eu affaire à une tueuse en série, je l'aurais sûrement senti.

— Hope Garber ? Blonde, début de vingtaine ? demanda Wanda qui sentait déjà sa tension redescendre.

Hope était la demi-sœur d'Abby Townsend. Blake aurait été en totale sécurité dans sa voiture. Les dieux en soient remerciés.

— Oui. C'est elle. Elle était gentille, elle n'a même pas voulu que je lui paie l'essence.

— On dirait bien Hope.

Wanda se nota de lui faire une fournée de cookies maison

pour la remercier de s'être occupée de Blake. Elle n'avait même pas envie de penser à ce qui aurait pu arriver à sa sœur si un inconnu lui avait proposé de l'emmener. Bien sûr, le don magique de Blake lui donnait un certain avantage.

Wanda contempla pensivement sa sœur. Comme elle n'avait pas passé beaucoup de temps avec Blake au fil des années, elle oubliait souvent qu'elle avait ce don de sorcière d'esprit qui lui permettait de lire l'énergie d'une personne, ce qu'on qualifiait également d'aura. Elle parvenait à avoir une idée de l'état d'esprit général des gens : s'ils étaient tristes, heureux, évasifs, dépourvus d'émotion. Ce genre de choses. Ça lui permettait de se faire facilement une idée de leur personnalité. Être une sorcière d'esprit était quelque chose qu'elle avait en commun avec Cameron. Wanda était vraiment épatée par leurs dons uniques. Elle-même était une sorcière de feu et tout ce qu'elle pouvait faire, c'était manipuler cet élément. C'était utile en hiver quand elle avait envie d'un feu perpétuel, mais au final, ce n'était pas un don qu'elle utilisait tant que ça. En tant qu'agente immobilière, elle n'avait pas des masses besoin de feu.

Blake serra sa cannette de soda et détourna les yeux, comme si elle aurait préféré se volatiliser dans l'air plutôt que d'avoir la conversation qui s'annonçait.

Wanda ne s'en laisserait pas conter. Il n'y avait pas de meilleure façon de commencer une conversation que de prendre le taureau par les cornes. Elle inspira profondément et dit :

— Je crois que tu ferais mieux de me dire ce qu'il se passe.

— Qu'est-ce qu'il y a de plus à dire ? Les parents se sont barrés, et moi aussi.

Blake avait une voix nonchalante, comme si elle se fichait que ses parents soient partis. Mais Wanda n'y croyait pas. Le regard de sa sœur était comme hanté et son visage était pincé de tension.

— Allez, frangine. Ça faisait combien de temps qu'ils prenaient des trucs ? Est-ce que le message parlait de leur date de retour ? Et tes grands-parents ? Ils sont au courant de ce qui se passe ?

— Non, non et non.

Blake posa une main sur ses yeux et un instant plus tard, un petit sanglot lui échappa.

Bon sang... Wanda se maudit. Elle n'aurait pas dû insister autant. La pauvre gamine venait de passer quatre jours dans un bus après avoir découvert que ses parents s'étaient carapatés en la livrant à elle-même. Ce dont Blake avait besoin, c'était d'un endroit sûr où elle puisse se reposer, être nourrie, et quelqu'un pour la soutenir et lui assurer qu'elle était en sécurité. Wanda se leva du canapé et alla s'agenouiller devant elle.

— Eh, dit-elle doucement. Tu sais que je suis là pour toi. Quoi qu'il te faille, d'accord ?

Blake hocha la tête, mais ne retira pas sa main.

— Quoi qu'il arrive, ajouta Wanda.

Elle avait désespérément envie d'attirer la jeune fille dans ses bras et de la serrer fort. Mais vu comment Blake était recroquevillée sur elle-même, il était évident qu'elle était complètement fermée, et Wanda n'allait pas s'imposer à elle.

— Ma chambre d'amis est la tienne aussi longtemps que tu le voudras.

Merde, si Wanda avait son mot à dire, Blake ne repartirait pas. Ses parents n'étaient pas aptes à assumer sa garde, même si elle avait dix-sept ans et qu'elle était presque adulte. Sa sœur avait besoin de quelqu'un qui soit de son côté et Wanda était déterminée à être cette personne. Elle ne pouvait pas se permettre de rester en retrait et de laisser quelque chose lui arriver.

— Merci, articula Blake.

Elle prit une inspiration tremblante, retira ses mains de ses yeux, et croisa le regard de Wanda avec un air déterminé.

— Dès qu'on aura parlé à grand-mère, je suis sûre qu'elle m'enverra un billet d'avion et je te ficherai la paix.

— Pourquoi tu ne l'as pas encore appelée ?

Wanda fronça les sourcils en se demandant avec un temps de retard pourquoi Blake n'avait pas contacté les parents de sa mère. C'étaient eux qui avaient sa garde avant que ses parents redeviennent sobres. Il était certain qu'ils auraient fait ce qu'il fallait pour la faire venir dans le Maine, là où ils vivaient.

Des larmes emplirent les yeux de Blake, mais elle les essuya rapidement et se racla la gorge.

— Grand-père est décédé il y a six mois. Une crise cardiaque.

— Oh non, Blake. Je suis tellement désolée, ma puce. Je ne savais pas.

— Je ne vois pas comment tu aurais pu, dit Blake en laissant son regard dériver vers la fenêtre. Grand-mère a déménagé pour se rapprocher de ma tante dans le Vermont après ça, et je n'ai pas leurs numéros. L'ancien numéro de grand-mère n'est plus attribué. Alors je suis venue ici. Je suis sûre qu'une fois qu'on aura retrouvé son adresse, je pourrai te laisser tranquille.

Wanda sentit son cœur au bord de se briser pour sa sœur. Elle savait ce que ça voulait dire d'être abandonnée et de se retrouver seule. Son père l'avait abandonnée quand elle était petite, et après la mort de sa mère, Wanda n'avait eu personne. Enfin, à part les Townsend. Lincoln Townsend, le père d'Abby, avait toujours été là pour elle, mais elle n'avait pas eu de famille à elle sur qui compter. La seule différence entre Wanda et

Blake était qu'elle était déjà sortie de la fac quand sa mère était morte. Elle n'avait pas été une adolescente en train de se demander comment elle allait survivre.

— Blake, tu ne me déranges pas, dit Wanda en la regardant droit dans les yeux. Tu es toujours la bienvenue ici, pour aussi longtemps que tu le souhaites. D'accord ?

— Oui, OK, répondit-elle doucement en détournant le regard.

Un autre bâillement lui échappa et elle se couvrit la bouche.

— Désolée. Ça a été une sacrée semaine.

Wanda la tira sur ses pieds et la serra fort dans ses bras, comme si son étreinte était un rempart pour Blake.

— Je suis heureuse que tu sois là, saine et sauve. Et je suis vraiment désolée de ce que papa et ta mère ont fait. Tu mérites mieux.

Blake s'accrocha à elle en tremblant un peu. Wanda ferma les yeux en se retenant de pleurer.

— Je t'aime et je veux que tu te rappelles que, quoi qu'ils aient fait, tu n'es *pas* un fardeau. Compris ?

Blake hocha la tête, mais garda le visage enfoui contre l'épaule de Wanda. Elles restèrent ainsi enlacées un long moment jusqu'à ce qu'enfin Blake se détache et dise :

— Merci.

— Tu n'as pas à me remercier. Je suis ta famille, dit-elle en souriant. Bon, allons dormir maintenant. Ça ira mieux demain.

— Oui. D'accord.

Blake se traîna vers l'escalier et Wanda suivit, le cœur lourd. Mais en regardant sa sœur avancer, elle se jura que, quoi qu'il arrive, Blake ne serait plus jamais seule. Pas si Wanda avait son mot à dire sur la question.

CHAPITRE 4

— $\mathcal{C}$ ameron Copeland ! gronda sa mère avec incrédulité en entrant dans le lobby de l'Auberge de Keating Hollow.

Les mains sur les hanches, elle le regarda se servir une tasse de café au buffet du petit déjeuner.

— Qu'est-ce que tu fais déjà là ? Ne me dis pas que tu t'es levé au milieu de la nuit et que tu as abandonné cette adorable jeune femme dans son lit. Tu devrais être là-bas en train de lui faire le petit déjeuner et de la traiter comme une déesse. Je ne t'ai donc rien appris ? finit-elle avec un « tss » désapprobateur.

Derrière le bureau de la réception, Noel Townsend ricana, un bébé calé contre l'épaule. Cameron sentit son visage s'embraser et se racla la gorge.

— Je ne pense pas que ce soit le genre de conversation appropriée avec ma mère.

— Tu parles. Hors de question que mon fils traite une femme comme si elle n'était rien de plus qu'un plan cul, déclara Emily Copeland avec un regard qui le mettait au défi de protester.

Conscient qu'il ne remporterait jamais le débat, Cameron abandonna toute idée de conserver un minimum d'intimité et dit :

— S'il faut vraiment que tu saches, je suis allé voir Wanda, mais seulement pour quelques minutes. Sa sœur l'a rejointe de façon inattendue et on ne m'a pas invité à rester.

— Oh. Je vois.

Le visage de sa mère exprima une sympathie amusée.

— Je suis navrée de l'entendre. On dirait que vous avez un très mauvais timing tous les deux.

— Ce n'est rien de le dire.

Cameron haussa les épaules, souhaitant échapper à une discussion sur son absence de vie sexuelle.

— Vous parlez de Blake ? intervint Noel.

— Oui, c'est la sœur de Wanda. Pourquoi ? Quelque chose est arrivé ? demanda Cameron.

Y avait-il eu un problème pendant la nuit ? Il avait eu envie d'appeler Wanda ce matin, mais il s'était refréné pour ne pas se montrer collant alors qu'elle gérait des problèmes familiaux.

— Non. Pas vraiment, dit Noel en fronçant les sourcils. Hope l'a déposée ici après l'avoir prise en voiture à la gare routière d'Eureka. Je l'ai nourrie et je lui ai donné l'adresse et le numéro de Wanda comme elle m'a dit qu'elle la cherchait. Elle avait l'air fatiguée et un peu effrayée, mais elle n'avait visiblement pas envie de me raconter d'où elle venait ou comment elle était arrivée ici. Du coup je m'inquiète un peu pour elle et j'espère que tout va bien.

— Mince. Ce n'est pas rassurant, marmonna Cameron en sentant son visage se mettre à chauffer.

Wanda lui avait dit que sa sœur était arrivée sans prévenir, mais il n'avait pas compris qu'il y avait peut-être un problème. Blake semblait aller bien quand elle l'avait surpris avec juste une serviette autour de la taille, mais peut-être que c'était juste ce qu'il lui fallait pour la distraire de ses ennuis. Quoi qu'il en soit, Cameron se sentait mal de s'être imposé au milieu de ce qui était peut-être une urgence familiale. Aucun doute : il fallait qu'il ravale sa fierté et appelle Wanda tout à l'heure pour s'assurer qu'elle et sa sœur allaient bien.

— Quoi qu'il se passe, Wanda s'occupera bien d'elle, déclara Noel avec une confiance totale.

Cameron hocha la tête. Il n'en doutait pas. Il n'avait jamais rencontré quelqu'un qui ait aussi bon cœur. Il se tourna vers sa mère.

— Je dois voir Miranda pour le boulot ce matin. Est-ce que toi et papa voulez me rejoindre pour déjeuner à la Brasserie Townsend ?

— Bien sûr, mon chéri. Ton père et moi allons nous balader un peu dans cette charmante bourgade, et nous te retrouverons là-bas vers treize heures. Ça te va ?

Il hocha la tête et se pencha pour lui faire une bise.

— Amusez-vous bien.

— Oh, attends, mon cœur.

Elle serra son poignet dans sa petite main pour l'arrêter.

— Avec tout ça hier soir, j'ai oublié de te dire que j'ai reçu un appel d'un jeune homme qui a dit être le fils de Victoria. Il voulait te parler.

— Victoria ?

Cameron essaya de retrouver de qui il pouvait s'agir, mais rien ne lui vint.

— Je ne connais pas de Victoria.

— Bien sûr que si, Cam, rétorqua sa mère avec une certaine exaspération. Victoria. Cette gentille fille avec qui tu sortais durant ta première année de fac.

— Tori ?

Cameron fronça les sourcils alors qu'une douleur familière se matérialisait dans sa poitrine. Tori avait été son premier amour. Celle qui lui avait brisé le cœur quand elle lui avait laissé une lettre de rupture et avait disparu de sa vie. Il avait été si amoureux, et du jour au lendemain, elle avait disparu sans explication, juste une excuse griffonnée où elle le suppliait de ne pas la haïr. Ça n'avait pas marché. Une fois qu'il s'était remis de son chagrin, la colère avait empli toutes les fissures qu'elle avait laissées dans son cœur. Il avait été une catastrophe ambulante pendant un long moment. Et puis il avait passé outre cette relation et s'était juré de ne jamais s'engager dans quelque chose de sérieux. Et il s'y tenait depuis vingt ans.

— Elle a un fils ?

— Il semblerait.

— Qu'est-ce qu'il me veut ?

— Je ne sais pas, mon chéri.

Elle sortit une de ses cartes de visite de son sac et la lui tendit.

— Son numéro est derrière. Tu n'as qu'à l'appeler et lui demander.

Ou pas. Cameron ne voyait qu'une seule raison pour qu'un gamin qu'il n'avait jamais rencontré l'appelle : ses contacts à Hollywood. Cameron était un scénariste renommé qui travaillait sur deux projets importants. Non seulement il n'avait pas le temps de jouer les mentors pour quelqu'un, mais l'expérience lui avait appris que la plupart des gens qui demandaient de l'aide n'étaient pas prêts à se lancer vraiment. Le fils de Tori allait devoir gravir les échelons dans le milieu petit à petit, comme tout le monde.

Il prit quand même la carte pour apaiser sa mère et marmonna qu'il le rappellerait peut-être plus tard. Emily le contempla d'un air entendu.

— Tu ne vas pas le rappeler, hein ?

Cameron haussa les épaules et changea de sujet.

— Il faut que j'y aille. À tout à l'heure pour déjeuner.

Il entendit sa mère soupirer alors qu'il passait la porte.

— Cameron ! l'appela Miranda Moon en descendant la rue pavée dans une robe-corset argentée et des cuissardes noires.

— Salut, partenaire, répondit Cameron en accélérant l'allure pour aller à sa rencontre.

Il l'étreignit rapidement et fit reculer la jolie brune pour contempler sa tenue.

— C'est quoi les petits nœuds en velours ? C'est pas un peu trop gentillet pour toi ?

Elle passa un doigt sur le galon noir délicat et rougit.

Miranda Moon.

Rougir.

— C'est romantique, dit-elle avec un sourire timide. On dirait que je me suis un peu adoucie et que je ne porte plus exclusivement du noir.

Cameron ricana.

— Sans blague. On dirait que Gideon a su arrondir les angles.

— Il fait plus que ça, dit-elle avec un sourire entendu. Mais c'est une autre conversation. Prêt à te mettre au travail ?

— Tu n'imagines même pas.

L'ODEUR puissante du café emplissait l'air et les doigts de Cameron volaient sur le clavier. Miranda était assise en face de lui et lisait les révisions qu'ils avaient apportées au script qu'ils avaient vendu quelques mois auparavant. Le producteur le leur avait retourné avec des indications et avait demandé des changements avant qu'ils commencent à tourner.

Une fois le dernier changement effectué, Cameron se réadossa à sa chaise et poussa un soupir de soulagement. Il avait eu peur qu'ils se retrouvent à y passer des jours. Au lieu de ça, ils travaillaient si bien ensemble qu'ils avaient fini en quelques heures.

— Tu es incroyable, Miranda.

En face de lui, la romancière inclina la tête de côté et ses lèvres esquissèrent un petit sourire.

— Cam, est-ce que c'est comme ça que tu espères me soustraire à Gideon ?

Il pouffa de rire.

— Non, à moins qu'il soit devenu ton nouveau co-auteur.

Elle rit.

— Pas vraiment. Il est trop occupé à se terrer dans son nouveau studio pour travailler sur la déesse sait quoi. Il sculpte quelque chose, mais il ne veut rien dire sur le sujet.

— Je suppose que c'est le genre d'artiste qui ne veut pas de commentaires sur son travail tant que ce n'est pas terminé.

Cameron comprenait totalement cette méthode. Il était exactement pareil avec ce qu'il écrivait, sauf quand il travaillait avec Miranda. Ils avaient une connexion rare et magique.

— On dirait bien, fit-elle avec un clin d'œil. Je suppose qu'on est juste un groupe d'artistes caractériels.

Cameron souriait toujours quand ils sortirent du Café Incantation un peu plus tard pour partir vers la brasserie de Keating Hollow.

— Tu es sûre que tu es prête pour ça ? demanda-t-il à Miranda une fois qu'ils furent assis.

— Prête à quoi ? Rencontrer tes parents ?

Elle commanda un cidre de poire à la serveuse et parcourut le menu.

— Oui. Je te préviens : ma mère trouvera un moyen de te faire lâcher tous mes secrets sans même que tu t'en aperçoives.

Cameron ressentait déjà l'envie de se carapater. Même si Miranda n'était rien de plus qu'une amie et une co-auteure, il savait que ça n'empêcherait pas sa mère de la faire passer sur le gril. Emily Copeland avait la réputation de savoir arracher des détails sur la vie de son fils à n'importe qui ayant accepté de lui parler. Elle allait sans doute forcer Miranda à lui faire part de tout ce qu'il avait fait à Keating Hollow avant la fin du déjeuner. C'était juste dans son ADN. Il aimait sa mère, mais il n'avait pas hâte de subir son inquisition, peu importe à quel point cela semblait innocent.

— Mais je ne connais pas tes secrets, dit Miranda en riant. Qu'est-ce qu'elle pense obtenir ? Le temps qu'il te faut pour écrire une page de dialogue ?

— Vas-y, ris, tu verras bien.

CHAPITRE 5

*W*anda déposa délicatement son téléphone sur le plan de travail et se massa les tempes. La migraine s'était installée au bout de deux minutes de conversation avec la tante de Blake. La nausée avait commencé dès que cette femme lui avait fait comprendre que Blake n'allait pas emménager dans le Vermont avec sa grand-mère.

— C'était elle ? demanda Blake avec excitation en déboulant dans la cuisine.

Elle avait attaché ses cheveux sombres en une queue-de-cheval haute et elle portait un débardeur rose et un bas de pyjama en flanelle assorti. Son visage tout frais lavé était plein d'espoir, ce qui lui donnait l'air d'être encore plus jeune que ses dix-sept ans.

Il n'avait guère fallu de temps à Wanda pour retrouver sa tante Linda. Elle avait fait une recherche immobilière pour Linda DeWitt et l'adresse était sortie direct. Avec l'adresse, trouver le numéro de téléphone avait été facile. Le problème, c'était que Linda lui avait quasi arraché la tête quand elle avait suggéré qu'elle laisse Blake parler à sa grand-mère.

— C'était ta tante Linda, dit Wanda en essayant de garder une voix neutre. Elle m'a dit de te dire qu'elle était vraiment désolée que ta mère ait replongé.

Le visage innocent de Blake durcit et ses yeux étincelèrent de colère.

— Linda est toujours désolée, mais ça ne veut pas dire qu'elle veut que je revienne vivre chez grand-mère. Qu'est-ce que grand-mère a dit ? Tu lui as parlé ?

Wanda secoua la tête alors qu'elle prenait un moment pour digérer la révélation de Blake.

— Depuis quand ta tante a un problème avec le fait que tu vives chez ta grand-mère ?

— Depuis toujours, dit Blake avec un soupir. Elle n'arrêtait pas de dire à grand-mère que ce n'était pas à elle de m'élever. Je crois qu'elle nous déteste, moi et ma mère.

— Je suis sûre qu'elle ne te déteste pas, dit Wanda en essayant de calmer sa sœur, même si elle savait que c'était peine perdue.

Une fois qu'elle saurait ce qu'il en était pour le Vermont, elle serait anéantie.

— Oh que si.

Il y avait de la conviction dans la voix de Blake et Wanda se rendit rapidement compte qu'il fallait qu'elle arrête d'essayer de ménager la chèvre et le chou. Il était évident que sa sœur avait une relation difficile avec sa tante. Ce n'était pas en faisant comme si tout allait bien qu'elle allait pouvoir l'aider.

— Laisse tomber tante Linda. Tu as pu parler à grand-mère ? Elle m'envoie un billet d'avion ?

Wanda était prête à laisser le sol s'ouvrir et la faire disparaître. Elle n'avait aucune envie de donner à sa sœur davantage de mauvaises nouvelles. Blake avait déjà vécu trop d'épreuves. Mais elle n'avait pas le choix. Elle prit une grande inspiration.

— Non, je ne lui ai pas parlé. Ta grand-mère avait un rendez-vous médical. On essaiera de rappeler tout à l'heure.

— Oh.

Les épaules de Blake s'affaissèrent, mais elle redressa la tête presque aussitôt.

— Est-ce que ça va ? Pourquoi elle va chez le docteur ?

C'était le moment de vérité. Wanda attrapa la cafetière et remplit deux tasses. Elle les transporta jusqu'à la table où elle fit signe à Blake de la rejoindre.

— Il y a quelque chose qui ne va vraiment pas, hein ? demanda Blake d'une voix tremblante.

Wanda s'assit et tapota le siège à côté d'elle, mais Blake se figea. Sa main droite se crispa sur le dossier de la chaise et ses articulations virèrent au blanc.

— Wanda. Dis-moi.

— Ce n'est pas aussi grave que ça en a l'air.

Wanda tendit la main et saisit celle de Blake pour la serrer. Le visage de la jeune fille pâlit, mais ses yeux sombres fixaient Wanda avec une intensité qui la mit mal à l'aise. C'était le regard d'une jeune personne qui avait bien trop souffert durant sa courte vie.

— Dis-moi, juste.

— Je ne pense pas que tu vas pouvoir aller vivre chez ta grand-mère, Blake, dit-elle doucement.

Blake resta figée un moment avant de se laisser tomber sur la chaise.

— À cause de tante Linda ou parce que grand-mère est malade ?

— Les deux.

Il ne servait plus à rien de tourner autour du pot désormais.

— Ta grand-mère vit chez Linda désormais et il n'y a pas de chambre en plus.

— Elle vit chez elle ? répéta Blake.

Elle se mordit la lèvre inférieure et ses yeux se remplirent de larmes, mais elle les ravala.

— Elle ne ferait jamais ça à moins de ne pas avoir le choix. Grand-mère tient énormément à son indépendance.

— Tu as raison. Je suis désolée, ma puce, mais ta grand-mère souffre d'un début de démence sénile. Ta tante l'a convaincue d'emménager chez elle pour pouvoir garder un œil sur elle.

Blake fixa Wanda un long moment. Et puis elle se leva soudain et fila dans la cuisine. Elle se tint devant le frigo, une main sur la poignée, mais elle ne l'ouvrit pas.

Le cœur de Wanda se brisa. Sa sœur n'avait personne. Tous ceux qui étaient censés l'aimer l'avaient quittée d'une façon ou d'une autre, et voilà qu'elle devait gérer l'annonce que la seule personne qui avait toujours été là pour elle voyait son état de santé se dégrader.

Assez vite, les épaules de Blake se mirent à trembler et elle réprima un sanglot.

Sans y réfléchir à deux fois, Wanda se précipita jusqu'à elle et l'enlaça par-derrière. Elle chuchota à son oreille :

— Ça va aller, ma puce. Je suis là. Tu es en sécurité ici. Toujours. D'accord ?

Blake secoua la tête et s'essuya frénétiquement les yeux :

— Il faut que je parle à grand-mère. Elle saura quoi faire.

— Bien sûr, acquiesça Wanda. On réessaiera cet après-midi. Mais tu sais que quoi qu'il arrive, tu es ici chez toi, d'accord ?

Blake ravala un autre sanglot et dit :

— Je ne peux pas te faire ça.

— Tu ne me fais rien du tout, frangine, dit Wanda avec sincérité.

Elle aurait voulu pouvoir effacer la douleur de Blake de chaque fibre de son être, ne plus la voir souffrir. Malheureusement, elle ne possédait pas ce pouvoir. À la place, elle ajouta :

— Si tu restes, tu m'autorises à t'aimer. Et c'est un honneur que je ne prends pas à la légère. Compris ?

Il fallut un moment, mais Blake finit par hocher la tête. Puis elle plaça ses mains par-dessus celles de Wanda et s'extirpa maladroitement de son étreinte. Elle partit vers l'escalier en silence, mais juste avant de disparaître à l'étage, elle regarda enfin Wanda de ses yeux gonflés.

— Merci.

— Ce n'est pas la peine de me remercier. Mais quoi qu'il en soit, de rien.

Blake ferma les yeux, hocha la tête, et reprit sa progression dans l'escalier.

— Où est-ce que tu veux manger ? demanda Wanda en se forçant à prendre un ton joyeux.

Elles étaient dans sa voiturette de golf au bout de la Grand-Rue, et elles réfléchissaient à leurs options. Cela avait pris un effort monumental, mais après avoir laissé Blake passer la plus grande partie de la matinée à se cacher dans sa chambre, Wanda avait fini par la convaincre de sortir déjeuner. Elle voulait que sa sœur se sente bien dans cette ville, et plus vite elle sortirait de la maison, plus vite elle serait en mesure de tomber amoureuse de Keating Hollow. Wanda savait que rien ne remplacerait la sécurité que Blake avait ressentie à l'époque où elle vivait chez sa grand-mère, mais elle était déterminée à faire tout ce qu'elle pourrait pour aider sa sœur à s'adapter à sa nouvelle vie. Parce que la question était réglée : Blake resterait ici si Wanda avait son mot à dire sur le sujet.

— Peu importe, dit-elle.

Son regard était tourné vers la rue, mais elle ne semblait pas vraiment la voir.

Bon, alors se sentir chez elle à Keating Hollow n'allait pas arriver vite ni facilement, mais il fallait qu'elles commencent quelque part, n'est-ce pas ?

— Des burgers, ça t'irait ?

— Ils en font des végétariens ?

Enfin une touche d'autre chose que de l'indifférence.

— Oui. Aux haricots rouges. Ça t'irait ?

Elle hocha la tête et Wanda appuya sur la pédale. La voiturette de golf s'élança.

— Tu te déplaces toujours avec ce truc ? lui demanda Blake.

Wanda sourit.

— Si la météo le permet, oui. Et même des fois où il fait mauvais temps. Ma magie de feu est bien pratique quand j'ai besoin de me tenir chaud, ajouta-t-elle avec un clin d'œil.

Blake fronça les sourcils.

— Mais pourquoi ? Tu n'as pas une voiture qui marche très bien ?

— Si. Mais ça, c'est cent fois plus drôle.

Pour appuyer ses dires, Wanda appuya sur un bouton et Miley Cyrus se mit à beugler « Party in the USA » dans les haut-parleurs.

— Tu écoutes *ça* ? demanda Blake comme si Wanda avait commis un péché capital.

— Ben oui. C'est marrant, répondit-elle, pas du tout perturbée par la désapprobation évidente de sa sœur.

— C'est pas possible. Il faut que tu mettes autre chose.

La conviction dans sa voix était un changement fort bienvenu par rapport à son apathie, et Wanda hocha la tête et appuya sur un bouton. La chanson suivante était « Shake it Off » de Taylor Swift et Wanda se mit à s'agiter en rythme sur son siège.

— Non !

Blake plaqua ses mains sur ses oreilles et se mit à rire.

— Sauvez-moi de la pop sirupeuse pour ados, pitié. N'importe quoi sauf ça.

— N'importe quoi ? ricana Wanda en appuyant sur le bouton à nouveau.

Cette fois, ce fut Shania Twain qui se mit à chanter sur le fait de se sentir femme.

— Tu déconnes, dit Blake en secouant la tête. Tu n'as rien qui soit de cette décennie là-dessus ?

En riant, elle attrapa la télécommande et appuya sur divers boutons jusqu'à ce qu'enfin, Prince sorte. Elle se mit à chanter « Purple Rain » à pleins poumons et ne s'arrêta que quand Wanda se gara devant la brasserie de Keating Hollow.

— Je croyais que tu voulais quelque chose de cette décennie, dit Wanda, ravie de voir un sourire sur le visage de sa petite sœur.

Un profond sentiment de satisfaction s'empara d'elle. Ce n'était pas la première fois qu'un tour dans la voiturette de golf avec Prince à fond avait remonté le moral de quelqu'un.

— Prince, c'est intemporel, déclara Blake en sautant de voiture. Bon, dépêche. J'ai la dalle maintenant.

Wanda mit la clé de la voiturette dans sa poche et suivit sa sœur à l'intérieur de la brasserie.

— Bonjour, Wanda. Une table pour deux ? demanda Sadie, une petite blonde qui travaillait là depuis des années.

— Oui. Sadie, je te présente ma petite sœur, Blake. Blake, voici Sadie.

— Enchantée, dit Blake avec un signe de tête.

— Oh, ta petite sœur, répéta Sadie.

Ses yeux pétillèrent comme si Wanda venait de lui livrer le potin le plus fou depuis que la star d'Hollywood, Silas Ansell, s'était pointée en ville.

— Vous savez, vous ne vous ressemblez vraiment pas. Vous êtes sûres d'être de la même famille ?

Avant que Wanda puisse répondre, Sadie jeta un coup d'œil à Blake et ajouta :

— Mais tu ressembles un peu à Brinn. Elle doit vous rejoindre ? Il vous faut une table pour trois ?

— *Brinn ?* articula silencieusement Blake à l'intention de Wanda, ne sachant visiblement pas de qui parlait Sadie.

Et comment aurait-elle pu le savoir ? Leur père ne s'était guère soucié du fait que Blake rencontre ou non sa famille lointaine. Wanda agita une main nonchalante.

— Pas aujourd'hui. Je suis à peu près persuadée que notre cousine travaille à la librairie toute la journée. On passera lui dire bonjour plus tard.

— Ça marche.

Sadie se tourna et leur fit signe de la suivre.

— J'ai une cousine ? murmura Blake.

— Oui. Elle est super cool, en plus. Tu t'entendras bien avec elle, répondit Wanda sur le même ton.

— Est-ce que j'ai aussi un oncle ou une tante ? s'enquit-elle, soudain pleine d'espoir.

Wanda secoua la tête.

— Non. Son père est décédé quand elle était petite et sa mère… eh bien, personne ne sait où elle est. Elle est partie le lendemain des dix-huit ans de Brinn.

— Laisse-moi deviner. La mère de Brinn est la sœur de papa.

Elle se renfrogna à nouveau et toute la légèreté qui lui était venue pendant qu'elle chantait sur Prince disparut.

— Malheureusement, oui.

Les Danvers étaient mal partis pour gagner le prix de la Famille Parfaite.

— Je vois.

Un muscle se contracta dans son cou, indiquant que Blake faisait de son mieux pour ravaler sa colère.

Wanda se nota de l'emmener dans un endroit où elle puisse se défouler. Comme un bar où on pouvait pratiquer le lancer de haches ou un cours de boxe à la salle de sport.

À peine furent-elles arrivées à leur table pour deux que Wanda entendit une voix féminine s'écrier :

— Ce n'est pas Wanda ? Elle déjeune avec nous aussi ?

Wanda se tourna vers la gauche et son regard tomba sur une belle femme d'âge mûr, blonde, avec un grand sourire. Son estomac se serra en reconnaissant la femme qui était entrée dans la chambre de Cameron à l'auberge.

— Wanda ?

La voix de Cameron lui parvint à travers le brouhaha ambiant. Une chaise racla contre le sol, et quand le regard de Wanda tomba enfin sur lui, il était déjà en train d'avancer vers elle, la main tendue.

— Salut, Cameron, dit-elle en se laissant aller contre lui.

Il l'enlaça d'un bras et l'embrassa sur la joue.

— Je ne savais pas que tu serais ici.

— J'ai passé la matinée à travailler avec Miranda et là on déjeune avec mes parents.

Il désigna le groupe attablé non loin de là.

— Vous devriez vous joindre à nous, toi et ta sœur.

47

DEANNA CHASE

— Je ne crois pas que…

— Ce n'est pas un souci, dit Sadie qui était déjà en train de déplacer les chaises et de pousser la petite table contre l'autre.

Tout fut installé en un temps record et elle ajouta :

— Je vais vous chercher de l'eau et puis je reviens prendre vos commandes pour les boissons.

Sadie avait disparu avant que Wanda puisse protester. Elle se tourna vers les trois autres qui la regardaient tous dans l'expectative. Il n'y avait pas moyen de se sortir de cette situation avec grâce, alors elle s'installa en face de sa sœur et dit :

— Bonjour tout le monde. Voilà ma sœur, Blake.

Une fois les présentations faites, Miranda se déplaça pour que Cameron puisse s'asseoir à côté de Wanda. Et le supplice commença à ce moment-là.

— Wanda, c'est formidable de vous revoir, déclara Emily Copeland. Je suis vraiment gênée qu'on ait gâché vos plans hier soir. J'espère que vous nous pardonnerez.

— Quels plans ? demanda Miranda en mordant dans une frite de patate douce.

— Oui, quels plans ? répéta Blake. Tu aurais dû me dire que tu avais quelque chose de prévu.

Plutôt *quelqu'un* de prévu, pensa Wanda. Elle ouvrit la bouche pour protester, mais Emily fut plus rapide.

— Elle est venue à l'auberge pour faire la surprise d'une soirée romantique à Cameron, mais je crains que nous n'ayons fait s'effondrer ses plans, dit-elle avec un petit rire. Pauvre Cameron. Je parie qu'il ne pensait pas qu'à son âge, sa mère l'empêcherait encore de conclure.

— Maman ! balbutia Cameron qui manqua de recracher la gorgée de bière qu'il venait de prendre.

Blake pouffa de rire.

— Oh, oups. Je l'ai empêché de conclure une deuxième fois quand il a essayé de faire une surprise à Wanda chez elle.

Le rire de Blake était de la musique aux oreilles de Wanda, et elle décida qu'elle pouvait bien endurer toute la gêne du monde tant que ça faisait sourire sa sœur.

— On peut passer à autre chose ? demanda Cameron en s'essuyant le menton avec sa serviette.

— Allons, Cam. Il ne faut pas être gêné pour ça, dit sa mère en lui tapotant le bras. Je m'inquiéterais davantage si je savais que tu n'avais *pas* de vie sexuelle.

Blake explosa de rire avant de plaquer une main devant sa bouche et de virer au rouge tomate.

Wanda ne put se retenir. Elle se mit à rire aussi.

— Est-ce que quelqu'un peut mettre fin à mes souffrances, là ? demanda Cameron. Une fléchette anesthésiante suffirait.

— Je t'en prie, dit Emily en levant les yeux au ciel. Tu es trop vieux pour aller te cacher sous la table. On est tous adultes ici… enfin, presque.

Elle adressa un clin d'œil à Blake.

— Il n'y a pas de honte à avoir.

— Je n'ai pas honte. Je n'ai juste pas envie de parler de ça avec ma mère, grommela Cameron. Miranda, aide-moi, s'il te plaît. Dis-leur que ce n'est pas un sujet de conversation approprié lors d'un déjeuner.

— Moi ?

Miranda plaça une main contre son cœur.

— Je suis une auteure de romance, Cam. Ça, là ? C'est une mine d'or pour l'inspiration. Pas moyen. Je veux entendre ce qui s'est passé quand Emily a interrompu la surprise.

— Nan ! intervint Wanda en fusillant Miranda du regard. Hors de question qu'on parle de ça. Disons juste que je voulais faire une surprise à Cam. Au lieu de quoi, c'est moi qui ai été surprise. Et puis il m'a rendu la pareille en se retrouvant à moitié nu devant ma sœur. Je crois qu'on peut dire qu'hier soir ne devait pas arriver pour nous.

— Oh, ma pauvre, dit Miranda en riant. C'est vraiment pas de pot.

— Ça, c'est clair, intervint Blake. On n'a pas vraiment vécu avant d'interrompre le plan cul de quelqu'un.

Emily ricana et leva la main pour que la jeune fille lui fasse un high-five.

— Bien dit !

Le père de Cameron pencha la tête en riant dans sa barbe. Wanda se tourna vers Cameron.

— Je commence à me dire qu'on devrait décoller d'ici et les laisser entre eux.

— Bonne idée. Décollage pour le septième ciel, hein, plaisanta Miranda.

Le reste de la tablée rugit de rire.

Wanda sentit tout son corps se mettre à brûler d'embarras. Mais cela ne l'empêcha pas de rire avec eux. Ça ne l'embêtait pas d'être le dindon de la farce, tant que cela faisait pétiller les yeux de sa petite sœur.

CHAPITRE 6

*C*ameron se saisit du dernier best-seller de Miranda et fit semblant de lire la quatrième de couverture pendant qu'il observait Wanda et Blake parler à Brinn. La vendeuse de la librairie sortit à toute vitesse de derrière sa caisse pour venir serrer une Blake éberluée dans ses bras. Quand elle recula, Brinn garda les bras de Blake dans ses mains et se mit à parler avec animation pendant que Wanda se tenait à côté et observait sa sœur.

Après le déjeuner, les parents de Cameron étaient partis pour le vignoble des Pelsh pour une visite et une dégustation de leurs cépages en édition limitée. Et quand Wanda avait mentionné qu'il fallait qu'elle passe à Hollow Books avec Blake, Cameron et Miranda n'avaient pas hésité à se joindre à elles. Miranda avait dit qu'elle avait des livres à dédicacer et Cameron avait marmonné qu'il n'avait plus rien à lire.

Wanda lui avait jeté un regard sceptique, mais ne l'avait pas défié ouvertement. Au lieu de cela, elle était restée en arrière et avait marché à son côté pendant que sa sœur parlait avec Miranda de son premier livre, *Une sorcière et toi*. Cela avait pris des années, mais il allait enfin être adapté en film, et Cameron était celui qui en avait écrit le scénario, sous la supervision de Miranda.

— Elle est adorable, Cam, dit Miranda en lui prenant son livre des mains.

Elle l'ouvrit et y griffonna son nom sur la page de titre avant de le remettre sur l'étagère.

— Oui, dit-il sans détacher son regard de Wanda.

Ses cheveux roux avaient pris une nuance dorée au soleil qui filtrait par la vitre, et Cameron se fit la réflexion qu'elle n'avait jamais été aussi jolie.

— Qu'est-ce que tu comptes faire à ce propos ?

Il se tourna vers sa collègue et fronça les sourcils.

— Comment ça, qu'est-ce que je compte faire ?

Elle repoussa une mèche sombre de devant ses yeux et lui adressa un sourire en coin.

— Je veux dire, tu comptes sceller les choses ou tu vas laisser celle-ci se barrer aussi ? Ton palmarès en matière de relations longues est assez minable, hein.

— Qu'est-ce que tu en sais ?

Cela ne faisait que quelques mois qu'il connaissait Miranda. Ils étaient amis, mais ce n'était pas comme s'il lui avait confié tous ses secrets les plus chers.

— Je sais me servir de Google, Cam. Les gens célèbres ne peuvent pas rester discrets, même en tant que simple scénariste.

Elle lui serra doucement le bras.

— Je sais tout des mannequins et des actrices débutantes avec qui tu es sorti ces dernières années. Ta plus longue relation a duré, genre, trois mois, c'est ça ?

— Sérieux ? Tu montes un dossier sur moi ?

Il fit un pas en arrière en se demandant s'il n'avait pas

commis une grave erreur en devenant ami avec elle.

— Tu ne vas pas t'introduire dans ma chambre pour laisser un lapin mort sur le lit, hein ?

Miranda renversa la tête en arrière et éclata de rire.

— Non, trésor. Si je devais m'introduire chez toi, ce serait plutôt pour déposer un sachet d'herbes qui jetterait un maléfice sur tes parties.

Cameron grimaça.

— Dis-moi que tu blagues.

Elle pouffait toujours de rire. Elle cogna son épaule contre la sienne et dit :

— Bien sûr. Je t'ai googlé quand on a commencé à travailler ensemble, par précaution. Forcément, je ne voulais pas travailler avec un taré.

Elle lui fit un clin d'œil.

— Il y avait un article qui divergeait de ta carrière pour se lancer sur le sujet de tes relations amoureuses. Je dois dire que Wanda est cent fois mieux que toutes ces filles.

— C'est vrai.

Les femmes avec qui il était sorti à Los Angeles avaient souvent été des rancards arrangés par des amis. Il avait essayé chaque fois, mais aucune n'avait retenu son intérêt plus de quelques mois. Ce qui lui convenait parfaitement. Il n'avait pas envie d'une relation sérieuse. La dernière fois qu'il s'était engagé auprès d'une femme, cela avait failli le briser. Il lui avait fallu des mois pour s'en remettre, et par la suite, il avait décidé qu'il ne voulait plus jamais emprunter ce chemin. Mais désormais, il y avait Wanda. Et pour une raison ou une autre, il n'arrêtait pas de la voir installée dans son bungalow sur les collines d'Hollywood. De façon permanente.

— Rends-toi service et ne fous pas ça en l'air, Cam, dit

Miranda. Fais en sorte de la garder. Tu ne trouveras pas une autre femme comme elle.

Non. En effet. Wanda était drôle, indépendante, et elle irradiait de joie. Elle n'était pas intéressée par la célébrité, le statut, ou sa belle maison à Hollywood. Wanda aimait Keating Hollow, ses amis et son travail. Et elle avait un cœur en or. Le monde était juste plus beau quand elle était dans les parages.

— Tu m'écoutes ? insista Miranda.

— Je t'ai entendue.

Il lui jeta un regard, décidé à mettre fin à cette conversation.

— Tu n'es pas censée aller harceler Gideon maintenant, ou bien ?

— Pour tout dire…

Elle regarda l'heure à sa montre délicate et jeta un coup d'œil à la porte juste au moment où son petit ami la franchissait. Il parcourut les lieux du regard et fonça droit sur elle. Son look de play-boy hollywoodien avait disparu en seulement quelques semaines depuis qu'il avait emménagé à Keating Hollow. Il avait troqué son pantalon de ville et sa chemise pour un jean usé et un polo Henley. Ses mains étaient tachées de peinture et sa coupe aurait eu besoin d'un rafraîchissement, mais cette allure négligée lui allait bien.

— Cameron. Comment ça va ? dit-il en lui serrant la main. Ravi de te revoir. Est-ce que vous avez pu travailler sur le script, Miranda et toi ?

— Oui, répondit Miranda à sa place.

Elle passa son bras en travers de celui de Gideon et commença à l'entraîner vers la porte.

— Bon, filons d'ici, que Cameron puisse attaquer.

— Attaquer ? répéta Gideon en le regardant.

— Laisse tomber.

Cam secoua la tête en regardant Miranda.

— File. Je t'appelle demain, quand j'aurai parlé au réalisateur.

— Salut !

Miranda agita la main et traîna son homme hors de la librairie.

Cameron ne s'embêta même pas à faire semblant de chercher de la lecture. Au lieu de ça, il resta planté là à observer Wanda et à admirer sa chute de reins dans ce jean, en rêvant de se retrouver à nouveau seul avec elle.

Il ne fallut guère de temps avant qu'elle ne se tourne vers lui. Leurs regards s'accrochèrent et il eut l'impression que tout le reste du monde avait disparu. Il n'y avait que Wanda et il avait désespérément envie d'elle.

Comme dans une transe, elle marcha jusqu'à lui sans le quitter du regard. Elle s'arrêta juste devant lui et murmura :

— Tu ferais sans doute bien d'arrêter de me regarder comme ça.

Il tendit la main pour retirer une mèche de cheveux de devant les yeux de la jeune femme.

— Pourquoi ça ?

— Parce que sinon, je risque de t'arracher tes fringues en public, et là, on fera vraiment l'objet de toutes les conversations dans cette ville.

Cameron réprima un grognement. Puis il la tira derrière un rayonnage qui leur offrait un minimum d'intimité et la plaqua contre l'étagère.

La respiration de Wanda se bloqua et elle baissa le regard vers ses lèvres.

— Si tu ne m'embrasses pas tout de suite...

Il ne lui laissa pas l'occasion de terminer sa phrase. Il prit ses joues entre ses mains et couvrit ses lèvres des siennes en un baiser affamé. Elle avait un goût de poire, avec un zeste de cerise, et de désir à l'état pur.

Elle fondit contre lui et serra sa chemise dans son poing.

Cameron sentit tout son corps s'embraser d'un besoin d'elle qui surpassait tout. Il y avait eu de l'alchimie entre eux auparavant, mais désormais, c'était électrique.

— Bon sang, Wanda. Je suis à une demi-seconde de te jeter sur mon épaule et de te traîner jusqu'à ma chambre à l'auberge.

Elle gémit et le serra plus fort.

— On a un très mauvais timing.

Il recula pour plonger dans son regard noisette et caressa sa pommette de son pouce.

— Peut-être qu'on peut travailler là-dessus. Tu crois que tu pourrais t'éclipser quelques heures pour dîner demain ?

Wanda jeta un regard par-dessus son épaule vers l'entrée de la librairie. Quand elle se tourna à nouveau vers lui, elle dit :

— Un déjeuner serait mieux. Je ne veux pas laisser ma sœur toute seule pour dîner. Ça n'a pas été facile pour elle dernièrement.

— Pour déjeuner alors.

Il déposa un autre baiser sur ses lèvres, avec douceur, cette fois, et il s'attarda contre elle pour dire :

— Treize heures ?

— À La Lisière ?

Il lui sourit.

Je voyais plus un pique-nique dans ma chambre. Et si on se retrouvait au truc qui a ouvert à côté de Mystyk Pizza, qu'on prenait quelques sandwiches et qu'on revenait à l'auberge ?

— Un pique-nique dans une chambre, ça m'a l'air parfait.

Elle se hissa sur la pointe des pieds, le gratifia d'un autre baiser enflammé, et se dépêcha de retourner de l'autre côté, le visage rougi, un grand sourire aux lèvres.

CAMERON ÉTAIT ASSIS au petit bureau de sa chambre à l'auberge et rédigeait un email pour le réalisateur de *Vallée de Feu*, la nouvelle série sur laquelle il travaillait avec Miranda. Il avait envoyé le script revu et corrigé ce matin, et le projet avait reçu le feu vert dans l'heure : ils étaient prêts à commencer le casting. C'était une super nouvelle, mais le producteur exécutif voulait le voir à Vancouver le plus vite possible pour avoir son avis. Cela voulait dire qu'il allait devoir partir le matin suivant, trois jours plus tôt que ce qu'il avait prévu.

Il allait donc devoir faire en sorte que cet après-midi compte. Après avoir pris une douche et rangé la chambre, il était juste sur le point de sortir quand son téléphone sonna. Le nom de Wanda apparut sur l'écran.

— Bonjour, ma belle. Tu m'attends ? Je partais justement, annonça-t-il en tendant la main vers la poignée.

— Heu, non, dit Wanda. Je suis désolée, Cameron, mais je ne vais pas pouvoir venir aujourd'hui. Il s'est passé un truc avec Blake et il faut que je règle ça.

Toute sa hâte joyeuse disparut, remplacée par de l'inquiétude.

— Est-ce que tout va bien ?

— Oui.

Elle soupira.

— Je suis vraiment désolée. Sa grand-mère est malade et elle ne le prend pas très bien. Je crois qu'on va juste rester à la maison, regarder des films et faire des cookies. Une journée entre filles, à l'ancienne.

— Je suis désolé d'entendre que ce n'est pas facile pour elle en ce moment, mais on dirait que tu gères la situation du mieux possible.

Est-ce que c'était dingue que Cameron soit un peu jaloux qu'il ne soit pas la personne avec qui elle ferait des cookies ? L'idée de passer une journée complète avec elle à la maison, à regarder un film, était presque plus tentante que le pique-nique au lit qu'il avait prévu. Presque.

— Je fais de mon mieux.

Il entendit la tension dans sa voix.

— Je peux faire quelque chose ?

— On peut remettre ça à un autre jour ? demanda-t-elle. Demain, peut-être. Un pique-nique en mode brunch, ça serait super.

Il ne put retenir son grognement de frustration.

— J'aurais adoré, mais il faut que je sois dans un avion pour Vancouver tôt demain matin. On m'a prévenu il y a une heure.

— Oh. Mince alors.

Elle se racla la gorge.

— Tu sais quand tu reviens ?

— D'ici quelques semaines.

Il y eut un silence.

Enfin, Wanda dit :

— Un dîner quand tu reviens ?

— Carrément.

La déception le submergea et il maudit son producteur. Il avait attendu des semaines pour revoir Wanda et il n'avait eu droit qu'à un déjeuner et quelques baisers volés.

— Tu m'appelles ce soir ? demanda-t-elle. J'ai envie d'entendre ta voix avant que tu repartes.

— Ça marche.

Une fois l'appel terminé, Cameron fourra le téléphone dans sa poche et sortit de la pièce. Il fallait qu'il bouge. Rester à l'auberge n'était pas une option. S'il faisait ça, il allait passer le reste de la journée à se lamenter pour son rendez-vous manqué avec Wanda.

Il avait à peine fait une centaine de mètres dans la rue que son téléphone vibra à nouveau. Son cœur gonfla d'espoir à l'idée que c'était Wanda et qu'elle avait changé d'avis et trouvé le temps de le voir avant qu'il ne doive partir. Mais quand il regarda l'écran, c'était un numéro qu'il ne reconnut pas. Il fronça les sourcils. Normalement, il ne répondait pas aux numéros inconnus, mais comme le film était toujours en production et que la série télé démarrait tout juste, il n'avait pas le choix. Cet appel concernait certainement un de ces projets.

— Cameron Copeland, annonça-t-il.

— Ah, Mr Copeland ? demanda une voix hésitante.

Il retint un soupir. La personne au bout du fil avait l'air d'un stagiaire qui ne savait pas encore quoi faire au juste.

— Oui, qui est à l'appareil ?

— Cam Berry.

— On se connaît ? demanda-t-il, perdu.

Ce nom de famille lui disait certes quelque chose. Sa petite amie quand il était à la fac s'appelait Tori Berry. Avait-elle vraiment donné son prénom à son fils ? Et juste après l'avoir largué ? Ça n'avait aucune logique.

— Non. On ne s'est pas encore rencontrés.

— Écoutez, Cam, je ne sais pas pourquoi vous appelez, mais je n'ai vraiment pas…

Cam le coupa d'une voix précipitée :

— Je suis votre fils.

Le corps de Cameron se glaça et il resta planté sur le trottoir, dans le soleil de cette fin d'hiver, en état de choc. Il devait avoir mal entendu.

— Quoi ?

Le jeune homme à l'autre bout du fil prit une brève inspiration.

— Ma mère est décédée il y a six mois de cela, et en faisant le tri dans ses papiers, j'ai appris que vous étiez mon père.

Une vague de panique parcourut Cameron. Ça ne pouvait pas être en train d'arriver. C'était impossible. Tori le lui aurait dit s'il avait été père, n'est-ce pas ? Une petite voix désagréable dans sa tête lui rappela qu'elle était partie en ne laissant qu'un message qui disait *désolée*. La personne au bout du fil était-elle la raison pour laquelle elle avait disparu ?

— Je ne comprends pas. Ce doit être une erreur.

— Écoutez, Mr Copeland. Je ne veux rien exiger de vous. Je veux juste vous rencontrer.

Un signal d'alarme s'était mis en route dans sa tête, mais il se força à l'ignorer. S'il y avait ne serait-ce qu'une chance que ce soit vrai, il fallait qu'il le découvre.

— Qu'avez-vous trouvé pour vous mettre à penser que je suis votre père ?

Il y eut une pause, avant la réponse :

— Mon certificat de naissance original.

CHAPITRE 7

*W*anda se tenait derrière Blake, assise à table devant son ordinateur en train de regarder sa tante Linda bouger l'écran pour qu'elle puisse utiliser Facetime avec sa grand-mère. En dépit du déjeuner marrant et du bon moment passé avec Brinn la veille, Blake avait eu une matinée difficile. Elle s'était réveillée d'un cauchemar, mais n'avait pas voulu en parler à Wanda. Au lieu de cela, elle avait juste insisté sur le fait qu'elle avait besoin de parler à sa grand-mère. Il avait fallu que Wanda se montre très convaincante, mais Linda avait finalement accepté de les laisser se parler sur Facetime tant que Blake promettait de ne pas aborder le sujet de revenir vivre chez elle.

Blake avait commencé à protester, mais Linda l'avait rapidement fait taire. C'était soit promettre de ne pas en parler, soit pas de conversation du tout. Au final, elle avait accepté, mais elle avait passé trente minutes à s'en plaindre auprès de Wanda.

— Bonjour, grand-mère.

Blake sourit à la webcam et agita la main avec enthousiasme.

— Tu es superbe aujourd'hui. Tu sors de chez le coiffeur ?

La vieille dame sourit à l'écran et passa une main dans ses boucles auburn récemment teintes.

— Non. Ça fait quelques mois que je n'ai pas vu Hal. C'est vraiment un génie. Il me fait toujours paraître au mieux.

Blake fronça les sourcils.

— Hal s'est installé dans le Vermont ?

Derrière sa mère, Linda secoua la tête et articula *non*. Puis elle se pencha vers sa mère et intervint :

— En fait, maman, c'est Vicki qui t'a coiffée il y a quelques jours. Tu t'en souviens ? On y est allées ensemble et elle a fait nos ongles aussi.

— Ah bon ?

Grand-Mère regarda ses doigts et la surprise se peignit sur son visage en découvrant ses ongles rouge vif.

— On dirait bien.

Elle leva les mains pour faire admirer sa manucure à Blake.

— Linda s'occupe si bien de moi. Je vais être la reine du bal au déjeuner paroissial ce week-end.

Blake pouffa de rire.

— Tu es toujours la reine du bal, grand-mère. C'est chouette que ta nouvelle église organise des déjeuners paroissiaux aussi. Je sais à quel point tu aimais ça.

— Ma nouvelle église ? Mais non, ma chérie. Je vais toujours à la même, bien sûr. C'est là que j'irai tant que le pasteur Kincaid fera le service. Tu sais que je l'aime beaucoup. Ton grand-père n'est pas fan des cantiques, mais il fait avec.

Wanda sentit son ventre se tordre d'effroi. Il était clair que la grand-mère de Blake avait du mal à se rappeler avoir déménagé dans le Vermont pour vivre chez Linda. Il n'était même pas certain qu'elle se souvenait du décès de son mari. Linda n'avait visiblement pas exagéré la situation. Pour tout dire, elle avait plutôt adouci les choses.

— D'accord, dit Blake d'une voix tremblante. Le pasteur Kincaid sait tenir son public.

Wanda posa une main sur l'épaule de sa sœur et la serra doucement. Au bout d'un moment, Blake plaça la sienne par-dessus et lui rendit son étreinte.

La conversation se poursuivit une dizaine de minutes jusqu'à ce que sa grand-mère se lève et déclare qu'il fallait qu'elle se prépare pour aller déjeuner avec ses copines. Celles qui étaient restées dans son ancienne ville.

Une fois que sa mère eut disparu de la pièce, le visage pincé de Linda emplit l'écran.

— Comme vous le voyez, elle n'est pas du tout en état de gérer une ado. Je suis désolée, Blake, mais il n'est juste pas possible que tu emménages ici ou que tu lui rendes visite en ce moment. Elle a des bons jours et des mauvais. Aujourd'hui, c'est un mauvais jour. Quand elle se rendra compte qu'il n'y a pas de déjeuner avec Patsy et Minnie, ça sera encore pire.

— Je comprends, dit Blake en essuyant les larmes qui perlaient à ses yeux. Wanda a dit que je pouvais rester ici.

— C'est exact, intervint Wanda. Mais je vais avoir besoin de papiers pour prouver que je suis sa tutrice légale et pouvoir l'inscrire au lycée. Vous pourrez nous aider avec ça, vu que c'est toujours sa grand-mère qui a la garde officiellement ?

Linda hocha la tête.

— J'appellerai un avocat et on s'en occupera.

Et puis, sans avertissement, elle mit fin à l'appel et les laissa avec un écran vide. Blake jeta un coup d'œil à Wanda.

— Eh, c'est pas poli, ça. Elle n'a même pas dit au revoir.

Wanda était d'accord, mais plutôt que de renforcer l'animosité de la jeune fille, elle choisit une approche plus délicate.

— Oui, elle doit être très stressée. Au moins, tu as pu parler à ta grand-mère.

Blake s'affaissa sur sa chaise et se couvrit le visage des mains.

— Elle est dans un état bien pire que ce que je pensais. Elle croit qu'elle est toujours dans le Maine et elle ne sait pas que grand-père est mort.

Wanda aurait voulu la serrer dans ses bras et la protéger physiquement, mais elle savait que Blake avait surtout besoin de temps pour gérer ses émotions.

— Je sais, ma puce. Je suis vraiment désolée.

Ses épaules se mirent à trembler et elle laissa un sanglot lui échapper. Wanda posa les mains sur ses épaules et les serra pour lui faire comprendre qu'elle n'affronterait pas ça toute seule. Pas tant qu'elle serait là.

Quand Blake se calma enfin, elle se tourna et regarda Wanda, les yeux rouges et gonflés.

— Qu'est-ce que je vais faire maintenant ?

— Sur le long terme, tu vas aménager cette chambre comme il te plaît et t'inscrire au lycée ici, à Keating Hollow. Voilà. Tant que tu es à l'école, tu n'as besoin de rien faire d'autre à part nettoyer derrière toi. Si tu veux participer à des activités extrascolaires, pas de souci. Si tu veux prendre un petit boulot à temps partiel, ça marche aussi. Tout ça, c'est comme tu veux. Juste pas d'alcool, pas de fêtes et pas de mensonges. Tant que tu suis ces règles, on s'entendra très bien.

Blake hocha la tête et tourna sur elle-même, toujours recroquevillée, l'air complètement abattue.

— Quant à ce que tu vas faire aujourd'hui, qu'est-ce que tu dirais de te blottir sur le canapé pour un marathon ciné ? On peut se regarder des classiques de la comédie romantique comme *Pretty Woman*, *Un monde pour nous* ou *Clueless.*

— Berk, pourquoi ça ? protesta Blake. Je préférerais *Highschool Musical*, hein.

Wanda se mit à rire.

— OK. *Highschool Musical*, alors. Mais d'abord, on fait des cookies. Avec double dose de pépites de chocolat. Et peut-être un brownie fourré au caramel.

— De la pâtisserie et des films.

Blake hocha lentement la tête. Au bout d'un instant, elle adressa un sourire fatigué à Wanda.

— Ça a l'air si… normal. Je crois que la dernière fois que j'ai fait des gâteaux, c'était chez grand-mère.

Soit plus de deux ans auparavant. Wanda sentit son cœur déjà endolori se briser en deux. Elle ne pouvait imaginer ce que la vie de sa sœur avait été quand elle habitait chez ses parents. Désormais, elle ressentait un besoin désespéré de lui offrir tout ce qu'elle n'avait pas pu obtenir de la part des deux personnes qui étaient censées l'aimer le plus au monde.

Une fois que Blake fut installée dans la cuisine, lancée dans la confection des cookies, Wanda s'éclipsa pour appeler Cameron et le prévenir qu'elle allait devoir manquer leur déjeuner. Malheureusement, elle apprit qu'il quittait la ville de nouveau et que leurs retrouvailles devraient attendre. Elle était déçue, mais elle ne regrettait pas ses choix. Sa sœur avait besoin d'elle. Fin de la discussion.

Avec un plateau plein de brownies et de cookies, Wanda trouva *Highschool Musical* sur un de ses services de streaming et s'installa sur le canapé avec Blake. Ensuite de quoi, elles passèrent à *Clueless* et *Lolita malgré moi*, et quand elles furent au milieu d'*Un monde pour nous*, Blake se pelotonna sur elle-même et se mit à sangloter dans un coussin.

— Eh, dit Wanda en se rapprochant. Qu'est-ce qui se passe ?

Bien sûr, elle savait que c'était soit à cause de ses parents qui l'avaient abandonnée, soit à cause de la maladie de sa grand-mère, mais elle n'aurait su dire lequel de ces deux éléments avait déclenché la crise de larmes.

— Tout le monde finit par partir, dit-elle dans un petit sanglot avant de s'enfouir davantage sous sa couverture.

Oh mince. Wanda jeta un coup d'œil à la télé où le père du personnage principal venait d'être arrêté en laissant sa fille toute seule. Wanda aurait dû être plus maligne. Elle aurait dû faire plus attention au contenu du film.

— Pas tout le monde, Blake. Je sais que c'est l'impression que ça donne, mais tu verras. Je ne partirai pas. Je suis là pour de bon. Tu comprends ? Je serai toujours ici, à Keating Hollow. Je serai là pour toi aussi longtemps que tu voudras bien de moi.

Blake se redressa rapidement, le regard enflammé.

— Tu oublies que je sais lire les gens, Wanda. Ne te fiche pas de moi.

Wanda recula, choquée. C'était dans sa nature de se défendre, mais elle n'avait pas envie de repousser Blake. Il fallait qu'elle comprenne ce qu'elle pensait et qu'elle essaie de la rassurer, si c'était possible.

— Je n'ai pas oublié que tu lis les auras. Mais je dois reconnaître que je ne comprends pas ce que tu sens chez moi. Parce que dès l'instant où tu es apparue devant ma porte, tout ce que j'ai voulu, c'est te garder en sécurité. Je n'ai aucune envie que tu t'en ailles.

— Oui.

Blake ferma les yeux et secoua la tête comme pour éclaircir ses pensées.

— Je vois ça. C'est clair et net. Il y a là une énergie de grande sœur protectrice.

Elle eut un rire sans joie.

— Tu sais qui d'autre possède ce genre d'énergie quand il n'est pas à la moitié d'une bouteille de Jack Daniels ?

— Notre père ? demanda Wanda.

Il était du genre protecteur, mais seulement quand cela l'arrangeait ou qu'il avait envie d'impressionner quelqu'un. Dès que la personne devenait gênante, il la laissait tomber pour faire ce qu'il voulait.

Blake hocha la tête et repoussa ses cheveux sombres. Elle étrécit les yeux et demanda à Wanda :

— Comment je peux te faire confiance pour ne pas faire la même chose ? Pour ne pas me mettre de côté pour Cameron ?

— Cameron ?

Ouah. Elle n'aurait jamais imaginé que cette conversation prendrait cette tournure. Ce n'était pas sérieux entre Cameron et elle. Ils ne vivaient même pas dans la même ville. Mais comme Wanda était la seule personne de la famille de Blake qui semblait se soucier d'elle, elle supposait que Cameron devait avoir l'air menaçant. Surtout étant donné son passé avec ses parents.

— Qu'est-ce qui m'arrivera si tu décides de te barrer pour l'épouser ? Tu partiras à Los Angeles et moi je serai où ? Toute seule. De nouveau. Et puis quoi ?

Sa voix était défiante, mais Wanda distingua la vérité derrière cette façade. Sa sœur avait peur. Elle était terrifiée. Et c'était normal. Wanda était la dernière personne sur qui elle pouvait encore compter.

— Blake, dit-elle en se redressant pour lui accorder toute son attention. Je ne quitterai jamais Keating Hollow. C'est ma maison. C'est l'endroit où je me sens en sécurité. La famille que je me suis choisie est ici. Mon travail est ici. Mon chez-moi est ici. Et maintenant, *tu* es ici. Cameron... c'est un mec très chouette, mais il n'y a rien de sérieux entre nous. Ce n'est même pas mon petit ami.

— Il a envie de l'être.

— Et il part pour Vancouver demain. Je ne suis même pas sûre de le revoir. Ce n'est pas vraiment la recette d'une relation longue qui fonctionne. Et ce n'est pas ce que je cherche de toute façon. Mais ce n'est pas ça qui est important. Il faut que tu comprennes que je ne suis pas notre père. Je ne vais pas t'abandonner. Jamais. Tu es ma sœur. Je sais que nous n'avons pas grandi ensemble, mais tu comptes pour moi. Et si tu le veux bien, j'aimerais vraiment gagner ta confiance et te le prouver.

Blake ne répondit rien. Elle se contenta de triturer sa couverture et finit par hocher la tête.

Wanda serra la main de sa sœur et la lâcha pour se lever.

— Et si on mangeait autre chose que du sucre ? On commande un truc ? Je pourrais appeler Mystyk Pizza.

— D'accord.

— Super. J'ai très envie de fromage fondu. Végé ? Viande ? Poulet Alfredo ?

— Végé, répondit Blake avec un sourire en coin. Il faut qu'on mange un truc qui compense les brownies.

Wanda pouffa de rire et partit à la recherche de son téléphone pour commander leur dîner.

Appuyée contre ses oreillers dans sa chambre, Wanda écouta le ruisseau qui chantonnait dans le tableau des séquoias. Un peu de la magie de Cameron s'était attardée quand il avait essayé de lui faire une surprise la veille. Elle mourait d'envie de filer à l'auberge juste pour le voir une dernière fois avant son départ. Elle savait sans l'ombre d'un doute que s'il n'y avait pas eu Blake, elle aurait déjà été en route. Ce n'était pas juste le côté physique de cette relation qui l'attirait. Il lui plaisait en tant que personne.

Mais le fait qu'il vivait dans une autre ville, qu'il lui avait dit dès le départ qu'il n'était pas doué pour les relations, et qu'il avait un emploi du temps imprévisible voulait dire que se lancer dans quelque chose avec lui n'avait pas vraiment de sens. Elle se rendait compte qu'elle aurait été prête à le qualifier de petit ami avant, mais ce n'était plus possible désormais. Pas avec Blake.

Cameron était destiné à sortir de sa vie. Ça, Wanda pouvait le gérer. Elle était une grande fille et elle savait ce qu'elle voulait dans la vie. Être avec un homme n'avait jamais vraiment fait partie de l'équation. Et ça lui convenait. Elle avait ses amis, sa carrière, et une super ville qui ne la laisserait jamais tomber. Son père l'avait abandonnée et elle avait toujours été déterminée à ne pas dépendre d'un homme. Elle aurait pu faire de la place à un homme, mais selon ses termes. Et la tournure qu'avaient prise les choses convenait parfaitement tant à Cameron qu'à elle.

Désormais, il fallait qu'elle s'inquiète de Blake. Non seulement elle craignait que Blake ne s'attache à lui et qu'il parte, comme il était destiné à le faire, mais il fallait aussi qu'elle-même se concentre sur sa sœur, pour qu'elle se sente en sécurité. Ce n'était pas le moment de démarrer une relation à distance avec qui que ce soit, et encore moins avec un homme qui semblait avoir autant de problèmes qu'elle avec le fait de s'engager.

Wanda se laissa glisser dans le lit et enfouit la tête sous les couvertures pour ne plus voir le ruisseau qui glougloutait sur le tableau. Ça ne lui faisait pas du bien de le contempler. Juste alors qu'elle commençait à s'assoupir, son téléphone vibra. Elle gémit en tendant la main vers l'appareil, sachant déjà qui lui avait envoyé ce message.

CHAPITRE 8

*C*ameron était toujours sous le choc quand il revint dans sa chambre à l'auberge. Il avait passé toute la journée à marcher sans but dans la ville, mais cela ne l'avait pas aidé à se remettre du coup de fil de Cam Berry. Dire qu'il ne l'avait pas vu venir aurait été un euphémisme. Comment était-il possible qu'il ait un fils ? Comment était-il possible que Tori ait été enceinte et ne lui ait rien dit ? L'avait-elle appris avant ou après l'avoir quitté ?

Il en avait encore le tournis.

Il avait un fils. Un fils de dix-neuf ans.

Cameron était déchiré entre l'envie de sauter dans un avion pour San Diego pour le rencontrer et celle de prendre la fuite à Vancouver. Il avait passé l'après-midi à essayer de se faire à cette nouvelle réalité. À essayer de comprendre la décision de Tori en se repassant leur rupture, encore et encore, dans une tentative de découvrir pourquoi elle lui avait caché cela.

Cameron l'avait aimée. Il voulait l'épouser. Quand elle l'avait quitté, cela lui avait brisé le cœur. Mais pourquoi lui avait-elle dissimulé l'existence de son enfant ?

Un sentiment de rage s'empara de lui et il eut envie de hurler. Mais sur qui ? Tori n'était plus là. Rien de tout cela n'était de la faute de Cam. Sans autre exutoire, Cameron enfila un short, un tee-shirt, et des baskets. L'instant d'après, il déboulait hors de l'auberge pour se mettre à courir.

Une heure plus tard, ruisselant de sueur et physiquement épuisé, il revint à sa chambre. Il s'était débarrassé de la colère, mais il était de nouveau étourdi. Dans le brouillard, il rejoignit la douche en espérant qu'il aurait les idées un peu plus claires après.

Cela ne fonctionna pas.

Il avait besoin de parler à quelqu'un. Il le savait. Hors de question d'en parler à ses parents. Pas maintenant. Ils lui poseraient toutes les questions auxquelles il ne pouvait pas répondre. Et puis ils voudraient rencontrer Cam. Il ne doutait pas un seul instant qu'ils seraient ravis d'apprendre qu'ils étaient grands-parents. Oui, ils seraient bouleversés d'avoir manqué les dix-neuf premières années de sa vie, mais ils ne perdraient pas de temps avant de l'intégrer à la famille.

Est-ce qu'il y avait quelque chose qui déconnait chez lui pour que son premier instinct ne soit pas de partir tout droit pour la Californie du Sud ?

Il n'y avait qu'une seule personne à qui il ait envie de parler.

Cameron saisit son téléphone et tapa un texto à l'intention de Wanda.

Eh, ma belle. Tu as une minute ?

Comme elle ne répondit pas tout de suite, il s'allongea sur son lit et ferma les yeux. Mais le sommeil n'était pas au programme. Son cerveau refusait d'arrêter de tourner. Alors il fixa le plafond en essayant de se souvenir de ce qu'il y avait de si important à Vancouver qu'il ne pouvait pas laisser tomber.

Il ne savait pas combien de temps s'était écoulé quand son

téléphone émit enfin un bip. Mais alors, pour il ne savait quelle raison, il craignit de regarder le message. Il saisit tout de même l'appareil et cliqua sur la notification.

Wanda : *Je suis désolée, Cameron. Je ne pense pas que ce soit une bonne idée pour nous de continuer. Ma sœur a besoin de moi en ce moment, et c'est mieux pour nous deux de ne pas insister. On savait tous les deux que c'était temporaire de toute façon. Tu es un mec super et un bon ami. Bonne chance avec ton film et la série. Je suis sûre que les deux seront géniaux.*

Cameron lut le message trois fois avant d'éteindre son téléphone, d'enfouir son visage dans l'oreiller et de pousser un gémissement désespéré.

IL FALLUT trois jours à Cameron avant de rappeler son fils. Trois jours pour se faire à l'idée d'une nouvelle réalité où il avait un fils et où il ne voyait plus Wanda. Il était toujours perdu quant au premier élément, mais il en était venu à l'accepter. Mais le second ? Il tournait toujours en boucle là-dessus. Qu'avait-il fait pour qu'elle le plaque comme ça ? Il comprenait que sa sœur traversait une mauvaise passe, mais est-ce que ça voulait vraiment dire qu'ils ne pouvaient plus se voir ? À l'évidence, oui, parce que Wanda n'avait pas mâché ses mots et ne lui avait pas non plus laissé une chance de la faire changer d'avis.

Une fois de plus, Cameron se retrouvait à faire les cent pas dans sa chambre d'hôtel. C'était sa première soirée de libre depuis qu'il avait atterri à Vancouver quelques jours auparavant. En plus d'être l'un des principaux scénaristes de *Vallée de Feu*, Cameron avait aussi signé pour être l'un des producteurs, et il se retrouvait à devoir assister aux castings et aux auditions. Mais maintenant qu'il avait un moment à lui, il ne pouvait plus repousser l'inévitable.

— Cameron ? dit son fils en décrochant.

— Oui. Désolé d'avoir mis aussi longtemps à te rappeler. Je...

Que pouvait-il dire ? Je suis un idiot ? C'était sans doute ce qu'il y avait de plus proche de la vérité.

— Ne vous en faites pas, dit Cam. Je sais que la nouvelle vous a fait un choc.

— Ça, c'est sûr.

Cameron n'aurait jamais pensé se retrouver dans cette position. Il était quelqu'un de prudent. De responsable. Il n'avait pas eu de relation longue depuis Tori, mais il avait toujours été franc quant à ses intentions avec toutes les femmes qu'il avait fréquentées. Et c'était pour ça qu'il était un peu éberlué de se sentir toujours aussi mal que Wanda ait rompu. Surtout alors qu'elle avait raison. Ils savaient tous les deux que ça ne durerait pas.

— Heu, il y a une raison à cet appel ? demanda Cam.

Cameron faillit se mettre à rire. C'était exactement ce qu'il aurait dit en ayant au téléphone un crétin qui ne semblait pas savoir ce qu'il faisait.

— Désolé. Oui. Je suppose que j'ai des questions.

— Vous supposez ?

C'était bien son fils de lui faire remarquer ses conneries.

— Oui. Je voulais te demander certaines choses par rapport à ta mère.

Il y eut une hésitation et puis :

— D'accord.

— Tu as dit qu'elle était décédée récemment. Je peux te demander ce qui s'est passé ?

— Cancer, dit-il d'une voix dépourvue d'émotion. Cancer ovarien, à un stade avancé. Ça s'est passé vite.

— Je suis désolé.

Cameron ferma les yeux et conjura l'image de la blonde svelte, avec le plus joli sourire du monde. Elle avait toujours été ravissante avec ses grands yeux et sa silhouette frêle. Il voulait la garder à son bras en permanence à l'époque, juste pour être près d'elle. Pour l'entendre rire, la voir sourire. Il ne voulait jamais manquer la moindre minute.

— Oui. Moi aussi.

Cameron fit taire ses souvenirs de Tori et continua :

— Tu as dit que tu venais juste de découvrir que je suis ton père. Qui pensais-tu que c'était ?

— Un joueur de football qui a été tué dans un accident de voiture la veille du jour où il devait être sélectionné. Elle m'avait donné une photo de lui, mais c'est tout ce que je savais.

— Gavin Preston, dit aussitôt Cameron. C'était le meilleur ami de sa coloc.

— Elle ne m'a même pas dit ça, dit Cam, l'air agacé. J'imagine que je sais pourquoi, maintenant. Si ce n'était pas vraiment mon père, à quoi bon parler de lui ?

Les pensées de Cameron se mirent à tourbillonner. Tori était brièvement sortie avec Gavin avant qu'ils ne se mettent ensemble. Quelque chose s'était-il passé entre eux avant cet accident tragique ? Était-ce pour ça qu'elle était partie ? Souhaitait-elle en secret que Gavin soit le père de Cam ? Et si c'était le cas, pourquoi avait-elle mis le nom de Cameron sur le certificat de naissance, et pourquoi l'avait-elle appelé Cam ? Rien de tout cela n'était logique, et ça ne s'arrangerait probablement pas. Il fallait qu'il arrête d'essayer de comprendre. La seule chose qui comptait, c'était qu'il avait un fils. Et attendre pour le rencontrer n'était pas une option.

— Je ne sais pas trop, Cam. J'ai beaucoup de questions pour ta mère, mais comme on n'aura jamais les réponses, peut-être qu'on devrait juste aller de l'avant.

— D'accord, de l'avant. Comment on fait ça ?

— J'aimerais te rencontrer bientôt, si ça te convient. Je ne sais pas pour toi, mais je trouve que dix-neuf ans c'est trop long pour qu'un père et un fils se voient pour la première fois.

— Vous voulez qu'on se rencontre ?

Il avait l'air surpris mais content.

— Oui. Je suis encore bloqué à Vancouver pour quelques jours, mais je devrais pouvoir prendre un avion pour San Diego après ça. Qu'est-ce que tu en dis ?

— Heu, super, mais je ne suis plus à San Diego.

— Ah bon ? Où est-ce que tu es alors ?

Cam laissa échapper un petit rire.

— Eh bien, là, je suis dans mon minibus Volkswagen, et je campe dans les montagnes de Santa Cruz.

— Oh. Je vois. Quand est-ce que tu reviens en ville ?

— Jamais ?

Il avait dit ça comme une question.

— En fait, je viens de toucher l'héritage de ma mère. Il n'y avait pas grand-chose, juste quelques économies. Mais la vérité, c'est qu'il n'y a rien qui me retienne vraiment à San Diego. Alors j'ai décidé de voyager un peu avant de décider de l'endroit où je veux m'installer. Quand votre mère m'a parlé de Keating Hollow, je me suis dit que j'allais y faire un tour. Je suis en train de remonter vers le nord.

— Tu as parlé à ma mère ? hoqueta Cameron.

Est-ce qu'il lui avait dit qu'elle était grand-mère ? Si cette information lui parvenait par quiconque d'autre que Cameron, Emily Copeland allait péter un câble.

— Oui, mais juste pour essayer d'entrer en contact avec vous. Elle ne sait pas… pour moi.

Le soulagement submergea Cameron et il dut pousser un soupir audible, car Cam rétorqua :

— Mais c'est ma *grand-mère* et j'aimerais la rencontrer un jour. Elle a l'air très gentille.

— Désolé, grimaça Cameron. Bien sûr que tu la rencontreras. Et mon père aussi. J'ai juste envie que ce soit moi qui leur dise. Ils seront ravis, mais il va leur falloir un peu de temps pour se faire à l'idée qu'ils ont manqué dix-neuf ans de ta vie. C'est tout.

— Oh. Oui. Ce point-là, c'est nul.

— J'approuve.

Cameron s'assit au bureau, plus léger qu'il ne l'avait été depuis trois jours. Juste en parlant au téléphone avec le gamin, il l'aimait déjà bien. Il aurait parié que ça avait été le cas pour sa mère aussi.

— Alors, est-ce qu'Emily t'a montré à quel point elle était bavarde au téléphone ?

Cam pouffa de rire.

— Clairement, mais ça ne m'a pas dérangé. Comme je l'ai dit, elle est vraiment gentille.

— Oui. Tu vas l'adorer.

Cam se racla la gorge.

— Alors… quand est-ce que je pourrais la rencontrer, elle et votre père ?

— Tu vas à Keating Hollow, hein ?

L'idée lui semblait parfaite. Ses parents s'y trouvaient toujours, tout comme une certaine rousse qu'il n'arrivait pas à se sortir de l'esprit.

— C'est le plan, oui.

— Alors je te retrouverai là-bas. J'ai encore deux jours ici, et

ensuite, je prends le premier avion. Je t'appelle quand j'y serai.
Ça te va ?

— Tout à fait.

Cameron entendait le sourire dans la voix de son fils et cela
emplit son cœur tout à la fois de joie et de peine. Cela le faisait
se sentir… entier.

— À bientôt, fiston.

— À bientôt, papa.

Quand Cameron raccrocha, il avait le sourire aux lèvres et
se sentait plus léger que depuis des jours. Il regarda autour de
lui et décida qu'il se sentait trop bien pour rester reclus dans sa
chambre. Il attrapa sa clé, descendit au bar, et commanda une
bière provenant d'une micro-brasserie.

Il venait d'en boire sa première gorgée quand une superbe
brune s'assit à côté de lui et appela le barman.

— Qu'est-ce que je peux vous servir ? demanda le jeune
homme bien propre sur lui.

— Ce charmant monsieur va me payer un martini, dit-elle
en faisant un clin d'œil à Cameron.

— C'est parti.

Le barman se mit au travail pendant que Cameron
observait la séductrice.

— C'était assez osé, dit-il, amusé.

Ce n'était pas la première fois qu'il se faisait draguer, mais
cette femme était douée. Il ne pouvait s'empêcher de l'admirer.

— Ma mère m'a toujours appris qu'il fallait aller chercher
ce qu'on voulait. C'est idiot d'attendre que ça tombe tout seul,
non ?

Il ne pouvait pas dire le contraire. D'ailleurs, ses paroles
firent mouche. Il fallait qu'il aille chercher ce qu'il voulait. Il
n'avait jamais dit à Wanda ce qu'il ressentait, alors comment
pouvait-il s'attendre à ce qu'elle lui accorde une chance ?

Le barman revint avec le martini de l'inconnue. Cameron n'hésita pas à lui tendre sa carte de crédit.

— Merci.

Elle leva son verre et trinqua avec lui.

— De rien.

Il prit une gorgée de bière en se demandant ce qu'elle ferait ensuite.

Elle leva le martini à ses lèvres et l'observa par-dessus le rebord du verre tandis qu'elle en prenait une gorgée. Puis elle reposa la coupe délicate et se tourna vers lui.

— Alors dites-moi, beau gosse. Qu'est-ce qui vous amène à Vancouver ?

— Le travail. Et vous ?

— Pareil.

Elle le contempla avec curiosité.

— Vous n'avez pas l'air d'être là pour une conférence pharmaceutique.

— Vous non plus, contra-t-il.

— Vous avez raison. Je suis dans la vente. Jouets intimes pour femmes.

Ses lèvres esquissèrent un sourire sexy, comme si elle s'attendait à ce que cette information scelle l'intérêt de Cameron.

Il se contenta de pouffer de rire.

— On dirait que vous avez un travail intéressant.

Elle haussa un sourcil.

— En effet. Et vous savez ce qui est encore plus intéressant ?

Il vida le reste de sa bière avant de demander :

— Quoi donc ?

Elle fit courir sa main sur son torse et effleura le premier bouton de son chemisier.

— Pour le découvrir, vous n'avez qu'à me ramener à votre chambre.

Cameron déposa un pourboire sur le bar et se leva. Alors que la femme qui lui avait tenu compagnie l'imitait, il dit :

— Merci pour la proposition, mais je suis déjà pris.

Et puis il partit et appela aussitôt son producteur exécutif pour lui faire savoir qu'il devait revoir son emploi du temps.

CHAPITRE 9

— *T*u es tellement belle là, c'est incroyable, dit Wanda à sa meilleure amie, Abby, qui rejoignait sa table au Café Incantation. Tu sais comme on dit que la grossesse rend les femmes radieuses ?

— J'ai déjà entendu ça, oui, dit Abby avec un grand sourire.

Elle déposa deux gobelets de café et un sachet de viennoiseries sur la table avant de s'asseoir en face de Wanda.

— Eh bien, tu n'es pas seulement radieuse. Tu es un rayon de soleil à toi toute seule, au point que tu m'éblouis. C'est un peu trop. Tu penses pouvoir baisser le volume un peu ? la taquina-t-elle.

— Arrête. Tu exagères. Ça commence à peine à se voir. Attends que j'aie pris vingt kilos et que j'aie vraiment besoin qu'on regonfle mon ego.

— C'est noté, dit Wanda en riant. Mais je trouve ça dur d'imaginer que tu puisses être quoi que ce soit d'autre que magnifique.

— Et c'est pour ça que je t'aime.

Abby prit une gorgée de sa tisane et grimaça.

— Tu sais, j'aimais vraiment la tisane, mais ce bébé n'en veut pas. Je crois qu'elle est déjà accro au café.

— Comment c'est possible ? Tu bois des infusions depuis que tu sais que tu es enceinte. Et tu as dit « elle » ? On t'a annoncé le sexe ou c'est ton intuition de nouveau ?

— J'ai bu du café pendant quatre semaines avant de réaliser que bébé était à bord. Ce n'est pas ma faute si elle aime ça. Je veux dire, est-ce qu'on peut le lui reprocher ? C'est juste mille fois meilleur que la tisane. Et non. La guérisseuse ne nous a pas révélé le sexe. Mais Miranda est persuadée que je vais avoir une fille, alors je pars là-dessus.

— Miranda est une sorcière de terre, dit Wanda. Elle ne peut pas savoir.

Elle jeta un œil vers sa sœur, à l'autre bout du café, qui était en train de parler avec Hanna pour voir si elle n'aurait pas un temps partiel à lui proposer.

— Tu devrais demander à Blake. C'est une sorcière d'esprit. Elle peut peut-être te le dire juste par ton énergie.

Abby inclina la tête et observa Blake.

— Peut-être, mais peu importe. Je dis juste « elle » parce que Miranda a dit ça, comme ça. Ça m'a eu l'air d'un signe ou je ne sais quoi.

— Comme tu voudras, Abs.

Wanda prit une longue gorgée de café et apprécia le breuvage fortement torréfié. C'était celui que Cameron avait suggéré et elle était folle de ce mélange.

— Bon, Wanda. Balance, dit Abby en abattant ses mains devant elle sur la table.

Elle regarda Wanda droit dans les yeux.

— Il y a un truc qui ne va pas et tu ne me dis rien.

Wanda jeta à nouveau un coup d'œil vers sa sœur.

— Je m'inquiète juste pour elle, c'est tout.

— C'est compréhensible, dit lentement Abby. Ça n'a pas été facile pour elle, mais elle s'en remettra. Surtout qu'elle a la sœur la plus cool de la planète.

— Moui, c'est pas faux, acquiesça Wanda.

— Il faut juste que tu lui laisses du temps pour s'adapter. Ça va bien se passer. Tu verras.

Wanda était prête à arguer que cela risquait de nécessiter un peu plus que juste du temps, mais Abby se pencha en avant et poursuivit :

— Mais ce n'est pas tout, hein ? Il y a autre chose qui t'embête. Est-ce que c'est Cameron ? Est-ce qu'il faut que j'aille lui botter les fesses ? Je suis prête, hein, enceinte ou pas.

— Non, dit Wanda en secouant la tête. Du calme, ma grande. Il n'a rien fait de mal.

— Alors pourquoi tu as l'air sur le point de te mettre à pleurer dans ton feuilleté au fromage ?

Wanda prit une grande inspiration.

— Parce que j'ai rompu avec lui, par texto.

Abby se pencha vers elle en sifflant :

— Tu as fait *quoi* ?

— Tu m'as entendue. Il valait mieux y mettre fin maintenant avant que quelqu'un n'en souffre.

Elle laissa son regard dériver vers sa sœur à nouveau.

— Je ne peux pas laisser rentrer dans sa vie quelqu'un qui finira par partir. Elle a déjà trop subi cela.

Abby se laissa aller contre son dossier et observa son amie, les bras croisés devant son petit ventre.

— Qu'est-ce qu'il y a, Abs ? J'essaie juste de faire pour le mieux. Cameron et moi... ce n'était pas sérieux. C'était chouette et, oui, il me plaisait. Mais ça n'allait nulle part. Ça marchait tant que ce n'était que lui et moi. Les choses ont changé désormais.

— Et tu es certaine que ça n'allait nulle part ?

— Oui. Aucun doute là-dessus.

Wanda n'était pas souvent en proie au doute. Elle fonçait, toutes voiles dehors, et elle tirait toujours le meilleur parti de chaque situation. Ce n'était pas différent cette fois-ci.

— Mmh mmh. On verra.

Abby regarda la vitrine magique et sembla se perdre dans la contemplation des biscuits animés en forme de marguerites qui dansaient devant la vitre, dans l'attente du printemps.

— Je sais ce que tu es en train de faire, dit Wanda en s'affaissant contre son dossier. Tu ferais mieux de dire ce que tu as en tête. On sait toutes les deux que si tu ne le fais pas, tu vas faire une fixette dessus et m'appeler à minuit pour t'en libérer.

Abby se tourna vers son amie et pouffa de rire.

— C'est mon genre, hein ? Tu me connais trop bien.

Wanda hocha la tête et attendit.

— D'accord, tu veux savoir ce que j'en pense ? Eh bien, voilà.

Elle se pencha en avant à nouveau et dit :

— Je pense que tu fais une grosse erreur en le laissant partir.

— Abs…

— Non. Tu voulais savoir ce que j'avais à dire. Alors voilà. Je ne t'ai jamais vue aussi heureuse que quand tu étais avec Cameron. Tu sais, cet air radieux que tu m'attribues ? Quand tu es avec Cameron et que tu oublies qu'il y a des gens autour, tu l'as aussi. Il te rend heureuse.

— Je suis tout le temps heureuse, protesta Wanda en essayant d'ignorer la douleur sourde dans sa poitrine.

Cela faisait mal de voir son amie confirmer ce qu'elle avait essayé d'ignorer.

— Bien sûr. C'est ta personnalité. Mais ce que tu as avec Cameron, c'est différent. Si tu le laisses partir sans essayer, je crois vraiment que tu le regretteras.

Wanda prit une grande inspiration et secoua un peu la tête.

— Tu ne comprends pas, Abby. Je l'ai laissé partir à cause de Blake. Elle a besoin de stabilité. Et j'ai besoin de m'assurer qu'elle sache qu'elle est la personne la plus importante dans ma vie. Tu comprends, non ? Après tout ce qu'elle a traversé ?

— Bien sûr, dit Abby en fronçant les sourcils. Ce que je ne comprends pas, c'est pourquoi tu penses que ça veut dire que tu ne peux plus voir Cameron. Tu n'es pas du genre à te perdre toi-même à cause d'un homme. Tu as toujours été hyper indépendante. Pourquoi ça changerait maintenant ?

— Ça ne changera pas, mais ce n'est pas de moi qu'il s'agit. Ni même de Cameron. Il s'agit de ma sœur, qui a vu toutes les personnes qui faisaient partie de sa vie l'abandonner. Et sa mère a toujours choisi notre père plutôt qu'elle. C'est vraiment destructeur. Alors je pense que le moins que je puisse faire, c'est être pour elle une zone sans danger où elle n'a pas à s'inquiéter de tout ça.

Abby poussa un soupir et secoua la tête.

— Je ne suis pas certaine que ce soit très sain, mais je comprends ton point de vue.

Elle attrapa la main de son amie en travers de la table.

— Je t'admire pour prendre si grand soin de ta sœur. Tu le sais, hein ?

Wanda lui fit un petit sourire.

— Tu en aurais fait autant pour Olive, même avant qu'elle soit ta belle-fille. Ou pour Hope quand tu as appris qu'elle était ta sœur. On est comme ça, Abby. On protège les nôtres.

DEANNA CHASE

LE SOLEIL hivernal filtrait à travers la fenêtre du petit bureau de Wanda. Après son rendez-vous au café avec Abby, elle avait laissé Blake aux bons soins de son amie et était partie au travail pour répondre à ses emails, passer quelques coups de fil et rattraper sa paperasse. Keating Hollow était une ville assez petite et elle était la seule agente immobilière dans un rayon d'une trentaine de kilomètres. Cela voulait dire qu'elle avait toujours du travail qui s'accumulait. Avec l'arrivée de sa sœur, elle avait laissé les choses traîner plus que d'habitude.

Elle venait d'écouter trois messages sur son répondeur et était en train de taper un email pour confirmer une location à court terme quand le téléphone sonna.

— Wanda Danvers, agente immobilière. Comment puis-je vous aider ?

— Oh, super. Vous êtes là, déclara une voix féminine qui lui était familière, mais que Wanda n'arriva pas à replacer.

— Je suis là, répondit-elle avec entrain. Que puis-je faire pour vous ?

La femme pouffa de rire.

— C'est Emily Copeland. La mère de Cameron ?

— Bien sûr.

Wanda s'appuya à son dossier et essaya d'ignorer la tension soudaine dans ses épaules. Est-ce qu'elle appelait à cause de son fils ? Voilà qui n'était pas gênant du tout. Wanda décida de prendre un ton parfaitement professionnel, comme si elle n'avait pas couché avec le fils de cette femme ces dernières semaines.

— Ravie d'avoir de vos nouvelles, Emily. Comment se passe votre séjour à Keating Hollow ? Vous avez eu l'occasion de visiter notre spa, Doigts de Fée ? Les sœurs Townsend savent chouchouter leurs clientes.

— Pour tout dire, j'y suis justement passé ce matin. Mon

86

dos ne s'est jamais aussi bien porté, et en bonus, j'ai du vernis rose pailleté aux pieds. C'était fabuleux. Merci pour la recommandation. J'y retourne la semaine prochaine pour me faire teindre les cils et les sourcils.

— La semaine prochaine ? demanda Wanda, surprise. Vous avez décidé de prolonger votre visite ? Il me semblait que vous ne comptiez rester que quelques jours.

— Oui, en effet. En fait, c'est la raison de mon appel.

Il y eut un bruit de froissement, comme si Emily avait couvert le combiné, suivi d'une voix étouffée. Wanda eut l'impression qu'elle disait qu'elle en parlerait à Cam plus tard.

— Désolée, dit-elle en reprenant la ligne. Dayton me demandait quelque chose. Bon, où j'en étais ?

— Vous en veniez à la raison de votre appel.

— Ah oui.

Elle pouffa de rire.

— C'est marrant comme vos pensées peuvent partir dans tous les sens quand il s'agit de quelque chose qui vous rend enthousiaste, hein ?

— C'est vrai, acquiesça Wanda en se demandant si elle allait en venir au fait un jour.

— Dayton et moi avons décidé de rester à Keating Hollow jusqu'à l'automne. Je me demandais si vous pourriez nous aider à trouver un appartement ou un cottage à louer, plutôt que de rester à l'auberge. C'est très mignon ici, mais on aimerait avoir une cuisine à nous et une terrasse ou un jardin.

— Vous avez décidé de rester ? répéta-t-elle, stupéfaite.

C'était inattendu. Et perturbant. Cela voulait-il dire que Cameron allait passer davantage de temps en ville ? Voilà soudain qu'il avait plus de liens avec Keating Hollow que juste Miranda.

— Oui. Cette ville est juste si charmante. On réfléchit en

fait à s'y installer pour de bon, mais on veut d'abord y passer un peu de temps pour s'assurer que c'est ce qu'il nous faut.

— C'est... super, dit Wanda en cliquant sur le dossier des locations à court terme. Je serais ravie de vous aider avec ça. Il n'y a pas énormément de locations saisonnières disponibles, mais si vous me dites ce que vous souhaitez, je peux faire une liste et commencer à vous montrer des propriétés cet après-midi ou demain. Comme vous voulez.

— Parfait. Il nous faut au moins deux chambres. Trois serait mieux, mais tant qu'il y a une chambre d'amis pour Cameron, ça ira. Un espace extérieur, que ce soit un patio, une terrasse, un balcon, un endroit où on puisse prendre un verre de vin et profiter des soirs d'été. Et s'il y a une vue sur la rivière ou la vallée, c'est encore mieux.

Wanda griffonna la liste sur un bloc-notes et essayer de passer outre la mention de Cameron. C'était officiel. Il reviendrait, et assez vite, visiblement.

— Je crois que c'est tout, dit Emily. Vous pensez pouvoir nous trouver quelque chose ?

Wanda parcourut rapidement la liste et grimaça. La plupart des locations étaient déjà réservées et celles qui restaient étaient petites et avaient besoin de rénovations.

— Je vais faire de mon mieux, dit-elle quand même en espérant qu'elle parviendrait à trouver quelque chose. Laissez-moi jusqu'à demain pour faire quelques recherches. Dix heures, ça vous irait ?

— Parfait ? On se retrouve à votre bureau ?

— Au Café Incantation, plutôt ?

On serait samedi et ce serait le premier jour de travail de Blake. Wanda voulait y passer pour la soutenir.

— Parfait. À demain alors.

Elle raccrocha. Sans perdre de temps, Wanda sortit son agenda et commença à passer des coups de fil.

Deux heures plus tard, plutôt satisfaite d'elle, Wanda referma son ordinateur et commença à boucler pour la journée. Elle était juste sur le point de couper les lumières quand la porte s'ouvrit et qu'un jeune homme qui avait l'air au début de la vingtaine entra.

— Bonjour, dit-il en passant une main dans ses cheveux épais. Vous êtes Wanda Danvers ?

— C'est bien moi, dit-elle en lui souriant.

Il avait des yeux bleus perçants, une peau dorée, et un visage qui aurait dû faire la couverture des magazines. Il était si beau qu'il ne semblait pas réel, sauf qu'il portait un tee-shirt Guns N' Roses délavé, un jean déchiré et des baskets qui avaient connu des jours meilleurs.

— Et vous êtes ?

— Cam Berry.

Il lui tendit la main.

— On m'a dit que c'est vous qu'il fallait voir pour louer un appartement.

Wanda hocha la tête en lui serrant la main.

— Court terme ou long terme ?

— Long terme, mais un bail reconductible d'un mois sur l'autre serait idéal.

— D'accord.

Wanda se rassit derrière son bureau et lui fit signe de prendre place en face d'elle.

— Je vais faire de mon mieux, mais je dois vous prévenir que le marché locatif à Keating Hollow n'est pas bien grand. Qu'est-ce que vous cherchez ?

— N'importe quoi tant qu'il y a une douche, un endroit

pour mettre un lit et une petite cuisine. Je ne suis pas difficile tant que le loyer n'est pas cher.

Wanda pinça les lèvres et hocha la tête. Elle avait connu ça à la mort de sa mère. Elle s'était retrouvée toute seule pour la première fois de sa vie, et s'il n'y avait pas eu une vieille voisine gentille qui avait bien voulu lui louer l'appartement au-dessus de son garage, Wanda ne savait pas où elle se serait retrouvée.

— Ça marche. Je suis sûre qu'on peut trouver quelque chose. Il vous faudra au moins payer le premier mois de loyer et une caution. Le premier et le dernier mois, ce serait encore mieux.

Il se mordit la lèvre inférieure.

— Ça dépend combien c'est, mais j'ai quelques économies.

— Parfait.

Elle sortit une fiche d'informations et la lui tendit.

— Remplissez ça et on verra ce qu'on peut trouver.

Comme elle s'en doutait puisque Cam était nouveau en ville, il n'avait pas de travail. Sa priorité était de trouver un logement.

— Quel genre de travail vous cherchez ? demanda Wanda en imprimant quelques appartements disponibles.

— Dans la construction. J'ai travaillé pour le père d'un ami pendant quatre étés. Je serais resté avec lui, mais il a pris sa retraite et a fermé boutique. Ça m'a donné l'occasion de voyager un peu, alors me voilà.

— Vous n'auriez pas pu choisir meilleur endroit, si vous voulez mon avis.

Elle lui fit un clin d'œil.

— Et il se trouve que vous avez de la chance. Keating Hollow voit sa population grandir en ce moment, et plusieurs personnes sont en train de construire.

— Vraiment ? Vous pouvez m'indiquer quelques entreprises de BTP ? J'aimerais voir s'ils embauchent.

— Je peux faire mieux que ça.

Elle attrapa son téléphone, envoya un SMS, et lui demanda quelques instants plus tard :

— Vous êtes libre, là ?

— Bien sûr.

Wanda le poussa vers la porte et le guida vers sa voiturette de golf.

— C'est super. J'adore la stéréo, dit Cam.

— Tout le monde trouve ça génial. Attachez-vous. Je viens de mettre un turbo sur le moteur.

Wanda appuya sur l'accélérateur et ils dévalèrent la Grand-Rue.

Quand le soleil commença à se coucher, Cam avait un boulot dans l'équipe de construction de Hunter McCormick, et un studio dans le garage de la propriété que Gideon Alexander rénovait. Ils s'étaient arrangés pour que Cam y vive en échange de travail sur la rénovation.

— Ouah, dit Cam alors que Wanda le déposait devant son bureau. C'est vraiment arrivé aussi vite ?

Elle lui fit un grand sourire.

— On ne dit pas que Keating Hollow est un village magique pour rien. Faites juste en sorte de vous pointer à l'heure et de faire du bon travail. Ça marche ?

— Pas de souci.

Il sauta de la voiturette de golf et fit le tour pour se présenter du côté de Wanda, les bras grand ouverts.

— Je peux vous serrer dans mes bras pour vous remercier ?

— Bien sûr.

Wanda enlaça le jeune homme. Ses remerciements sincères étaient juste le petit coup de boost dont elle avait besoin. La vie était dure parfois, mais ça, c'était un rappel qu'elle pouvait aussi être belle. Elle ne se sentait jamais aussi bien que quand elle était capable d'aider quelqu'un qui en avait besoin.

— Merci encore, Wanda, dit-il en partant vers un vieux van Volkswagen aménagé. Je ne l'oublierai pas.

— Il y a intérêt, cria-t-elle. Je compte recevoir des cupcakes tous les vendredis matin pendant un mois.

— Ça marche.

CHAPITRE 10

— *V*ous avez fait quoi ? hoqueta Cameron.

Il fixa ses parents en se demandant s'ils avaient pris des champignons magiques ou un cookie enchanté chez le botaniste.

— Je croyais que vous deviez voyager en Europe cet été. Et les tours en gondole à Venise ? Et le Louvre ?

Cameron était arrivé en fin d'après-midi le lundi et il avait aussitôt invité ses parents à dîner à La Grotte. Il fallait qu'il leur parle de Cam le plus vite possible. Mais juste après s'être installés et avant qu'il puisse leur announcer la nouvelle, sa mère s'était mise à parler avec animation de la maison qu'ils avaient louée jusqu'à la fin de l'année.

— On pensait rester seulement jusqu'à l'automne, mais quand Wanda nous a parlé du bal de Noël qui venait d'avoir lieu, on s'est dit qu'on ne voulait pas manquer ça, expliqua Emily. C'est mieux de voir la ville dans sa globalité avant qu'on s'engage.

— S'engager à quoi ? Et l'Europe alors ? répéta-t-il en

essayant de comprendre ce qui s'était passé au juste au cours de la semaine où il était parti.

— À déménager ici, bien sûr, dit Emily comme si ça avait été le plan tout du long.

— Attends. Vous déménagez à Keating Hollow ? De façon permanente ? demanda Cameron dont le regard passa d'un de ses parents à l'autre.

— On y réfléchit, dit Dayton. Ta mère et moi ça fait un moment qu'on cherchait un endroit spécial où nous installer. On en a marre du désert. Palm Springs est une super communauté, mais on préférerait être plus proches de la nature.

— Et c'est Keating Hollow ?

Il ne savait pas pourquoi il était si hésitant quant à leur choix. Palm Springs n'avait jamais vraiment été le bon endroit pour eux. Il s'y trouvait une communauté de sorciers et sorcières, mais pas aussi soudée que celle de Keating Hollow. Les gens dans cette ville prenaient soin les uns des autres, alors que dans le sud, c'était davantage chacun pour soi. Même leurs amis les plus proches étaient repartis dans l'est après avoir pris leur retraite.

— On se dit que oui, peut-être bien. Pas toi ? Tu te souviens, c'est toi qui nous as raconté à quel point cette ville était spéciale, dit Emily en le considérant d'un air soupçonneux. Ou bien il y a une raison pour laquelle tu ne veux pas de nous ici ?

— Ce n'est pas ça.

Il prit son verre d'eau et en vida la moitié.

— Je suis juste surpris. C'est tout. Et vous annulez votre voyage en Europe, alors ?

— Oui, dit Emily. Ton père n'était pas fan de l'idée de repartir de l'autre côté de l'Atlantique si vite après notre voyage en Angleterre et en Irlande à l'automne dernier. J'ai accepté de changer nos projets du moment qu'on reste ici au milieu des séquoias.

Il était vrai que le père de Cameron ne voyageait que pour faire plaisir à sa mère, et que rester à Keating Hollow, non loin de l'océan, lui ressemblait beaucoup plus.

— Eh bien, je trouve ça super.

— On a loué une maison avec une chambre pour toi, Cameron, dit Emily. Tu y seras le bienvenu chaque fois que tu viendras rendre visite à Wanda. Je sais que ce n'est pas cool d'habiter chez ses parents, mais la chambre d'amis est au rez-de-chaussée, avec sa propre entrée. On ne devrait pas *trop* t'embêter.

— Heu, Wanda et moi on ne se voit plus vraiment, marmonna-t-il, pour le regretter aussitôt.

Il aurait mieux fait de se taire, mais sa mère aurait fini par comprendre tôt ou tard.

— Pourquoi ? Qu'est-ce qui s'est passé ? demanda-t-elle d'une voix inquiète.

Mais comme il ne répondait pas, son expression se fit orageuse.

— Cameron, qu'est-ce que tu as fait ? Je t'en prie, dis-moi que tu ne t'es pas amusé à faire du mal à cette adorable fille.

— Non, maman. Bien sûr que non. Ce n'est pas ça du tout. Elle est très occupée avec sa sœur et moi je suis… temporaire, au mieux. Elle pense que c'est mieux qu'on soit juste amis.

— Eh bien, c'est le truc le plus idiot que j'aie jamais entendu, déclara Emily.

— Allons, ma chérie.

Son mari plaça ses mains par-dessus ses doigts.

— Je suis certain que Wanda a ses raisons.

Oui. Cameron n'était pas assez stable pour elle. Et le pire, c'était qu'il ne pouvait même pas la contredire. Son palmarès en disait long.

— Elle le regrettera, dit Emily en secouant la tête. J'ai vu la façon dont elle te regarde, Cam. Ce n'est pas le regard de quelqu'un qui a juste envie d'amitié.

Une douleur sourde apparut juste au-dessus de son œil droit. Il fallait qu'il mette fin à cette conversation immédiatement.

— Maman, je ne suis pas venu ici pour parler de Wanda. Il y a autre chose qu'il faut que vous sachiez.

Sa mère cligna des yeux.

— Est-ce que ça va ?

— Oui. Je vais bien. En fait, c'est une bonne nouvelle. Je crois que vous allez être très heureux.

— Oh.

Un sourire se peignit sur ses lèvres et elle se pencha en avant.

— Tu sais que j'adore les bonnes nouvelles. Dis-nous tout.

— Tu sais ce coup de fil que tu as reçu de la part du fils de Tori ? demanda-t-il en essuyant ses paumes moites sur son jean.

— Oui. Tu l'as enfin rappelé ?

Il secoua la tête et, pour la première fois, se demanda comment Cam avait obtenu son numéro. Si sa mère le lui avait donné, elle le lui aurait dit... n'est-ce pas ? Quoi qu'à y réfléchir... Il la regarda droit dans les yeux et dit :

— Il m'a appelé.

— Oh, vraiment ? Voilà qui est intéressant.

Elle le gratifia d'un sourire autosatisfait qui confirma ses soupçons. En temps normal, il aurait été énervé qu'elle ait donné son numéro personnel à quelqu'un, mais là, il ne pouvait qu'en être reconnaissant. Il ne pouvait pas regretter d'avoir appris qu'il avait un fils.

— Maman.

Il secoua la tête.

— Oh, mon chéri. Il avait juste l'air si mignon, et il n'a pas dit un mot sur Hollywood. J'ai eu l'impression que c'était quelque chose de personnel par rapport à sa mère. Je t'en prie, dis-moi que je ne me suis pas trompée.

— Tu avais raison. Pour tout dire…

Cameron prit une grande inspiration et dit :

— Il s'avère que Tori était enceinte quand elle m'a quitté, mais qu'elle ne s'est pas donné la peine de me le dire.

— Enceinte ? répéta son père. Tu as mis cette fille enceinte ? Cameron. Combien de fois on a parlé de protection ? Je pensais que tu étais plus malin que ça.

— Dayton, le gronda Emily. Cameron a presque quarante ans. Il n'a pas besoin qu'on lui fasse la leçon sur les rapports protégés. Surtout qu'il est trop tard pour ça maintenant.

— Dit la femme qui a recommandé à son fils de sortir couvert alors qu'il sortait rejoindre son plan cul la semaine dernière, marmonna Dayton.

— Pardon, dit Cameron en ignorant leurs commentaires. Vous pensez qu'on pourrait revenir au sujet ?

— On est sur le sujet, mon chéri. On discute de ton absence d'usage de préservatifs.

Elle sourit au serveur qui venait d'arriver avec les boissons et les entrées.

C'était un jeune homme qui ne pouvait pas être plus vieux que Cam et il ricana en regardant Cameron.

— On dirait que ça ne s'améliore pas avec le temps, hein ?

— Ça, c'est clair.

Il rit et déposa un bol de soupe devant chacun d'eux.

Une fois que le serveur fut reparti, Emily plongea sa cuillère dans son bol et dit :

— Finis l'histoire, Cameron. Qu'est-ce qui s'est passé ? Est-ce que Tori a eu le bébé ?

Cameron hocha la tête.

— Oui. Il ne savait pas que j'étais son père jusqu'à ce qu'il trouve le certificat de naissance original. Cam Berry est mon fils, et il est déjà ici à Keating Hollow.

Emily laissa tomber sa cuillère et fixa Cameron, bouche bée.

— Victoria a eu un enfant de toi et ne te l'a jamais dit ?

Il hocha la tête en essayant d'ignorer la douleur sourde dans son ventre. Elle refaisait surface chaque fois qu'il pensait à toutes les années qu'il avait manquées avec Cam.

— Ce n'était pas ta conclusion quand je t'ai dit qu'elle était enceinte quand elle m'a quitté ?

Sa mère secoua la tête.

— Franchement, non. J'ai pensé qu'elle l'avait peut-être perdu ou… peu importe.

Son visage s'empourpra et ses lèvres se tordirent de colère.

— Je n'arrive pas à comprendre qu'une femme puisse avoir un enfant sans avoir la décence de le dire au père. À quoi pensait-elle, bon sang ? Comment a-t-elle pu te faire une telle chose ?

Elle se tourna vers son mari.

— *Nous* faire une telle chose ?

Dayton bougea sa chaise pour se rapprocher de sa femme et l'enlacer.

— Respire un grand coup, Em. Je sais que tu es bouleversée. Moi aussi. Mais Victoria n'est plus là désormais. Nous n'obtiendrons pas de réponses à ces questions.

Dayton leva la tête et croisa le regard de son fils.

— C'est exact, Cameron ? Tu ne sais pas pourquoi elle ne t'a rien dit ?

Des larmes lui brûlèrent les yeux, mais il cligna des paupières pour les faire disparaître. Il refusait de craquer devant ses parents. Il avait fait son deuil de Tori il y avait bien longtemps. Il avait dépassé cela. Non ? Alors pourquoi cela faisait-il aussi mal de parler d'elle ? Il prit une inspiration et répondit à son père.

— Je n'en sais franchement rien. Tori savait que je voulais l'épouser. Jusqu'à ce qu'elle parte, je pensais que c'était ce qu'elle voulait aussi. Si elle m'avait dit être enceinte, je lui aurais fait ma demande sur le coup, et j'aurais été présent pour elle et Cam, aucun doute.

— C'est ce que je pensais, dit Dayton en hochant la tête d'un air assuré. Tu as dit que Cam était là, à Keating Hollow ?

— Oui. Je dois le rencontrer demain, quand il sort du travail.

— Oh.

Emily pressa une main contre son cœur.

— J'aimerais tellement pouvoir être là.

— Heu, je ne pense pas que ce soit une bonne idée, maman. Ça va déjà être bouleversant tel quel, pour nous deux. Tu crois que tu pourrais m'accorder quelques jours avant que je vous présente ?

— Bien sûr, dit-elle rapidement en agitant une main. Tu as raison. C'est juste... Quel âge il a ?

— Dix-neuf ans ?

— J'ai manqué dix-neuf années de la vie de mon petit-fils. Je n'ai pas envie d'en manquer davantage.

Cameron se rapprocha et, juste comme son père l'avait fait, il l'enlaça.

— Eh bien tu as de la chance, car il vient de s'installer à

Keating Hollow. Alors le temps que vous deux décidiez si vous avez envie d'emménager ici pour de bon, vous devriez avoir largement le temps de faire connaissance.

Elle renifla.

— J'espère qu'il aime les câlins et les mamies attentionnées, parce qu'il va s'en prendre une bonne dose.

Ça fit rire Cameron.

— J'espère aussi.

CHAPITRE 11

*L*a journée avait été totalement perdue. Cameron avait passé un certain temps à essayer de corriger les scripts de deux épisodes de *Vallée de Feu* qui devaient sortir plus tard cette saison, mais quand il s'était rendu compte qu'il n'arrivait pas à se concentrer, il s'était mis à ses emails. Après avoir répondu à la mauvaise personne, effacé par erreur un courrier important, et mal orthographié « public » si bien qu'il s'était retrouvé à écrire « rendez-vous dans un espace pubis », il avait complètement laissé tomber.

Au lieu de quoi, il avait enfilé sa tenue de sport et était parti au milieu des séquoias, déterminé à se débarrasser de son anxiété grandissante en courant.

Quand il entra au Café Incantation, juste après dix-sept heures, il lui semblait que la journée s'étirait depuis déjà cinquante-deux heures. Il prit un moment pour se calmer avant de regarder autour de lui.

Cam avait dit qu'il porterait un tee-shirt Metallica et un jean. Il ne lui fallut guère de temps pour le repérer. Il était assis à une table et riait avec Blake. Voilà qui était intéressant. Sa nervosité disparut et Cameron marcha jusqu'à la table.

— J'espère que je ne dérange pas, dit-il en s'arrêtant devant les jeunes gens.

— Cameron. Salut. Je ne savais pas que vous étiez de retour en ville, dit Blake en remuant les mains avec animation.

Elle lui fit un grand sourire.

— Est-ce que Wanda sait que vous êtes de retour ?

Il secoua la tête.

— Pas encore. J'ai été assez occupé.

Son regard se porta sur le jeune homme assis en face d'elle. Une boule se forma dans sa gorge alors qu'il posait les yeux sur son fils pour la toute première fois. C'était un beau gamin, et même au premier regard, on ne pouvait douter qu'il était bien un Copeland. Il était le portrait craché de Dayton Copeland à son âge. Cameron lui tendit la main.

— Bonjour, Cam. Heureux de te rencontrer.

Son fils le fixa, les yeux écarquillés, figé comme un chevreuil pris dans le faisceau de phares.

— Cam ? demanda Blake. Est-ce que ça va ?

— Oui.

Il se leva, et au lieu de serrer la main de Cameron, il lui donna une accolade. Les bras de Cameron se refermèrent autour de son fils et à cet instant, il lui sembla que son cœur éclatait. Ils se tinrent là un long moment sans briser cette étreinte. Cameron n'avait pas envie de le lâcher, et il finit par pouffer de rire.

Ce fut Cam qui prit l'initiative de reculer et de demander :

— Qu'est-ce qu'il y a de drôle ?

— Ta grand-mère va être ravie d'apprendre que tu aimes les câlins.

Ça fit rire son fils.

— C'est vrai ? Est-ce que je dois m'inquiéter ?

— Un peu.

Cameron lui sourit avant de tourner son attention vers Blake.

— Je ne savais pas que tu connaissais mon fils. Ça fait longtemps que vous êtes amis ?

— Fils ? répéta Blake avant de regarder Cam. Cameron est ton père ? C'est pour ça que tu as emménagé ici ?

Cam hocha la tête.

— Une des raisons. Je cherchais un endroit où m'installer depuis quelques mois. Keating Hollow m'a juste semblé... coller.

Il la regarda et ajouta :

— On dirait que c'était un bon choix. Je ne t'aurais pas rencontrée sinon.

Elle rougit, se leva et dit :

— Je vais vous laisser, vous devez avoir des choses à vous dire.

Elle se tourna vers Cameron.

— Ravie de vous revoir, Mr Copeland.

— Je t'en prie, appelle-moi Cameron. J'étais aussi heureux de te revoir, Blake.

Ils la regardèrent tous les deux repartir derrière le comptoir où Hanna, la propriétaire du café, l'attendait pour finir sa formation.

Cameron s'installa sur le siège qu'elle avait laissé.

— C'est allé vite.

— Quoi donc ? demanda Cam, l'air perplexe.

— Blake. Tu étais en ville depuis combien de temps avant de commencer à sortir avec elle ?

— Ce n'est pas comme ça. On est juste... amis.

Il jeta un coup d'œil vers elle et laissa son regard s'attarder un instant avant de revenir vers Cameron.

Amis. Bien sûr. Cameron avait bien conscience de ce que signifiait ce regard. C'était le même qu'il avait quand il regardait Wanda.

— Écoute, Cam. Blake est nouvelle en ville…

— Je sais. Elle me l'a dit. C'est entre autres pour ça qu'on est devenus amis. Deux étrangers. Tu sais comment c'est.

— Bien sûr.

C'était logique qu'ils soient attirés l'un vers l'autre. Personne n'aimait être un marginal. Il y avait aussi le fait qu'ils étaient tous les deux en train de gérer des deuils profonds dans leurs jeunes vies.

— Fais-moi juste une faveur et sois prudent, d'accord ? Elle a traversé des choses difficiles et elle aurait vraiment besoin de quelqu'un qui la protège.

Cam fronça les sourcils.

— Elle a l'air d'être capable de se défendre toute seule.

— C'est vrai, mais tout le monde apprécie d'avoir quelqu'un de son côté une fois de temps en temps.

— Pas d'inquiétude, dit Cam. Ça, je m'en charge.

— Ravi de l'entendre.

Cameron se laissa aller contre son dossier et observa son fils. La ressemblance était vraiment frappante.

— J'ai hâte que tu rencontres ton grand-père. Vous vous ressemblez comme deux gouttes d'eau.

— Ah oui ? Il a des cheveux bouclés impossibles à coiffer, lui aussi ?

Cameron pouffa de rire.

— À une époque. Maintenant il est presque chauve.

— Super. Je sais à quoi m'attendre alors.

Les yeux de Cam pétillèrent d'amusement et Cameron fit tout son possible pour graver cet instant dans sa mémoire.

Ils passèrent l'heure qui suivit à apprendre à se connaître. Cameron fut un peu déçu d'apprendre que son fils n'avait pas eu la chance d'aller à la fac et qu'au lieu de cela, il avait appris les métiers du bâtiment auprès du père d'un ami.

— Tu sais, si tu veux aller à l'université, je peux t'aider avec ça, dit Cameron.

Le sourire de son fils disparut et il étrécit les yeux.

— Pourquoi ?

Cameron se redressa devant cette hostilité soudaine.

— Pourquoi pas ?

— Parce que j'ai déjà un métier. Il y a un problème avec le fait de travailler dans le bâtiment ?

Ouah. Cameron venait de mettre les pieds dans le plat.

— Non. Aucun. Si c'est ta passion, alors, super. Tu as de la chance d'avoir déjà découvert ce que tu voulais faire, à ton âge. Je t'ai juste proposé ça parce que tu as dit que tu n'avais pas eu le choix. Il se trouve que j'ai les moyens de t'offrir une autre possibilité si c'est ce que tu veux. Si tu ne veux pas, aucun problème. Je veux juste que tu aies le choix.

— C'est... noble de ta part, dit Cam d'une voix plate.

— Ce n'est pas noble. C'est juste normal. Tu es mon fils. C'est mon rôle de t'aider à réussir dans le domaine que tu souhaites.

Où était le problème ? Tout ce que Cameron avait dit, c'était qu'il paierait la fac si Cam voulait y aller. Qu'est-ce qu'il y avait de mal à ça ?

— Je ne suis pas là pour ton argent, Cameron, dit son fils. Je suis venu rencontrer l'homme dont le nom apparaît sur mon certificat de naissance. Je n'ai pas besoin que tu apaises ta conscience de ne pas avoir été là en me balançant ton fric à la figure. Je ne suis pas comme ça.

Il se rassit en arrière et croisa les bras devant son torse avec un air méfiant.

— Ce n'est pas...

Cameron prit un instant pour réfléchir à ce qu'il voulait dire. Comment cette conversation avait-elle pu déraper aussi vite ?

— Je n'essaie pas d'apaiser ma conscience. La vérité, c'est que je n'avais pas la moindre idée que tu existais. Ta mère ne me l'a jamais dit. Nous n'avions même pas parlé d'avoir des enfants. Je l'aimais, mais nous étions encore des gosses nous-mêmes, des jeunes encore à la fac. Et puis elle a rompu avec moi et je ne l'ai plus jamais revue. Même pas à la fac. Quelqu'un m'a dit qu'elle avait changé d'établissement et ça a été la fin de notre relation. Alors de la culpabilité ? Non. C'est une émotion que je ne ressens pas. Sans doute la seule. C'est une vraie tempête émotionnelle en moi en ce moment. De la joie, de l'émerveillement, de la peur, de la colère, de la déception, pour n'en nommer qu'une partie.

— De la colère ? Pourquoi ça ? demanda Cam. Je t'ai déjà mis en rogne ?

— Je ne suis pas en colère contre *toi*, Cam. Je suis en colère contre ta mère de m'avoir dissimulé ton existence. Je n'arrête pas de me repasser notre relation dans ma tête en essayant de trouver une raison pour laquelle elle a choisi de ne rien me dire, et je ne trouve rien. Mais il y a une chose de certaine, si elle m'en avait parlé, je ne l'aurais pas laissée sortir de ma vie comme ça. J'aurais fait partie de ta vie, peu importe ce qui se serait passé entre elle et moi.

— Ah bon ?

La mine dure de Cam disparut, remplacée par un étonnement sincère.

— Aucun doute, dit Cameron.

— Tu as d'autres enfants ? demanda son fils.

Cameron haussa un sourcil.

— Pas à ma connaissance.

Ça fit rire le jeune homme.

— Alors espérons qu'il n'y en aura pas un autre à se pointer devant chez toi.

— Ce ne serait pas la pire chose au monde.

— Ah bon ?

— Non, dit Cameron. Il s'avère que je t'aime bien, et que j'aime l'idée d'être père. J'aurais juste voulu que les choses se passent différemment. J'aurais aimé venir à tes matchs de baseball…

— De foot, l'interrompit Cam.

— Oui. J'aurais aimé venir à tes matchs de foot, prendre un millier de photos niaises au bal de fin d'études, te taquiner à propos de ta première copine…

— Et si c'était un copain ? demanda Cam qui le testait visiblement.

— Ou ton premier copain. Peu importe. Je me fiche de savoir avec qui tu sors tant que ce n'est pas un voyou.

— Dis-moi que tu n'as pas utilisé le mot « voyou », dit Cam en riant. Tu n'es pas *si* vieux que ça, quand même ?

— Je suis relativement vieux, dit Cameron, heureux de voir que la tension s'était apaisée.

— Pourquoi tu me regardes comme ça ? demanda Cam.

— Comme quoi ?

— Comme si tu étais en train de planifier mon futur ou je ne sais quoi. Ça me met un peu mal à l'aise pour être franc.

— Ce n'est pas ce que je suis en train de faire, dit Cameron. En fait, j'étais en train de me dire que je n'ai pas envie de te soumettre à mes attentes. J'ai juste envie d'apprendre à te connaître et faire toutes les choses que devrait faire un bon parent. Comme te fournir une éducation si c'est que tu souhaites, ou t'aider à lancer ta boîte, ou juste être là en guise de soutien moral. Merde, je n'en sais rien. Je n'ai jamais fait ça. J'ai juste envie d'être là pour toi, comme mes parents le sont pour moi. Je sais sans la moindre hésitation que si j'ai besoin d'eux, ils seront là quoi qu'il arrive. Et c'est ce que je veux faire pour mon fils.

— Ça… ça fait beaucoup d'un coup, dit Cam.

— Tout comme découvrir que tu es parent. Mais j'essaie de gérer.

Ses lèvres frémirent et un petit sourire y apparut.

— Oui, j'imagine. Eh bien, je suppose que si tu peux t'y faire, alors moi aussi. Mais tu vas probablement devoir me donner un peu de temps vu qu'on vient juste de se rencontrer. Ne t'attends pas à ce que je te balance tous mes secrets d'un coup.

Cameron aboya de rire.

— Je t'en prie. Il y a un bon nombre de secrets que j'emporterai dans ma tombe. Il y a juste certaines choses qu'on ne dit jamais à ses parents, quoi qu'il arrive.

— Alors on se comprend.

Cameron lui tendit la main à nouveau et cette fois Cam la serra. Ils se comprenaient désormais, et c'était plus que ce qu'il aurait pu espérer.

Ils continuèrent à parler jusqu'à ce qu'Hanna les rejoigne et dise :

— Désolée, les garçons. Vous n'êtes pas obligés de rentrer à la maison, mais vous ne pouvez pas rester ici. On ferme.

Cameron jeta un coup d'œil à son téléphone et fut éberlué

de découvrir que cela faisait plus de trois heures qu'ils étaient dans ce café.

— Mince, désolé, Hanna. En plus, je n'ai même pas commandé.

Il porta la main à son portefeuille avec l'intention d'au moins lui laisser un pourboire pour le temps qu'il avait passé dans son établissement, mais elle l'arrêta et secoua la tête.

— Tu te rattraperas la prochaine fois, dit-elle en reconduisant les deux hommes et son employée à la porte.

— Ça marche. Merci, Hanna. À demain.

Il sortit et fut accueilli par un filet d'air froid. La météo avait été clémente plus tôt dans la journée, mais les températures avaient considérablement chuté. Il se tourna vers Cam.

— Tu as besoin que je te dépose quelque part ?

— Non. Je suis motorisé.

Il désigna le Volkswagen blanc garé juste devant le café.

— D'accord. Alors bonne soirée. Je t'appellerai. Emily va vouloir te rencontrer le plus vite possible.

— J'ai hâte.

Cam tendit la main à Blake.

— Prête à partir ?

— Carrément. Je suis crevée.

Elle fit un signe de la main à Cameron et grimpa dans le vieux van. Quelques secondes plus tard, Cam mit le contact et s'élança dans la Grand-Rue.

Alors qu'il regardait ses feux arrière disparaître au loin, il sortit son téléphone et appela Wanda. Il tomba directement sur son répondeur. La déception s'empara de lui. Il n'avait pas prévu de l'appeler, mais après avoir passé l'après-midi avec son fils, elle était la seule personne à qui il ait envie de parler.

— Salut, Wanda. C'est moi, ton scénariste préféré. Il s'avère que je suis de retour à Keating Hollow plus vite que prévu, et il y a plein de choses dont j'aimerais te parler. Si tu es libre ce soir, tu peux me rappeler ? J'aimerais vraiment t'en parler.

Il raccrocha, fourra ses mains dans ses poches, et marcha jusqu'à la brasserie qui se trouvait non loin de là. Après une journée pareille, une bière semblait appropriée.

CHAPITRE 12

$\mathcal{A}$ssise sur son canapé, Wanda fixait le téléphone. Elle était sous la douche quand Cameron avait appelé et depuis qu'elle avait écouté son message, elle essayait de décider si c'était une bonne idée de le rappeler. Il avait eu l'air bien. Vraiment bien. Et elle mourait d'envie de savoir pourquoi il était de retour à Keating Hollow si vite. Mais elle le pensait quand elle avait dit qu'ils feraient mieux de mettre fin à leur histoire. Si elle le rappelait, sa résolution s'effondrerait. C'était certain.

Quand elle entendit la clé de Blake tourner dans la porte, elle coupa le documentaire sur le rock qu'elle n'écoutait pas vraiment et attendit sa sœur.

Blake entra, les bras chargés de nourriture à emporter.

— Eh. Comment ça s'est passé au boulot ? demanda Wanda.

Sa sœur poussa un petit hoquet et sursauta, visiblement surprise par sa présence.

— Oh la vache, Wanda. Pourquoi tu restes dans le noir comme ça, tu essaies de me filer une crise cardiaque ?

— Je ne suis pas dans le noir, protesta Wanda en regardant autour d'elle.

Quand elle se rendit compte que Blake avait raison, elle pouffa de rire.

— Oups. La télé était allumée, alors je ne me suis pas rendu compte que la lumière avait baissé.

— Tu m'inquiètes.

Blake partit vers la cuisine.

— Tu as faim ? J'ai pris des calzones à Mystyk Pizza.

— Oui.

Elle se leva et suivit Blake. Après avoir pris des boissons, elles s'installèrent à table et attaquèrent leur dîner.

— C'est délicieux. Tu as payé à manger à Cam pour le remercier de te servir de taxi ?

— J'ai essayé, mais il n'a pas voulu.

Elle prit une petite bouchée de sa calzone et ajouta :

— Je suppose que ça ne devrait pas être une surprise vu que Cam est le diminutif de Cameron, mais je n'avais pas compris que Cameron était son père. Maintenant, je me sens un peu bizarre d'avoir vu son paternel à moitié à poil.

Choquée, Wanda avala tout rond sa bouchée de calzone et se mit à tousser. Des larmes lui montèrent aux yeux alors qu'elle essayait de reprendre sa respiration et elle hoqueta :

— Quoi ?

— Tu ne savais pas ? demanda Blake en fronçant les sourcils.

Wanda secoua la tête et toussa de plus belle.

— Seigneur. Est-ce que ça va ? Il faut te faire la manœuvre d'Heimlich ou quoi ?

— Non, siffla Wanda qui parvint enfin à reprendre une vraie respiration. Désolée. Fausse route pour le calzone.

— Je vois ça.

— Tu es sûre que Cameron est le père de Cam ? demanda Wanda, complètement perdue.

Si c'était vrai, Cameron lui avait menti. Mais pourquoi ? Avait-il toute une famille dont il ne voulait pas lui parler ? Non. Ce n'était pas possible. Elle avait rencontré ses parents. S'il était marié ou dans une relation avec quelqu'un d'autre, ils auraient eu quelque chose à redire au fait de trouver une femme presque nue dans son lit. Non ?

— Oui. J'ai pris ma pause avec Cam au café quand Cameron est entré et il a dit que c'était son fils. Ils ont passé le reste de mon service à parler comme si ça faisait longtemps qu'ils ne s'étaient pas vus.

Wanda se concentra sur son repas en essayant de contrôler la rage qui bouillonnait dans ses veines. Pourquoi lui avait-il menti ? Elle ne comprenait pas. Ils avaient parlé de leur passé. Wanda lui avait même demandé s'il avait jamais été marié ou s'il avait des enfants. Et sa réponse avait été non. Et quand elle lui avait demandé s'il avait jamais été proche de se fiancer, il avait dit oui et lui avait un peu parlé de la fille avec qui il était en couple à la fac. Elle lui avait dit qu'elle n'avait jamais eu de relation aussi sérieuse que ça.

— Wanda ? demanda Blake.

Elle regarda sa sœur.

— Oui ?

— Ça va ? Tu n'as pas l'air bien.

— Ça va. Je crois que ce morceau de calzone dans ma gorge m'a coupé l'appétit.

Elle se leva, emballa sa pizza et la remit au frigo.

— Merci pour le dîner. Je crois que je finirai ça pour déjeuner demain.

— D'accord.

Blake l'observa avec inquiétude, comme si elle craignait que

Wanda ne crache un de ses poumons. Ou peut-être qu'elle avait compris que Wanda était mal à cause de Cameron. C'était une sorcière d'esprit après tout. Elle avait dû sentir son changement d'humeur.

Avec une envie désespérée de penser à autre chose, Wanda déclara :

— Je t'ai acheté quelque chose aujourd'hui.

— Ah bon ? Quoi ?

Wanda leva un doigt pour lui faire signe qu'il fallait qu'elle attende et elle disparut dans le salon. Quand elle revint, elle tenait un smartphone qu'elle tendit à Blake.

— Je te l'ai trouvé aujourd'hui.

Blake le fixa. Quand elle releva enfin la tête, elle le rendit à Wanda.

— Merci, mais je ne peux pas le prendre.

— Bien sûr que si, protesta Wanda. Tu as juste un téléphone de base pour le moment. Je préférerais que tu en aies un avec un GPS et sur lequel tu puisses télécharger des applis, histoire que tu rejoignes le vingt et unième siècle. Il n'était pas cher si c'est ça qui te pose problème. J'avais des crédits pour changer le mien et c'est un forfait famille, alors le prix est raisonnable.

Elle poussa le téléphone vers Blake de nouveau.

— Vois ça comme un sacrifice pour faire plaisir à ta sœur, d'accord ?

Blake secoua la tête avec une mine peinée.

— Qu'est-ce qu'il y a, Blake ? demanda Wanda en s'asseyant à côté d'elle. C'est juste un téléphone.

— C'est un nouveau numéro, dit-elle doucement en détournant le regard.

— Oh.

Ah oui. Ses parents ne sauraient pas comment la contacter si elle changeait de numéro. En temps normal, on envoyait juste son nouveau numéro à ses contacts, mais Blake avait déjà dit à Wanda que le téléphone de sa mère ne fonctionnait plus. Même s'ils l'avaient abandonnée, Wanda comprenait parfaitement qu'elle ait envie de leur laisser au moins un moyen de reprendre contact.

— Eh bien, tu peux toujours garder les deux pendant un moment, non ? Juste au cas où ?

— Payer pour deux téléphones ? demanda-t-elle en la regardant comme si elle avait perdu l'esprit.

— Je paie pour ton nouveau téléphone. C'est ce que je comptais faire de toute façon. Et toi, tu paies pour l'ancien aussi longtemps que tu penses avoir besoin de conserver ce numéro.

— Ça ne semble pas très raisonnable, hein ?

Les yeux sombres de Blake brillèrent de larmes.

— C'est idiot de penser…

Elle secoua de nouveau la tête.

— Laisse tomber.

Wanda enlaça sa sœur et l'attira contre elle.

— Ce n'est pas idiot. Même si tu ne veux plus jamais leur parler, je sais ce que ça fait de couper le contact de façon définitive, vu qu'ils n'auraient aucune idée de comment te retrouver à moins qu'ils viennent me poser la question. Et on sait toutes les deux que c'est improbable. Alors garde le téléphone. Tu le sauras si un jour tu es prête à t'en passer. Pas de pression. Ni de jugement. Tu fais ce que tu as besoin de faire.

Blake laissa sa tête basculer contre l'épaule de Wanda et murmura :

— Merci pour le téléphone… et tout le reste.

— De rien, frangine.

Wanda l'embrassa sur le dessus du crâne.

— Bon, qu'est-ce que tu dirais de cupcakes ?

Blake se détacha d'elle.

— Tu as fait de la pâtisserie ?

— Malheureusement, non. J'adorerais faire des cupcakes *red velvet*, mais qui a le temps pour ça ? Je les ai pris à Une Cuillerée de Magie. Shannon a dit qu'ils allaient te retourner la tête.

Elle se leva et alla chercher la boîte de pâtisseries. Pendant qu'elle en sortait les cupcakes, son téléphone vibra. Blake l'attrapa et tapa quelque chose.

— Qu'est-ce que tu fais ? demanda Wanda.

— Rien, dit-elle en riant. J'enlève juste un spam.

— Un spam ?

Wanda lui tendit un cupcake et récupéra son téléphone. Il n'y avait aucun nouveau texto. Elle avait dû l'effacer.

— Qu'est-ce que ça disait ?

— Une histoire de virement à faire pour la Sibérie. Je leur ai dit d'oublier ton numéro. Et puis je les ai bloqués et j'ai effacé.

— La Sibérie ?

Wanda haussa un sourcil sceptique.

— Ce n'est pas un prince nigérien d'habitude ?

— Un prince ? Oh, dis donc, si j'avais su, j'aurais demandé les instructions pour le virement, plaisanta Blake.

Wanda rit, et son cœur se réchauffa. Elle avait réussi à remonter le moral à Blake, et c'était tout ce qui comptait.

Dix minutes plus tard, alors qu'elles étaient blotties sur le canapé en train de zapper pour trouver un film, on frappa à la porte.

— Et voilà. Bonne soirée, Wanda.

Blake lui fit salut de la main et s'enfuit dans l'escalier.

— Et voilà quoi ? marmonna Wanda en ouvrant la porte.

Cameron lui sourit.

— Salut.

Ses cheveux poivre et sel étaient en désordre, comme s'il y avait passé la main une demi-douzaine de fois, mais ses yeux sombres étaient brillants et pétillaient de joie.

— Cameron, heu, qu'est-ce qui se passe ?

Elle recula et le laissa entrer dans le salon. Elle était si surprise de sa visite qu'elle avait oublié qu'elle était en colère contre lui, mais dès qu'elle se souvint de ce que Blake avait dit à propos de son fils, un feu embrasa son ventre et avant qu'il puisse placer un mot de plus, elle s'écria :

— Dis-moi juste un truc.

— Bien sûr. Tout ce que tu voudras.

Il essaya d'attraper sa main, mais elle la recula vivement. La joie disparut de son regard, remplacée par de l'inquiétude.

— Qu'est-ce qui ne va pas ?

— *Qu'est-ce qui ne va pas ?* Tu as un fils. Cam, le gamin que j'ai aidé à trouver un appart et un job, est ton *fils*. Tu m'as menti. Mais ce que je ne comprends pas c'est : pourquoi ? Tu as une femme ou une petite amie qui t'attend à Los Angeles ou quoi ? Parce que sinon, me mentir là-dessus ne rime à rien.

— Oh là. On se calme. Je peux…

— On se calme ? Est-ce que tu viens juste de me demander de me calmer ? Ne me dis pas comment je dois réagir à ça. Mentir est impardonnable. Si tu penses…

— Wanda ! cria-t-il. Arrête. Je ne t'ai pas menti. Je le jure.

— Mais…

— Je ne savais pas, dit-il plus doucement. Je viens de l'apprendre.

Wanda s'en retrouva muette. Elle le fixa, bouche bée, et se sentit complètement idiote. C'était rare qu'elle perde son sang-froid. À l'évidence, Cameron lui faisait toujours de l'effet, sinon elle ne se serait pas mise à crier comme une malade sur quelqu'un avec qui elle avait déjà rompu. Elle ferma les yeux et prit une grande inspiration. *Punaise.* Elle s'était bien mise dans le pétrin. *Amis.* C'est ça.

— C'est à peu près la réaction que j'ai eue, dit-il avec un petit rire. Cam m'a appelé juste avant que je parte pour Vancouver. Il ne savait pas que j'étais son père jusqu'à ce qu'il trouve son certificat de naissance original en triant les affaires de sa mère. Elle est décédée il y a six mois, nous laissant sans réponse quant à ses actions. On est tous en train de se faire à la situation.

— Tu viens de l'apprendre ? répéta-t-elle en essayant toujours d'analyser ce qu'il lui avait dit.

— Oui. Je l'ai rencontré pour la première fois aujourd'hui au café.

— Merde, et moi qui te mets la misère.

Toute sa colère avait disparu, remplacée par de la compassion et de l'admiration. Cameron semblait très bien s'en sortir pour quelqu'un qui venait juste de découvrir qu'il avait un fils adulte.

— Juste un peu.

Il lui fit un clin d'œil avant de porter la main de la jeune femme à ses lèvres. Il embrassa ses doigts et poussa un soupir de contentement.

— Ces mains m'ont manqué.

— Ces lèvres m'ont manqué, dit Wanda et elle le regretta aussitôt.

Qu'est-ce qu'elle faisait ? Juste parce qu'il ne lui avait pas menti ne voulait pas dire qu'elle avait changé d'avis quant au statut de leur relation. Il fallait toujours qu'elle pense à Blake, et il vivait à l'autre bout de l'État.

Mais son fils vit ici désormais, l'informa son traître de cerveau.

Cameron se pencha et effleura ses lèvres des siennes. Un frisson d'anticipation la parcourut.

Ce n'était pas juste du flirt. Ses baisers lui avaient vraiment manqué. *Il* lui avait manqué. Toutes ses relations précédentes s'étaient terminées parce qu'elle devait travailler pour les maintenir et que ça n'en valait pas la peine. Mais avec Cameron, c'était juste facile. Ils n'avaient pas beaucoup d'exigences, et ils respectaient la carrière de l'autre. La plupart des hommes avec qui elle était sortie s'étaient attendus à ce qu'elle fasse passer leurs désirs et leurs besoins en premier. Cameron ne lui avait jamais donné cette impression. Pourquoi est-ce qu'elle le repoussait, déjà ?

Ah oui. *Blake.* Wanda ne voulait pas qu'elle s'attache à quelqu'un qui finirait par sortir de sa vie, comme tous les autres. Il n'y avait pas moyen d'ignorer le fait que Cameron vivait et travaillait à mille kilomètres de là.

Wanda recula, essayant de mettre un peu d'espace entre eux pour sa propre santé mentale, et elle fuit jusqu'au canapé. Cameron la suivit et s'assit à côté d'elle.

— Alors, comment c'était ? De rencontrer Cam aujourd'hui ? Je l'ai aidé à trouver son appart. Il a l'air d'être un chouette gamin.

— Oui, hein ? dit Cameron avec un sourire de papa fier.

Wanda hésita un instant, mais il fallait qu'elle pose les questions qui lui venaient. C'était ce qu'elle aurait demandé à n'importe quel ami dans une telle situation, alors elle lâcha :

— Mais il faut que je te demande, comment tu peux être sûr que tu es son père ? Si sa mère ne lui a jamais dit, comment tu sais qu'elle n'a pas menti sur le certificat de naissance ? Il doit bien y avoir une raison pour laquelle elle n'a jamais rien dit.

— Il n'y a pas le moindre doute, Wanda, dit-il en secouant la tête. Pour être franc, j'ai pensé la même chose au début.

Mais c'est le portrait craché de mon père. Il a exactement la même tête que sur une photo que j'ai de lui, quand il avait vingt ans.

— Oh, ouah. Tu dois être si en colère qu'elle t'ait caché ça.

Wanda avait envie de se lancer à la recherche de cette femme et de lui dire sa façon de penser. Mais Cameron n'avait-il pas mentionné qu'elle était décédée récemment ? Mince. Elle ne risquait pas d'aller lui botter les fesses. Tenir un enfant à l'écart d'un parent aimant était si abominable.

— Je dois reconnaître que je suis furieux envers Tori. Ce qu'elle a fait est impardonnable. Mais elle a dû être une super mère, parce que Cam est tout ce que je pourrais vouloir pour mon fils. De ce que j'en ai vu, il est gentil, humble, déterminé, et il sait subvenir à ses besoins. Il a insisté sur le fait qu'il ne veut rien de moi, à part apprendre à me connaître. Bien sûr, j'ai déjà envie de faire tout ce que je peux pour lui rendre la vie plus facile. Je lui ai proposé de financer ses études s'il veut, mais il a refusé. S'il est heureux en travaillant dans le bâtiment, alors c'est ce qu'il devrait faire. Je veux juste qu'il ait des opportunités et qu'il ne se contente pas d'un truc qui ne lui plaît pas par manque de ressources.

Cameron pouffa de rire.

— On dirait que je m'emballe, hein. Ça fait un jour que je le connais et je joue déjà les papas poule.

Wanda renifla.

— Tu es loin d'être un papa poule. Je trouve que c'est génial que tu veuilles le soutenir. Il y a bien trop de gens qui ont des parents qui n'en ont juste rien à foutre.

— Tu sais ce qui est dingue ? lui demanda-t-il.

— Je suis sûre qu'il y a plein de choses de dingue dans cette situation.

Elle se décala vers lui pour poser la tête sur son épaule. Elle avait beau se dire de tenir ses distances, c'était physiquement impossible. S'il était à proximité, elle avait envie de le toucher.

— Ça, c'est sûr.

Il passa un bras autour de ses épaules et l'attira davantage contre lui.

— C'est fou à quel point je m'en fais pour lui. Ça fait moins d'une semaine qu'il m'a appelé pour m'annoncer la nouvelle et pourtant, je n'arrive même plus à imaginer une réalité où Cam ne ferait pas partie de ma vie.

— C'est comme si on t'avait soufflé de la poussière magique paternelle dessus.

Elle leva les yeux vers lui.

— Ce n'est pas du tout la même chose, mais depuis que Blake est ici, elle passe avant tout le reste. Ma vie est passée au second plan, derrière ses besoins, et je ne voudrais changer ça pour rien au monde. Être là pour quelqu'un, c'est gratifiant en soi. Mais c'est plus que ça. C'est comme si on m'avait confié un petit morceau de son cœur et que j'avais la responsabilité de le garder intact.

— C'est exactement ça, dit Cameron. Comment tu as fait ça ?

— Fait quoi ?

— Mis des mots sur mes sentiments.

Elle se contenta de lui sourire.

Cameron la balaya du regard et atterrit sur ses lèvres à nouveau.

— Wanda, tu es incroyable.

Cette déclaration la réchauffa de l'intérieur et elle oublia tous ses arguments pour le tenir à distance.

— Laisse-moi t'inviter quelque part. Arrêtons de prétendre qu'on est juste amis, ou amis avec bénéfices ou je ne sais quoi. J'ai envie de sortir avec toi.

À ces mots, sa petite bulle de bonheur éclata instantanément. Sortir avec lui ? N'était-ce pas une très mauvaise idée ? Même en sortant Blake de l'équation, il venait juste de découvrir qu'il était père.

— Tu es sûr que c'est une bonne idée ? Tu n'as pas envie de passer le temps que tu as ici à Keating Hollow avec ton fils ? Je me sentirais mal de m'interposer entre vous.

— Je ne peux pas passer vingt-quatre heures sur vingt-quatre avec lui. Il a un boulot. Et si on se voyait pour déjeuner ? Un jour où il travaille et où Blake est au lycée. Il faut bien que tu manges, non ? Même quand tu passes la journée au bureau. Ce que tu voudras. La Lisière, pour un menu poisson ? Ou des burgers à la brasserie ? Ou s'il fait beau, un pique-nique au bord de la rivière ? Tu pourrais nous faire un feu et j'amènerais une couverture.

Est-ce qu'il n'était pas charmant ?

— Tu es trop beau pour être vrai.

— C'est un oui ? demanda-t-il avec espoir.

— Oui. Mais pas demain. J'ai trop de rendez-vous. Disons après-demain et c'est d'accord.

— Parfait.

Cameron pencha la tête pour l'embrasser encore une fois, longuement, en prenant son temps. Et puis il se leva, fit mine de la saluer de son chapeau, et lui souhaita une bonne nuit.

Wanda monta à l'étage, toute joyeuse. Elle était sur le point de rentrer dans sa chambre quand elle entendit un sanglot étouffé qui venait de celle de Blake. Elle se figea. Quand un deuxième sanglot lui parvint, elle fit demi-tour et frappa doucement à sa porte.

— Blake, ma puce. Est-ce que ça va ?

— Oui, oui, dit-elle dans un autre sanglot.

— Non, ça n'a pas l'air d'aller du tout. Je rentre, d'accord ?

122

Comme sa sœur ne répondait pas, Wanda frappa une fois de plus et ouvrit la porte. Blake était recroquevillée sur son lit, le visage bouffi, les yeux rouges, et elle tenait le smartphone que Wanda lui avait donné.

— Ça va, dit-elle en reniflant.

— Oh, ma puce. Non, ça ne va pas.

Wanda grimpa sur le lit à côté d'elle et l'enlaça par-derrière.

— Tu as le droit de ne pas aller bien. Tu le sais, hein ?

— Je devrais avoir l'habitude depuis le temps.

— L'habitude de quoi ? demanda Wanda en caressant ses cheveux.

Elle prit une grande inspiration.

— Je n'ai plus besoin du vieux téléphone.

La crainte s'empara de Wanda.

— Pourquoi ça ?

Blake ne répondit pas. Wanda ne voulait pas insister, alors elle se contenta de la serrer dans ses bras et attendit. Quand elle serait prête, elle parlerait.

Elles restèrent allongées un long moment sur le lit sans parler, si bien que Wanda était à peu près sûre que Blake s'était endormie. Mais dès qu'elle commença à se détacher d'elle, Blake dit :

— J'ai envoyé mon nouveau numéro à tous mes contacts.

— Et ? murmura Wanda.

— Maman m'a renvoyé un texto pour me demander où j'avais trouvé l'argent pour m'acheter un nouveau téléphone. Apparemment, elle a réussi à rallumer le sien.

La voix de Blake était si malheureuse que pour la seconde fois de la soirée, Wanda eut envie d'étrangler une autre femme.

— Tu lui as dit que c'était moi qui l'avais acheté ? demanda Wanda.

— Non. Ça ne la regarde pas. Elle n'a pas fait l'effort de dire au revoir ou de m'envoyer un message ne serait-ce qu'une fois. Et maintenant elle s'inquiète de ce que je fais ? Elle a de la chance que je ne l'aie pas bloquée.

— Je sais que tu n'es sans doute pas prête, mais tu as le droit de le faire, tu sais. Tu n'es pas obligée de te laisser maltraiter. Tu es en sécurité ici. Pour toujours. Compris ?

Blake hocha la tête et une petite partie de la tension de Wanda disparut. Tout ce qu'elle voulait, c'était que sa sœur se sente en sécurité et aimée. Rien de plus.

CHAPITRE 13

Cameron entra dans la Galerie K sur la Grand-Rue. Il devait aller dîner chez ses parents dans leur nouvel appartement et il n'avait pas envie d'arriver les mains vides. Ça aurait été plus simple d'acheter une bouteille de vin, mais il connaissait sa mère. Elle appréciait vraiment l'art et l'artisanat. Elle serait ravie d'exposer dans sa nouvelle maison la production d'un artiste local.

La clochette sonna et une odeur marine s'éleva, suivie d'une bouffée de la senteur des séquoias. C'était vraiment le genre d'endroits pour sa mère. Il se dit qu'elle risquait d'y dépenser une fortune dans les temps à venir.

— Cameron, salut mon vieux. Comment ça va ?

Cameron se tourna et repéra Gideon Alexander, le compagnon de Miranda. Il était en train d'arranger la présentation de sculptures en bois de séquoia. Chacune représentait une scène de Keating Hollow.

— Bien. Et toi ?

— Je ne peux pas me plaindre. Miranda travaille sur son prochain roman, alors je m'occupe au studio. Et maintenant que j'ai de l'aide pour rénover la maison que j'ai achetée, tout avance gentiment. Il est super, ton gamin.

Ton gamin. Ça faisait bizarre à entendre, même s'il avait l'impression que son cœur allait exploser de fierté. Il allait avoir besoin d'un peu de temps pour s'habituer au nouvel ordre des choses.

— C'est génial, je suis ravi d'entendre que tout va bien.

— Je ne pourrais pas être plus heureux.

Gideon sortit une casquette bleue de la poche de son jean délavé et s'en coiffa, dissimulant ses cheveux ondulés en bataille, qui semblaient ne pas avoir vu de coiffeur depuis un peu trop longtemps. Cameron faillit se mettre à rire en contemplant la transformation de cet homme qui, il n'y avait pas si longtemps, s'habillait avec toute la formalité et la classe d'un producteur hollywoodien. Passer du temps à Keating Hollow avait fait de lui l'artiste décontracté qu'il aurait toujours dû être.

— Qu'est-ce qui t'amène aujourd'hui ? demanda Gideon.

— Je cherche un cadeau pour la crémaillère de ma mère. Avec mon père, ils ont loué une maison pour voir s'ils ont envie de s'installer ici pour de bon. Je ne peux pas me pointer les mains vides.

Cameron regarda autour de lui et remarqua qu'il n'y avait pas de vendeuse dans la galerie, juste Gideon.

— Tu travailles ici maintenant ? Comment s'appelle la propriétaire ? Ashe, c'est ça ?

— Oui, Ashe est la propriétaire, mais elle est retournée à la fac. Je lui donne un coup de main quelques jours par semaine quand elle est en cours. Alors, qu'est-ce que tu cherches ? Un tableau ? Une sculpture ? Du verre soufflé ?

Cameron se rapprocha des sculptures en bois que Gideon était en train de disposer à son arrivée.

— C'est toi qui as fait ça ?

— Oui. Elles sont toutes neuves. Tu es le premier à les voir après Ashe et Miranda. Mais tu n'as pas encore vu le mieux.

Gideon attrapa une des sculptures et passa la main au-dessus de l'œuvre. Les lampadaires et la vitrine du Café Incantation s'illuminèrent par magie.

— Ouah. C'est impressionnant, dit Cameron en admirant le feu éternel qu'il avait utilisé pour créer cet effet. Vendu.

Gideon sourit.

— Je suis assez content de ce que ça a donné. Tu veux que je te fasse un paquet cadeau ?

— Tu fais des paquets ? demanda Cameron avec une bonne dose de scepticisme.

Gideon pouffa de rire.

— Nan, ce sont des sacs cadeaux tout fait. Mais ça fonctionne.

— Eh bien d'accord.

Une fois la sculpture emballée et payée, Gideon la lui tendit en déclarant :

— Miranda me dit que tu vois Wanda.

Rien que la sonorité de son prénom illumina Cameron de l'intérieur. Il n'avait pas réussi à se la sortir de l'esprit depuis qu'il était sorti de chez elle la veille. S'il avait eu le choix, il ne serait pas parti avant le matin, mais il comprenait sa position et il s'était résigné à être patient.

— Oui, je suppose.

— Super. On devrait se faire un truc un de ces jours tous les quatre.

La porte s'ouvrit et une petite blonde entra. Elle portait un jean et un tee-shirt des pompiers de Keating Hollow trop grand pour elle d'au moins deux tailles.

— Salut, Amelia. Comment ça va ? demanda Gideon.

— Pas mal. Et toi ?

— Super. Qu'est-ce que je peux faire pour toi ?

— Rien. Je suis là pour vérifier vos extincteurs.

Elle avança jusqu'à Cameron et lui tendit la main.

— Je ne crois pas qu'on se soit rencontrés. Je suis Amelia Holiday, la dernière recrue des pompiers de Keating Hollow.

— Cameron Copeland. Auteur. Enchanté.

Elle se contenta de hocher la tête, n'ayant pas l'air impressionnée par son choix de carrière. Cameron faillit se mettre à rire. C'était exactement ce qu'il aimait dans cette ville. Il n'impressionnait pas les autochtones. Il n'y avait pas le côté prétentieux d'Hollywood où chacun cherchait à élargir son cercle de relations comme si sa vie en dépendait.

Amelia regarda à nouveau vers Gideon.

— Je vais juste faire un tour et m'assurer que tout est à jour. Ça marche ?

— Bien sûr.

Amelia passa derrière le comptoir et décrocha un extincteur pour en regarder la date. Cameron était sur le point de partir quand Amelia poussa un hoquet et plongea derrière le comptoir en disant :

— Je ne suis pas là. Quoi qu'il dise, je ne suis pas là.

La clochette retentit à nouveau et un homme entra, grand, vêtu d'un pantalon noir et d'une chemise à rayures noires et blanches. Cameron jeta un coup d'œil vers le comptoir où Amelia était cachée, avant de revenir vers l'homme.

— Bonjour. Je cherche Amelia Holiday. On m'a dit qu'elle serait peut-être ici. Vous l'avez vue ? demanda-t-il avec ce qui semblait être l'accent de Boston.

— Amelia Holiday ? demanda Gideon en fronçant les sourcils comme s'il essayait de se rappeler s'il connaissait une

Amelia. Non. Personne n'est entré depuis des heures à part Cameron. Désolé.

L'homme fronça les sourcils.

— À la caserne, on m'a dit qu'elle ferait un arrêt dans cette boutique pendant sa tournée. Vous voulez bien que j'attende un peu ici ?

— J'aimerais pouvoir vous dire oui, répondit Gideon avec un naturel parfait, mais j'étais sur le point de sortir déjeuner avec mon ami Cameron. La galerie sera fermée pour une heure ou deux.

Cameron faillit pouffer de rire en entendant la voix pleine de regrets de Gideon. Pour un ancien producteur, il avait de vrais talents d'acteur. Il aurait eu autant de succès devant la caméra qu'il en avait eu derrière.

— Mais si je la croise, je peux lui dire que vous la cherchez si vous voulez, ajouta Gideon.

L'inconnu poussa un soupir frustré et dit :

— Merci. Dites-lui juste que Grayson la cherche. J'ai une chambre à l'Auberge de Keating Hollow.

— Pas de souci, dit Gideon en hochant la tête.

Grayson sortit de la galerie, fourra ses mains dans ses poches et, la tête baissée, prit la direction de l'auberge.

— Il est parti, dit Cameron.

— Vous êtes sûr ? demanda Amelia.

— Tu te rends compte que s'il était toujours là, il t'aurait entendu, hein ? la taquina Gideon.

Elle se releva et fixa la porte, les yeux écarquillés.

— Qu'est-ce qu'il voulait ? demanda-t-elle comme si elle n'avait pas entendu le moindre mot de l'échange.

— Je dirais qu'il voulait te parler.

Tout son amusement disparut et son regard se fit sérieux.

— Est-ce qu'on doit s'inquiéter ? Ce type te harcèle ou quelque chose du genre ? Est-ce qu'il faut qu'on appelle Drew ?

— Le shérif adjoint ? glapit-elle. Oh non. Ce n'est rien de tel. Grayson est...

Elle ferma les yeux.

— On a un passif, et je ne suis pas prête à lui parler pour le moment.

— Ah. Je vois.

Gideon hocha la tête.

— Eh bien, on dirait qu'il est là pour un moment, alors tu risques de le croiser tôt ou tard.

— Oui. C'est ce qui me fait peur.

Elle fit une marque sur son bloc-notes et dit :

— Je reviendrai plus tard pour finir mon inspection. J'ai besoin d'un peu de temps pour décider quoi faire.

Cameron l'observa se précipiter hors de la boutique. Il se tourna vers Gideon, pas vraiment convaincu qu'Amelia leur avait dit la vérité à propos de Grayson.

— Qu'est-ce que tu en penses ? Tu crois qu'il est dangereux ?

— C'est difficile à dire, mais ne t'en fais pas. Je vais prévenir Drew de garder un œil sur lui.

Satisfait de cette réponse, Cameron lui demanda l'adresse de la maison qu'il rénovait, et il partit rendre une visite surprise à son fils.

La ferme sur la Troisième Rue était près de la rivière et avait un garage séparé. Le jardin ne semblait pas avoir été fait depuis quelques années, mais la maison blanche avait été repeinte récemment, et le porche était superbe. Cameron ressentit une pointe de regret de ne pas avoir trouvé cet endroit en premier.

Le Volkswagen de Cam était stationné à côté du garage, confirmant que son fils était là. Cameron monta les marches et frappa à la porte. Il réessaya quelques secondes plus tard. Comme personne ne répondait, Cameron partit vers le garage en supposant que Cam était dans son appartement. Mais avant d'atteindre l'escalier, il entendit des voix étouffées qui provenaient de l'arrière de la maison.

Il se remit en marche en se disant que Cam avait de l'aide ce jour-là et qu'il travaillait derrière. Mais dès qu'il eut tourné l'angle, il aperçut Cam qui serrait Blake dans ses bras. Celle-ci avait le visage enfoui au creux de son épaule.

Cameron se sentit bizarre, conscient qu'il venait de surprendre un moment privé. Il repartit de l'autre côté et appela :

— Cam ? Tu es là ?

Quand il arriva de nouveau à l'angle, Cam et Blake s'étaient séparés, mais il n'échappa pas à son attention que Cam lui tenait la main. Est-ce qu'ils sortaient ensemble ? Ils ne venaient pas tout juste de se rencontrer ? C'était un peu rapide. Mais Cameron ne pouvait rien dire. Il ne leur avait guère fallu de temps à lui et Wanda pour se retrouver sous la couette. Cette pensée déclencha toutes sortes de nouvelles inquiétudes quant aux deux adolescents. *Je vous en prie, faites qu'ils ne couchent pas déjà ensemble.* C'était quelque chose dont ni lui ni Wanda n'avaient envie de s'inquiéter.

— Salut Cameron, dit Cam. Tu me cherchais ?

— Bien sûr.

Il afficha un sourire et grimpa sur la terrasse. Il était évident que Blake avait pleuré. Il fronça les sourcils et observa ses yeux rouges et gonflés.

— Ça va, ma grande ?

— Oui.

Elle renifla et retira sa main de celle de Cam pour s'essuyer les yeux. C'est là qu'il remarqua qu'elle tenait une liasse de billets dans son autre main. Quand elle vit son regard, elle se hâta de les fourrer dans la poche de son jean.

— Juste une allergie.

Cameron avait assez de tact pour ne pas faire remarquer qu'il n'y avait pas encore de pollen à cette époque de l'année. Il était évident qu'elle était bouleversée et que Cam était en train de la réconforter quand il était arrivé. Mais il était aussi évident qu'elle ne comptait pas lui faire part de ce qui la rendait malheureuse.

— Ah, oui. Les allergies, c'est pénible.

Il en vint au but de sa visite.

— Cam, je suis venu t'inviter à dîner avec mes parents. C'est ma mère qui cuisine. Et crois-moi, tu n'as pas envie de louper ça.

Cam cligna des yeux quelques fois, comme pour bien réaliser. Et puis il dit :

— Je serais ravi de rencontrer mes grands-parents, mais…

Il jeta un autre coup d'œil vers Blake et reprit :

— On pourrait faire ça une autre fois ? On comptait passer la soirée ensemble.

— Non ! Tu devrais y aller, protesta Blake. Ne t'en fais pas pour moi. Ça ira.

— Ce n'est pas un souci, dit Cam en lui serrant la main. Je peux les voir plus tard dans la semaine, ou ce week-end.

Blake secoua la tête.

— J'insiste. Va les voir, et puis tu pourras m'appeler pour me dire à quel point ils sont géniaux.

Il pouffa de rire.

— Et si ce sont des monstres qui veulent que je rejoigne une secte qui vend des fleurs dans les aéroports ?

Ce fut au tour de Cameron de se mettre à rire.

— C'est peu probable. Ta grand-mère s'amusera peut-être à te taquiner sur le fait de vivre en communauté, mais le mot « secte » est une insulte dans son monde. Elle pense que l'important, c'est de suivre son propre chemin, et d'apprécier le voyage. Je suis à peu près certain qu'elle était dans le mouvement hippie à l'époque.

— Alors *ça*, c'est cool.

Son fils lui fit un grand sourire.

— Je viendrai. Tu n'as qu'à m'envoyer l'adresse et l'horaire par SMS.

Cameron repartit, à la fois amusé et inquiet. Blake n'était-elle pas censée être au lycée ? Il n'était que deux heures de l'après-midi. À son époque, on ne sortait jamais de cours aussi tôt. Il fallait qu'il appelle Wanda. Sauf qu'il ne savait pas trop quoi lui dire. Que Blake avait séché au moins une partie de la journée, ou qu'elle était bouleversée et semblait avoir une grosse somme d'argent sur elle ?

Ça, oui. Définitivement. Ce n'était pas la peine de causer des bisbilles entre elles juste parce que Blake avait manqué quelques heures de cours. Mais il ne pouvait pas ignorer ce qu'il avait vu. Il fallait que Wanda sache qu'il se passait un truc avec sa sœur.

Cameron espérait juste qu'elle n'était pas du genre à tirer sur le messager. Ça serait vraiment difficile de l'emmener déjeuner quelque part si elle le transformait en pâté pour chiens.

CHAPITRE 14

ameron arrêta son SUV dans l'allée de la superbe
maison nichée à flanc de montagne. Wanda avait fait
du bon boulot en trouvant cette location pour ses parents. Il
lui avait fallu appeler plus d'une douzaine de propriétaires qui
possédaient une maison de vacances à Keating Hollow et
beaucoup supplier, mais elle avait réussi. Et ses parents étaient
ravis. Non seulement ils avaient une vue sur la vallée, mais ils
en avaient aussi une sur la rivière enchantée.

Il descendait tout juste de voiture quand il entendit le
crachotement du moteur du Volkswagen qui montait la pente.
Le véhicule apparut peu après. Il attendit que Cam le rejoigne
devant la maison et sourit en apercevant une mangeoire pour
oiseaux en bois dans ses mains.

— C'est toi qui l'as faite ?

— Oui.

Cam la leva vers lui en la scrutant.

— Tu crois que ça plaira à ta mère ?

— Elle va adorer.

Cameron pouffa de rire.

— Mince, tu vas devenir son préféré. Moi je me suis contenté d'acheter mon cadeau.

Ça fit rire le jeune homme.

— Il faut que je me rattrape après toutes ces années.

Cameron afficha un air grave.

— Non. Il faut juste que tu sois là.

Son fils ouvrit la bouche pour répondre, mais avant qu'il puisse dire quoi que ce soit, la porte s'ouvrit et Emily sortit, vêtue d'un élégant pantalon gris, d'une chemise en soie blanche et d'un tablier rose vif. Sans un mot pour Cameron, elle dévala les marches et serra Cam dans ses bras.

— Je n'y crois pas. Un petit-fils. Et te voilà.

Cam enlaça sa grand-mère sous le regard de Cameron. De la chaleur se diffusa dans tout son corps et il n'aurait su se rappeler un moment où il s'était senti aussi… entier.

— Salut, fiston, déclara Dayton Copeland en sortant sous le porche.

Comme à son habitude, son père était vêtu d'un jean et d'une chemise à manches courtes. Il avait rehaussé son look d'un fedora pour la soirée, cependant, et Cameron pouffa de rire. C'était une méthode pour cacher sa calvitie.

— On dirait que tu m'as trouvé un mini-moi.

Cameron hocha la tête et avança sous le porche.

— Les gènes ne mentent pas avec celui-ci.

— Emily, tu comptes lâcher ce garçon à un moment ?

Dayton passa un bras autour des épaules de Cameron et observa sa femme avec amusement.

— Non, rétorqua-t-elle, toujours accroché à Cam. J'ai manqué dix-neuf ans de câlins. Je le lâcherai sans doute vers jeudi.

Cam avait posé la mangeoire par terre et il serrait Emily aussi fort qu'elle. Il avait les yeux fermés, mais Cameron fut certain de voir une larme solitaire rouler sur sa joie. La scène était si chargée émotionnellement que Cameron dut lutter pour continuer à respirer.

— Fort bien, dit Dayton. Vous pouvez rester dehors si ça vous amuse, mais Cameron et moi on va rentrer et jeter un coup d'œil aux lasagnes. On ne voudrait pas que le fromage crame de nouveau.

— Les lasagnes !

Emily se rejeta en arrière et lâcha Cam.

— Je m'en occupe. Il faut que je regarde le pain aussi.

Elle courut à l'intérieur sous les rires des hommes. Dayton descendit du porche et tendit la main à Cam.

— Je suis Dayton. Ton grand-père.

— Bonjour.

Cam prit sa main et se retrouva à nouveau prisonnier d'une étreinte, mais Dayton relâcha le jeune homme un peu plus vite.

Quand Dayton recula, il fixa son doppelgänger et poussa un sifflement bas.

— Cameron ne blaguait pas en disant que la ressemblance est frappante. J'ai l'impression de me voir dans un miroir quand j'avais ton âge.

— Vraiment ?

Les lèvres de Cam esquissèrent un sourire.

— Alors c'est à ça que je ressemblerai d'ici trente ans ?

Dayton se mit à rire.

— Plutôt quarante, gamin, mais merci de flatter un vieillard.

Cameron leva les yeux au ciel.

— Tu n'es pas vieux. Tu n'as même pas soixante ans.

— Presque.

Il rit et désigna la maison d'un signe de tête.

— Allons-y, mon grand. J'espère que tu n'es pas vegan parce

que les lasagnes de ta grand-mère, c'est pour les amateurs de viande.

— Non, et j'adore les lasagnes.

Il ramassa sa mangeoire et les suivit à l'intérieur du cottage décoré avec goût.

Ce n'était pas très grand, mais les commanditaires n'avaient pas regardé à la dépense pour faire construire cette maison. Des placards intégrés dans le salon aux plans de travail en marbre dans la cuisine jusqu'aux baies vitrées qui s'étiraient du sol au plafond, Cameron n'aurait rien changé s'il avait dû acheter cette maison. Elle était parfaite pour ses parents.

— C'est ici que tu vis quand tu es en ville ? demanda Cam à son père.

— Oui.

Cameron hocha la tête et déposa son cadeau sur l'îlot de cuisine.

— Il y a une chambre d'amis en bas où je peux faire la teuf, blagua-t-il.

— Tant que tu ne fais pas trop de bruit, déclara sa mère en sortant un pain à l'ail du four.

— Pas d'inquiétude. On mettra du Fleetwood Mac, comme ça, ça ne te dérangera pas même si on met le son à fond, dit Cameron en sortant des sodas du frigo.

— J'aime bien Stevie Nicks.

Emily s'activa dans la cuisine en fredonnant « Rhiannon ».

Cameron passa une cannette à Cam et se mit en demeure d'aider sa mère à transporter le dîner jusqu'à la table. Quand les lasagnes trônèrent au milieu, que les salades furent servies et le pain disposé dans une corbeille, Emily joignit les mains et déclara :

— Je crois que nous sommes prêts.

— Attends, dit Cameron. Les cadeaux d'abord.

— Mais les lasagnes, protesta Emily en contemplant le plat.

— Elles ne vont pas disparaître.

Il saisit le paquet cadeau que Gideon lui avait remis et le lui tendit.

— Un petit cadeau d'installation.

Elle lui adressa un sourire rayonnant.

— Cameron, ce n'était pas la peine. Ce n'est pas comme si c'était notre maison pour de bon.

— Ça l'est, pour le moment. Et puis, je sais que tu voudras l'emporter en partant.

Dayton s'appuya au plan de travail et les observa avec un sourire amusé. Il se tourna vers Cameron.

— Ce n'est pas parce que tu as apporté quelque chose que tu auras droit à la plus grande part de tiramisu. Tu en es conscient, hein ?

Cameron croisa les bras.

— On verra.

Sa mère donnait toujours la plus grande part de dessert à son père parce qu'elle disait que c'était sa façon de lui faire savoir qu'elle avait toujours un petit faible pour lui. C'était une vieille blague dans la famille que de dire qu'un jour Cameron trouverait un moyen de remporter la plus grosse part. Pour l'instant, c'était un échec, même si Emily avait reconnu qu'il n'était pas passé loin le jour où il lui avait fait la surprise de lui offrir des billets pour *Hamilton*.

— Allons, est-ce que vous laisserez tomber ça un jour tous les… ?

Emily s'interrompit au milieu de sa phrase et poussa un hoquet en voyant la sculpture sur bois.

— Oh, ouah, Cameron. C'est… c'est incroyable. Où est-ce que tu l'as trouvée ?

— Galerie K. Gideon était juste en train de les mettre en place quand j'y suis passé tout à l'heure.

— C'est magnifique. Les détails de la ville, l'éclairage. Oh, je ne m'en remets pas.

Quand elle regarda enfin vers son fils, il y avait des larmes de joie dans son regard.

Il tendit les bras vers elle, sachant déjà qu'elle allait réclamer un câlin. Une fois dans ses bras, elle murmura :

— Je te mettrai un morceau de tiramisu à emporter dans ton sac. Là, tu mérites clairement la plus grande portion.

— Merci, maman, murmura-t-il en l'embrassant sur le dessus du crâne.

Elle recula et s'essuya les yeux avec précaution pour ne pas faire couler son maquillage.

— Bon... on passe à table ?

— Cam a quelque chose pour toi aussi, dit Cameron.

— Ah bon ? demanda-t-elle en se tournant vers son petit-fils. Tu n'avais pas besoin d'amener quoi que ce soit. Ta présence est largement suffisante.

— Ce n'est pas grand-chose.

Cam attrapa la mangeoire. Il l'avait placée sur une des chaises pour qu'elle ne traîne pas dans le passage.

— J'ai fait ça pendant mon temps libre. Gideon m'a aidé à graver les lettres. J'espère que ça te plaira.

Emily écarquilla les yeux de surprise en apercevant la mangeoire. Il était évident qu'elle ne l'avait pas remarquée tout à l'heure quand elle s'était précipitée hors de la maison pour le serrer dans ses bras.

— Ce n'est pas grand-chose, mais je me suis dit que si tu aimais les oiseaux, alors...

— C'est superbe, Cam, dit-elle avec révérence. Absolument superbe.

La maison était un simple cube, mais avec des ouvertures en forme d'oiseaux qui ne pouvaient avoir été dessinées que par une main entraînée. *Bienvenue chez les Copeland* avait été pyrogravé derrière avec une fine ligne rouge qui brillait comme des braises dans le creux des lettres.

— Gideon m'a donné un coup de main pour l'inscription. Je suis un sorcier d'esprit alors je ne peux pas manipuler le feu comme ça.

— Gideon se révèle être un sacré artiste, n'est-ce pas ? songea Emily en contemplant ses deux cadeaux. Mais ce n'est rien à côté de mes deux garçons. Si attentionnés. Qu'est-ce que j'ai fait pour vous mériter tous les deux ?

— Tu es un ange descendu du ciel, dit Dayton en embrassant sa femme sur la joue. Allons, mangeons avant que ce superbe dîner ne refroidisse.

Ils s'assirent à table tous les quatre. Emily eut du mal à garder ses émotions sous contrôle pendant le repas. Elle pleura quand Cam leur raconta comment il avait choisi un chiot quand il était petit. Elle pleura quand il leur dit que son meilleur ami avait récemment emménagé à Hawaï pour essayer de devenir surfeur professionnel. Elle pleura quand il leur parla de la fille à qui il avait demandé de sortir avec lui en CP.

— Je suis désolée, dit-elle en reniflant et se tamponnant les yeux avec un mouchoir que Dayton lui avait fourni. Il y a juste tellement de choses que nous avons manquées. J'aurais tellement voulu faire partie de ta vie.

— Il est avec nous maintenant, ma chérie, dit Dayton en lui tapotant la main.

Elle sourit à travers ses larmes.

— Je sais. Et j'en suis si reconnaissante. Juste émue.

Cameron comprenait parfaitement. Pendant que son fils

leur racontait ces histoires, il ne pouvait s'empêcher de penser à Tori et de se mettre en colère de nouveau. Qu'avait-il fait de si horrible pour qu'elle décide de lui cacher l'existence de Cam ? Ça ne pouvait pas être si abominable que cela puisqu'elle avait choisi de lui donner ce prénom. Ce n'était pas logique et ça le rongeait de l'intérieur de savoir qu'il ne pourrait jamais exiger de réponses de sa part.

Emily tendit le bras et couvrit la main de Cam de la sienne.

— Je veux juste que tu saches que nous sommes très reconnaissants que tu sois là désormais, et je fais de mon mieux pour essayer de me souvenir que ta mère devait avoir ses raisons. Une mère en a toujours.

La colère bouillonna de plus belle dans les profondeurs de l'âme de Cameron. Il était heureux que sa mère soit capable de pardonner, mais il doutait franchement de pouvoir faire de même. Elle lui avait arraché des souvenirs qu'il ne pourrait jamais récupérer.

— Quelle raison pourrait justifier de m'enlever mon père et mes grands-parents ? demanda Cam en fixant l'assiette qu'il n'avait pas terminée.

— Eh bien, je…

Emily porta une main à sa gorge et regarda Cameron comme s'il avait la réponse. Il haussa les épaules.

— Ne me demande pas. Ça fait une semaine que je me pose la question maintenant. La seule réponse qui me soit venue à l'esprit, c'est qu'elle devait penser que je ferais un très mauvais père.

— Toi ? Mauvais ?

Sa mère souffla.

— Tu parles. Je n'ai jamais rencontré un homme qui ferait un meilleur parent.

— Ton avis est biaisé, dit Cameron en riant. Mais merci pour ce témoignage de confiance.

— Je ne pense pas que c'était ça, intervint Dayton. Pourquoi aurait-elle donné ton prénom à Cam, ou mis ton nom sur le certificat de naissance, si elle avait eu une si piètre opinion de toi ?

Cam poussa un soupir frustré.

— Je vais être franc. Depuis que je t'ai rencontré, j'ai vraiment du mal à pardonner à ma mère. Avant, je crois que je me disais qu'elle devait avoir une bonne raison pour ne rien dire, mais qu'est-ce que ça pourrait être ? Tu voulais l'épouser. Vous deux... eh bien, vous avez l'air d'être des grands-parents de rêve. À la place, j'ai eu une mère célibataire dont la plus longue relation a duré environ trois ans avant qu'elle la mette à la porte.

— Elle ? répéta Cameron en haussant un sourcil.

Cam grimaça, mais il releva la tête pour le regarder droit dans les yeux.

— Oui. Elle s'appelait Jessie et elle vivait avec nous. Elle était super. Maman a rompu avec elle quand j'avais sept ans, peut-être huit ? Après ça, elle n'a jamais eu de relation qui ait duré plus de six mois. Mais le bon côté, c'est qu'aucun de ses petits amis n'a jamais emménagé avec nous. Je me suis toujours demandé ce qui s'était passé avec Jessie. Je suis rentré un jour de l'école, et elle n'était plus là. J'ai eu une carte d'anniversaire un peu plus tard où elle disait que je lui manquais, mais c'est tout.

Cameron était surpris d'entendre que Tori avait eu une copine. Il ne savait pas qu'elle n'était pas complètement hétéro, mais il supposait que ce n'était pas si surprenant. Tori avait toujours été du genre curieuse et aventureuse.

— Je suis désolé, Cam. Tu es trop jeune pour avoir perdu tant de gens qui étaient importants pour toi.

— Oh, chéri, dit Emily au jeune homme. Je crois que tu devrais essayer de reprendre contact avec Jessie.

— Pourquoi ? demanda-t-il, l'air méfiant.

C'était bizarre de le voir avec cette expression. Cameron ne put s'empêcher d'être stupéfait de la rapidité avec laquelle l'esprit du jeune homme pouvait passer de décontracté à torturé.

Emily fronça les sourcils.

— Vu que ta mère t'a tenu éloigné de Cameron, je crois qu'il est possible qu'elle ait aussi empêché Jessie de continuer à te voir. Et puis, ta mère lui aura peut-être confié pourquoi elle ne t'a jamais parlé de ton père.

Cam écarquilla les yeux de surprise.

— Tu sais quoi, je n'avais jamais réfléchi à ça. Maman n'a plus jamais voulu parler de Jessie. Elle a juste dit qu'elle était partie et qu'elle ne reviendrait pas. Je ne crois même pas que je lui ai dit quand j'ai reçu la carte, parce qu'elle ne voulait pas qu'on parle d'elle.

— Tu crois que tu pourrais la retrouver ? demanda Emily.

— Pas sûr. Je chercherai sur Internet pour voir si elle est sur un réseau social.

Cameron décida que le mieux à faire pour lui était de ne pas parler de Tori. Il avait beau être terriblement en colère, il ne voulait pas attiser les flammes et causer encore davantage d'animosité envers elle. Il était légitime pour Cam de se sentir frustré, mais avec un peu de chance, il trouverait des réponses et parviendrait à trouver la paix. Peut-être qu'ils le pourraient tous les deux.

Il avait laissé Tori dans son passé depuis bien longtemps. En fait, quand il pensait à elle, il l'associait toujours à une idée d'échec. Il avait voulu l'épouser et en dépit de tout l'amour qu'il avait eu pour elle, elle était partie, comme ça. Leur relation avait été un échec dévastateur et il s'était toujours promis de ne plus jamais tomber amoureux comme ça. Ne plus jamais décevoir autant quelqu'un. Parce que, certainement, s'il avait été assez bien, elle serait restée, non ?

Mais en considérant ce que Cam venait de leur confier, il commençait à être clair que c'était Tori qui avait tout foutu en l'air. L'échec ne venait pas de Cameron. C'était Tori qui était incapable de rester dans une relation, quelle qu'en soit la raison, et la façon dont elle gérait ça était de s'y soustraire totalement. C'était elle qui était partie. C'était elle qui avait rompu tout contact et avait fait comme si l'autre personne n'avait jamais existé.

Cameron n'avait jamais été comme ça. Il ne laissait pas tomber les gens. Il était du genre à s'accrocher. Un ami véritable était quelque chose de précieux et de rare, il en était conscient. C'était pour ça qu'il revenait sans cesse à Keating Hollow. Miranda, Wanda, Gideon… c'étaient des gens qu'il voulait garder dans sa vie. Surtout Wanda.

Sauf que Wanda n'était pas juste une amie. Non. Il voulait quelque chose de plus avec elle. Il voulait tout avec elle. Cela lui avait pris vingt ans, mais il était prêt à tout remettre en jeu et à prendre un risque qu'il pensait ne plus jamais reprendre. Il fallait juste qu'il trouve comment la convaincre d'en faire autant.

CHAPITRE 15

— *C*omment c'était le dîner avec tes parents hier soir ? demanda Wanda à Cameron en beurrant une tranche de pain.

Ils étaient à La Lisière, l'un des restaurants gastronomiques dans la rue principale, et ils étaient presque seuls. Début février, il n'y avait pas beaucoup de touristes en ville, et la plupart des locaux allaient plutôt à la Brasserie Townsend pour déjeuner.

— C'était super, pour tout dire. Ma mère a déclaré que Cam était désormais son préféré dans la famille, alors je me sens un peu lésé, annonça-t-il en riant. Mais qui pourrait lui en vouloir ? C'est un super gamin.

— Il a vraiment l'air chouette, acquiesça Wanda. Blake a l'air de beaucoup l'aimer. On dirait que dès qu'elle n'est pas à l'école ou au travail, elle passe tout son temps avec lui. Tu penses qu'ils vont trop vite ? Ils viennent juste de se rencontrer.

— Pas vraiment, hésita Cameron. Ils ont l'air d'avoir une connexion. Cam m'a dit hier soir que Blake était une sorcière d'esprit elle aussi. Je crois que ça joue un rôle. Il a dit qu'elle était la première personne à le comprendre vraiment depuis la mort de sa mère.

— C'est logique, dit Wanda en hochant la tête. Et ils ont d'autres choses en commun encore. Je suppose que c'est bien qu'ils puissent s'appuyer l'un sur l'autre dans les moments difficiles.

Cameron l'observa un instant avant de se pencher en avant et de dire :

— Écoute, Wanda. Ce n'est probablement rien, mais je pense qu'il vaut mieux que je t'en parle au cas où.

Son sourire s'évanouit et elle fronça les sourcils.

— Quoi donc ? C'est par rapport à Blake ?

— Blake et Cam, pour tout dire. Je sais que Blake est presque adulte et Cam l'est, alors j'ai un peu l'impression de m'incruster dans leur vie privée, mais…

— Mais quoi ? Arrête avec les précautions oratoires, tu m'inquiètes. Crache le morceau, d'accord ?

— Hier après-midi, je suis passé chez Gideon pour parler à Cam et quand je suis arrivé, Blake était en train de pleurer. Cam la tenait dans ses bras et la réconfortait. Donc ça n'avait pas l'air d'être un problème entre eux. Et c'est pour ça que je t'en parle plutôt que de partir du principe que ce sont juste des histoires entre ados. S'il y a vraiment quelque chose qui ne va pas, je pense qu'il vaut mieux que tu sois au courant.

Le cœur de Wanda se serra. Est-ce que c'était de nouveau à cause de ses parents ?

— Je suppose que tu lui as demandé ce qui n'allait pas et qu'elle a répondu que tout allait bien.

Il sourit gentiment.

— Presque mot pour mot.

— J'ai déjà entendu ça, dit Wanda avec un soupir. C'est

sûrement à cause de ses parents. Ils se comportent de façon dégueulasse avec elle, pour changer. Peut-être que je devrais essayer de lui faire voir un psy. Sa relation avec les deux personnes qui sont censées l'aimer le plus et la protéger est complètement dysfonctionnelle. À sa place, je serais dans un sale état aussi.

Cameron hocha la tête.

— Oui. C'est difficile à imaginer. Mes parents sont des modèles. Même s'ils sont anéantis de ne pas avoir eu la chance de voir Cam grandir, ils parviennent déjà à pardonner à Tori tout en couvrant Cam de tellement d'amour qu'il doit être en train de se demander où il est tombé.

— Je suis sûre qu'il est ravi, dit Wanda en secouant la tête avec amusement.

Mais quand elle vit la lumière disparaître du regard de Cameron, son sourire s'évanouit.

— Et toi ? Comment tu gères ça ?

Il haussa une épaule.

— Ça va.

— Juste « ça va » ? insista-t-elle.

Il n'avait pas l'air de quelqu'un qui allait bien. En fait, il avait l'air d'avoir des envies de meurtre.

— Très bien.

Elle secoua la tête avec un rire sans joie.

— Non, ça ne va pas très bien. Crache. Qu'est-ce qui se passe dans ta tête ?

— Sérieusement, je suis juste vraiment heureux que Cam m'ait retrouvé. Je ne sais pas comment c'est possible de passer d'un état d'esprit où je pensais que c'était mieux que je n'aie jamais d'enfants à…

Il battit mollement l'air d'une main.

— Au statut de papa trop fier qui veut passer le plus de

temps possible avec son fils, et tout ça en l'espace d'une semaine.

Une étincelle joyeuse avait illuminé son regard quand il parlait de Cam, mais elle s'éteignit tout aussi vite et son expression se fit tendue, orageuse.

Wanda prit sa main dans la sienne en travers de la table.

— Je suis sûre que c'est vrai, que tu es heureux d'apprendre que tu as un fils, mais je suis aussi sûre que c'est une transition énorme pour toi. C'est une chose de penser à avoir des enfants de façon abstraite. C'en est une autre quand ils se pointent sur le pas de ta porte de façon inattendue. Je sais que ce n'est pas la même chose puisque Blake est ma sœur, mais la responsabilité que je ressens envers elle ne ressemble à rien de ce que j'ai connu avant. Elle est ma sœur unique et elle a besoin de quelqu'un qui l'aime. Je suis cette personne. C'est à la fois terrifiant et incroyable d'avoir quelqu'un qui a besoin de moi comme ça. Je peux imaginer que tu ressens la même chose, mais en cent fois plus fort parce que c'est ton fils et qu'on te l'a caché.

Cameron soutint son regard et la fixa d'un air qui la fit se sentir complètement vulnérable. Il n'y avait pas d'autre mot pour l'expression sur son visage. C'était de l'émerveillement à l'état pur.

— Arrête, dit-elle en fixant la salade que le serveur venait de déposer devant elle.

— Arrête quoi ? demanda-t-il.

— De me regarder comme ça.

— Comme quoi ?

Elle souffla avec agacement.

— Comme si tu voulais faire de moi ta déesse ou je ne sais quoi. Je n'ai rien dit de spécial. Je dis juste ce que je vois.

Le regard de Cameron tomba sur ses lèvres et sa voix se fit chaude quand il répondit :

— Tu *es* une déesse, bon sang, Wanda. Et j'aimerais te montrer comme je te vénère.

Son visage s'embrasa et elle était certaine qu'elle rougissait comme une folle. Mais ils étaient sortis pour déjeuner, pas pour une partie de jambes en l'air.

— Finissons ce repas, et puis on reviendra au fait de savoir si je te laisse me vénérer, d'accord ?

— Oh, tu le feras, dit-il avec une assurance qui la rendit toute chose.

La saleté. Il avait réussi son coup. Elle devait reconnaître qu'elle ne serait pas contre une certaine dose de vénération sous la couette, mais pas tant qu'elle ne serait pas arrivée au fond des choses quant à ce qui le dérangeait. Parce que même s'il flirtait de façon éhontée, il y avait toujours une frustration chez lui, peu importe à quel point il essayait de la dissimuler. Elle inclina la tête et lui adressa un demi-sourire sexy.

— On verra.

Il lui fit un clin d'œil et tourna son attention vers sa salade. Il ne fallut guère de temps avant qu'il se mette à donner des coups de fourchette rageurs dans sa laitue.

Wanda reposa sa fourchette, mit sa salade de côté, croisa les bras sur la table et se pencha pour murmurer :

— Tu peux me dire ce que tu as en tête, tu sais. Allez, par pitié pour la laitue, avant que tu ne réduises en miettes ce qui reste dans ton assiette.

— Qu'est-ce que tu racontes ? demanda-t-il en pouffant de rire.

— Ta salade. Tu es en train de passer tes nerfs dessus.

Elle lui sourit.

— Elle ne mérite pas ça, hein ?

Il baissa les yeux sur son assiette et secoua la tête avec incrédulité.

— Je me suis vraiment défoulé, hein ?

— Oui.

— Très bien. Je vais te le dire. J'essaie vraiment d'accepter d'avoir perdu dix-neuf ans avec Cam, mais peu importe ce que je me dis, les mantras que je me répète, je n'arrive pas à me débarrasser de la rage folle qui me bouffe de l'intérieur. Il n'y a personne sur qui rejeter ça, nulle part où chercher une explication. Je ne suis pas juste furieux contre Tori d'avoir gardé ça secret, je lui en veux aussi d'être morte et d'avoir emporté ses secrets avec elle.

Wanda tendit le bras en travers de la table et lui caressa la joue.

— Cameron, je pense que tes émotions sont totalement légitimes, mais aussi carrément pondérées. Franchement, je commençais à me demander comment c'était possible pour toi d'être aussi *normal*. Il n'y a rien de normal dans cette situation. C'est un énorme bouleversement et tu t'en sors super bien, mais il faut aussi que tu laisses de la place à tes émotions, que tu les accueilles, que tu les vives. C'est seulement comme ça que tu pourras les laisser partir pour de bon. Ce n'est pas parce que tu as *envie* de te montrer noble en pardonnant à Tori que ça veut dire que tu es prêt à le faire.

Il ferma les yeux et poussa un soupir.

— Merci. J'avais besoin d'entendre ça.

— De rien.

Elle baissa la main et la glissa dans la sienne.

— Maintenant, dis-moi ce que tu ressens d'autre. Je ne suis pas la seule à être complètement déboussolée, si ? D'un moment à l'autre, je suis folle de joie que Blake soit là, ou complètement terrifiée. Je veux dire, qu'est-ce que je sais du fait d'être tutrice de quelqu'un ? Comment je gère si elle commence à avoir des relations sexuelles ? Ou à prendre de la drogue ? Ses deux parents sont des toxicos. Ou pire...

Wanda écarquilla les yeux et fit mine d'être horrifiée.

— Si elle décide qu'elle a envie de passer les essais pour être *pom-pom girl* ?

Cameron se mit à rire.

— Wanda. Est-ce que tu viens de laisser entendre qu'être pom-pom girl pose un souci ?

— Oui, dit-elle en courbant l'échine et en faisant mine d'être honteuse. Mais pour ma défense, c'est complètement irrationnel et basé sur le fait que j'ai passé les essais et n'ai pas été prise. Ils ont dit que ma voix était trop criarde.

— Criarde ?

Il pinça les lèvres et secoua la tête pour indiquer qu'il n'était pas du tout d'accord avec l'évaluation de la voix de Wanda par Suzy Francis.

— Qui est-ce qu'il faut que j'aille harceler pour que tu puisses repasser les essais ?

Wanda renversa la tête en arrière et éclata de rire.

— J'adore quand tu as l'air aussi sérieux. Et si j'envoyais juste un email à Suzy pour l'informer qu'à cause de ses mauvaises décisions, son invitation à la réunion des anciens élèves est révoquée ?

— C'est diaboliquement génial, acquiesça Cameron. Une fille qui en élimine une autre à cause de sa voix stridente doit considérer ses années de lycée comme les meilleures de toute sa vie. L'empêcher d'y revenir est la meilleure vengeance possible.

— Je suis heureuse que tu penses comme moi, dit Wanda en pouffant de rire. Bon, et toi ? Comment tu tiens le coup, pour de vrai ?

Ses lèvres se retroussèrent en un sourire sincère et pour la première fois de la journée Wanda fut enfin convaincue qu'il ne lui cachait plus rien.

— Je suis complètement hors de ma zone de confort. Terrifié de rater un truc. Super heureux de me rendre compte que ce gosse génial est le mien. Et reconnaissant d'avoir le soutien d'une personne aussi merveilleuse que toi.

Cameron repoussa les cheveux de Wanda de devant ses yeux et se pencha pour l'embrasser. L'embrasser pour de bon. Tout son corps se mit à crépiter, mais cette fois, ce n'était pas que de désir. Quelque chose avait changé entre eux. Cameron s'était ouvert et avait partagé un morceau de son cœur, et en échange, il avait pris un morceau du sien. Peu importe ce qu'elle se répétait, ils n'étaient pas juste amis. Il y avait définitivement quelque chose de plus. Le seul problème, c'était qu'elle ne savait pas trop comment nommer ça, ou si elle était prête. Tout ce dont elle était sûre, c'était qu'elle était heureuse d'être avec lui en cet instant et qu'elle n'allait pas en gâcher la moindre seconde avec ses doutes.

Elle lui sourit et lui rendit son baiser avec passion.

CHAPITRE 16

*D*e l'avis de Cameron, Wanda était un ange. Il ne savait pas comment, mais elle avait réussi non seulement à le calmer, mais aussi à valider ses émotions et lui faire comprendre qu'il n'était pas dingue.

Ils avaient fini leur déjeuner en partageant une part de cheese-cake chocolat-caramel. Cameron en avait pris quelques bouchées, mais il s'était satisfait de la regarder manger le reste. C'était la façon dont elle l'appréciait qui le touchait. Les murmures de plaisir, ses yeux qui se révulsaient, et le fait qu'elle n'arrêtait pas de se lécher les lèvres. . c'était comme une piqûre de testostérone.

Il voulait juste la ramener à sa chambre à l'auberge et passer le reste de l'après-midi au lit avec elle. Sauf que… argh. Il avait déjà rendu les clés de sa chambre et il ne voyait pas Noel accepter de lui louer à l'heure.

— Tu recommences, dit-elle d'une voix tranquille alors qu'ils descendaient la Grand-Rue. Wanda avait eu envie de se dégourdir les jambes après avoir été assise un long moment au restaurant.

— Quoi donc ?

— À me regarder comme si tu voulais me bouffer.

Cameron posa une main en bas de son dos, se pencha et murmura :

— Je ne peux pas m'en empêcher. J'ai un syndrome de manque de Wanda.

— Ah oui ? dit-elle de cette voix chaude qu'elle prenait toujours quand il flirtait avec elle.

— Tout à fait.

Ils passèrent devant l'Auberge de Keating Hollow et Cameron dit :

— Si j'avais encore ma chambre ici, je t'aurais déjà entraînée à l'intérieur pour te déshabiller.

— Tu as rendu ta chambre ?

Wanda eut l'air horrifiée à cette idée et elle grimaça.

— Tu vas vraiment aller dormir chez tes parents ?

— Ce n'est pas si terrible que ça, dit-il en la serrant plus près de lui alors que le vent forcissait. J'ai mon espace à moi en bas et une entrée séparée, mais ça ne veut pas dire que je serais à l'aise de t'y ramener. Certaines choses devraient toujours rester privées.

— Tu veux dire, comme quand tes parents ont déboulé dans la chambre alors que j'étais en nuisette transparente ?

Cameron gémit.

— Ne. Me. Rappelle. Pas. Ça. Je n'ai pas réussi à arrêter de penser à ce que j'aurais fait s'ils n'avaient pas été là. Par la déesse, Wanda. C'était trop sexy.

Wanda salua Noel de la main à travers la vitrine de l'auberge et pencha la tête à cause du vent. Quand ils arrivèrent à Une Cuillerée de Magie, Wanda s'arrêta et regarda la vitrine où dansaient des biscuits au chocolat en forme de cœur. Ils faisaient une haie d'honneur aux deux biscuits sur le devant qui étaient visiblement partis pour passer une soirée romantique.

— J'ai envie d'être un de ces biscuits, dit Wanda. Beaucoup de romance et d'options.

— D'options ? demanda Cameron en haussant les sourcils. J'avais l'impression que tu appréciais plutôt cette option-ci.

Il pointa vers lui-même et la fixa jusqu'à ce qu'elle réponde.

— Bien sûr que j'apprécie cette option. J'ai juste envie qu'on me fasse la cour et de savoir exactement ce que tu as eu envie de me faire en me voyant dans cette nuisette, dit-elle en lui donnant un petit coup dans le ventre. Bon, arrêtons de parler de cookies, que tu me ramènes chez moi pour me montrer quel atout tu as dans ta manche.

Cameron pila et la fixa.

— Est-ce que tu viens de me demander de te ramener chez toi pour un plan couette en plein après-midi ?

— Ce n'est pas un plan couette si c'est un rancard, dit-elle. Bon, dépêche avant que je change d'avis.

— Tu n'auras pas à me le dire deux fois.

Cameron la ramena au SUV qu'il avait loué et une fois derrière le volant, il rejoignit sa maison en un temps record.

BLOTTIE dans les bras de Cameron, Wanda posa la tête sur son épaule. Cela faisait environ une heure qu'ils étaient chez elle et elle savait qu'il fallait qu'ils se lèvent bientôt, avant que Blake ne rentre, mais elle ne pouvait se résoudre à rompre le charme pour le moment.

Quand ils étaient arrivés chez elle, ils avaient monté l'escalier en courant en se débarrassant de certains vêtements en chemin. Cela faisait bien trop longtemps qu'ils n'avaient pas été ensemble, et ça se voyait. Ils avaient été frénétiques, désespérés de se toucher l'un l'autre. Mais maintenant, les baisers de Cameron étaient devenus lents et langoureux, comme s'il savourait la moindre seconde passée avec elle. C'était tendre et doux, et puis soudain plein d'une passion dévorante.

Il s'était révélé être tout ce dont elle rêvait chez un amant, et elle avait envie de s'accrocher à cet instant encore quelques minutes.

— Tu es incroyable, murmura Cameron en caressant son bras nu du bout des doigts.

— C'est ce que tu dis tout le temps, répondit-elle d'une voix paresseuse.

Si seulement ils avaient pu se pelotonner là et faire la sieste, la journée aurait été parfaite.

— Parce que c'est vrai. Chaque fois qu'on est ensemble, je ne peux pas m'empêcher de me demander ce que j'ai fait pour mériter d'avoir une femme si belle et généreuse dans mes bras.

— Arrête de me flatter, protesta-t-elle en riant.

Elle releva la tête vers lui.

— Tu vas me faire penser que tout ceci est plus sérieux que ça ne l'est.

Ses yeux sombres étincelèrent d'une émotion qu'elle ne parvint pas tout à fait à décrypter. Mais quand il se détacha délicatement d'elle et descendit du lit pour enfiler son caleçon, elle comprit que c'était de la frustration.

— D'accord. Qu'est-ce qu'il y a ? Qu'est-ce qui vient de se passer là ?

Elle se rapprocha du bord du lit et ramena la couette contre sa poitrine, se sentant soudain trop nue.

— Ce n'est rien, dit-il en secouant la tête.

Il attrapa sa chemise.

— Tu parles, protesta-t-elle d'un ton irrité.

Ils venaient de faire l'amour. C'était le terme pour ça. Ce n'était pas quelque chose qu'on pouvait feindre. La tendresse. La générosité. La vénération du corps de l'autre. Toutes ces choses combinées voulaient dire que, quoi qu'il y ait entre eux, c'était carrément plus qu'une simple histoire de coucherie.

— Il y a deux secondes, tu étais là, dans un état d'extase post-coïtal, et là, tu bondis hors du lit pour remettre tes fringues à toute vitesse, comme si c'était un rendez-vous Tinder et que tu voulais juste tirer ton coup vite fait.

— Ce n'est pas ce que tu voulais ? demanda-t-il d'une voix neutre. Que je m'en aille avant que Blake ne rentre ?

Oui. C'était ce qu'elle voulait parce qu'elle n'avait pas envie d'ajouter quoi que ce soit dans la vie de Blake qui lui rendrait les choses plus compliquées. Et sortir avec Cameron les rendait plus compliquées. Mais quand même. Elle n'était pas non plus en train de le jeter du lit.

— C'est vrai que je pense que c'est mieux si tu pars avant qu'elle n'arrive, mais ce n'est pas vrai que j'ai traité ça comme un simple plan cul. Tu sais que je t'aime bien. Probablement plus que je ne le devrais. Mais ça ne change rien au fait qu'on est tous les deux responsables d'ados qui sont nouveaux à Keating Hollow. Tu ne préfères pas faire passer Cam et Blake avant ? T'assurer qu'ils se font aux changements dans leurs vies avant de leur en imposer un autre.

Debout à côté de la porte, Cam l'observa un moment. Il croisa les bras sur son torse et poussa un long soupir.

— Tu vois, Wanda. C'est là qu'on diffère. Tu penses qu'il y a zéro chance que ça fonctionne pour nous en tant que couple. On commence tout juste, mais tu vois déjà la fin. Alors que moi ? Je pense que si tu t'autorisais à apprécier ce que nous avons, sans t'inquiéter autant de comment Blake gérera les choses, on aurait d'assez bonnes chances de rester ensemble pour toujours.

— Pour toujours ?

Wanda sentit le sang quitter son visage.

— C'est quoi le problème avec pour toujours ? demanda Cameron.

— Je... heu... ça ne fait pas si longtemps qu'on se connaît, insista-t-elle, soudain paniquée à l'idée que son « ami » commençait à en avoir marre de leur arrangement.

Elle n'était pas prête à perdre Cameron. Mais elle n'était pas non plus prête à s'engager pour de bon.

— Ça se compte en semaines, pas en jours, contra-t-il.

Comme elle ne répondait pas, il lui adressa un bref signe de tête.

— Je comprends, Wanda. Mais ne t'attends pas à ce que je recommence ceci. Je crois qu'on est tous les deux conscients que ce n'est pas juste du désir. Préviens-moi quand tu seras prête à agir en conséquence.

Wanda le regarda sortir de sa chambre et partir vers l'escalier. La porte d'entrée claqua avec un air de finalité qui lui fit comprendre qu'il ne reviendrait pas. En tout cas, pas aujourd'hui.

CHAPITRE 17

Wanda était toujours sous le choc de l'engueulade avec Cameron. Qu'est-ce qui s'était passé au juste ? Ils avaient passé un déjeuner merveilleux, suivi d'un après-midi franchement fantastique au lit. Et puis Cameron avait pété un câble. Parce qu'il était évident qu'il voulait passer à l'étape supérieure dans leur relation et qu'elle hésitait. Elle avait cru qu'ils étaient sur la même longueur d'onde. Sans prise de tête. Rien de trop sérieux. C'était ce qu'il y avait entre eux avant que Blake et Cam se pointent.

Bien sûr, ils s'étaient rapprochés et elle comprenait qu'il ait pu mal prendre son commentaire nonchalant sur le fait qu'il n'y avait rien de plus entre eux. Mais cela n'était-il pas logique de se montrer prudents alors que leurs vies avaient changé de façon si drastique ?

Se lancer bille en tête dans une relation n'avait jamais été le genre de Wanda. Avant leur dispute, elle avait été certaine que c'était aussi le cas pour Cameron. Pour autant qu'elle le sache, il n'avait jamais eu de relation sérieuse depuis que Tori l'avait quitté, il y avait vingt ans de cela. Est-ce qu'il pensait que maintenant qu'il avait un fils, il lui fallait une femme et un chien aussi ?

Elle sortit du lit et fila sous la douche. Elle n'avait pas besoin de cette négativité. Blake serait bientôt de retour et Wanda n'avait pas envie de passer la soirée en étant en rogne parce que Cameron avait piqué une crise quand elle ne lui avait pas juré son amour éternel.

Son cœur se fit douloureux.

Amour.

Était-elle amoureuse de lui ? Son estomac fit un salto et son cœur accéléra alors qu'elle pensait à lui. Qu'est-ce qu'elle ferait s'il décidait que ça ne valait pas le coup de l'attendre ? La douleur dans sa poitrine se fit plus forte. Serait-elle capable de garder ses distances ?

Non. Elle ne pourrait pas.

Et s'il se mettait avec quelqu'un d'autre ? Quelqu'un comme Amelia Holiday, peut-être. Elle était nouvelle en ville et elle était vraiment jolie. Pourquoi Cameron ne serait-il pas intéressé par quelqu'un comme elle ?

— Arrête, s'ordonna Wanda alors que l'eau chaude coulait sur elle.

Rien de bon n'émergerait de ce genre de spéculations. Il fallait juste qu'elle se calme, qu'elle laisse ses pensées s'apaiser, et elle parlerait à Cameron le lendemain, quand ils auraient tous les deux eu le temps de se reprendre.

Fraîchement douchée, vêtue d'un pantalon de yoga et d'un sweat, Wanda descendit dans la cuisine et se mit à préparer le dîner. Après des années à ne cuisiner que pour elle, elle était tombée dans une routine alimentaire, mais maintenant que Blake était là, elle avait commencé à essayer de nouvelles recettes. Ce soir, elle tentait un *ceviche* avec des tortillas et des avocats.

Elle était en train de couper son thon à sushis quand son téléphone vibra pour la prévenir de l'arrivée d'un SMS. Elle attendit d'avoir fini sa découpe et que tout son poisson soit réduit en cubes et mis à mariner avant de se laver les mains et d'aller voir son message.

Blake : *Journée normale au lycée. Rien à signaler. Je voulais juste te prévenir que je ne mange pas à la maison ce soir. Cam m'emmène dîner sur la côte.*

Wanda fronça les sourcils. Il y avait école le lendemain. C'était une chose de dîner en ville avec Cam. Mais partir sur la côte ? Il y en avait pour une heure et demie de route aller-retour. Elle tapa en guise de réponse :

Pourquoi sur la côte ? Il y a école demain. Ça n'aurait pas été plus simple de dîner à La Grotte ou La Lisière ?

Blake : *T'inquiète. Je serai de retour avant dix heures.*

Dix heures, c'était quand même tard pour une veille d'école. Et si elle avait des devoirs ? Wanda faillit lui renvoyer un message pour le lui demander, mais elle se força à poser son téléphone. Cela faisait moins de deux semaines qu'elle était tutrice, et elle devait déjà lutter pour ne pas la surprotéger. Par la déesse. Comment les parents survivaient-ils à l'adolescence ?

Blake avait dix-sept ans. Presque dix-huit. Elle était responsable. Si elle avait envie d'aller à la mer avec Cam, Wanda n'allait pas l'en empêcher. Mais si son travail scolaire en souffrait ou qu'elle n'arrivait pas à se lever le lendemain, il faudrait qu'elle retienne la leçon.

Wanda : *Merci de m'avoir prévenue.*

Blake : *Tu devrais sortir aussi. Pourquoi tu n'appelles pas Cameron ? Un peu de bon temps entre adultes pour changer ?*

Elle avait déjà fait ça et voilà où ça l'avait menée. Elle ignora la suggestion de Blake et répondit :

Sois prudente.

Blake lui renvoya une émoji en forme de cœur, ce qui indiquait la fin de la conversation.

Wanda jeta un coup d'œil à son bol de *ceviche* et soupira. La pensée de dîner toute seule après s'être disputée avec Cameron, c'était trop pour elle. Un sentiment de solitude qui lui était inconnu s'empara d'elle, et elle détesta cela. Wanda ne se sentait jamais seule. Pour tout dire, c'était elle qui mettait l'ambiance d'habitude.

Il fallait qu'elle sorte de chez elle avant de péter un câble. Elle fit apparaître le nom d'Abby dans son agenda.

— Salut ma belle, dit Abby après une seule sonnerie. Qu'est-ce qui se passe ?

— Tu fais quelque chose ce soir ?

— Je comptais rester chez moi à regarder *Sorcière en cuisine*, mais si tu as autre chose en tête, je suis partante. Olivia travaille sur un projet pour l'école chez son amie Ashley, et Clay est au boulot, alors je suis dispo.

— Tu peux me retrouver au Café Incantation d'ici vingt minutes ?

Wanda mourait soudain d'envie d'un latte et d'un des cupcakes aux deux chocolats que faisait Hanna.

— Je suis tout à toi.

— Viens avec ton carrosse. On fait la course ce soir.

Wanda raccrocha, mit le *ceviche* au frigo, et fila à l'étage enfiler quelque chose d'un peu plus chaud. La météo était clémente, mais on était quand même en février à Keating Hollow. Un pantalon de yoga n'allait pas suffire.

— Joli feu, déclara Abby vingt-cinq minutes plus tard en garant sa voiturette de golf bricolée avec de la magie à côté de celle de Wanda.

— Ça te plaît ?

Elle jeta un coup d'œil au feu auto-contenu qui crépitait sur le parking à sa gauche.

— J'avais besoin de me tenir chaud pendant que j'attendais que tu ramènes tes miches, traînarde.

— Je n'ai que cinq minutes de retard, protesta Abby.

Elle sortit de sa voiturette et s'étira en enfonçant ses poings en bas de son dos.

— Déjà la ponctualité d'une maman.

Wanda lui fit un clin d'œil et lui passa une tasse de chocolat chaud.

— C'est pour toi, parce que je t'aime beaucoup.

— Oh. Heu. Ouah, dit Abby en prenant une gorgée de sa boisson. Tu es une déesse.

— Je sais. Maintenant, tu veux être dans mon équipe ou tu veux former ton équipe à toi ?

Wanda glissa hors de sa voiturette et avança vers la porte du Café Incantation.

— Hein, quoi ? demanda Abby en se hâtant de lui emboîter le pas.

— J'ai invité quelques amies à se joindre à nous. J'espère que ça ne te dérange pas.

Wanda entra dans le café et marcha jusqu'à une table dans un coin où Mary Pelsh, Emily Copeland et Claire Simmons étaient assises.

— Bonsoir, mesdames. Vous êtes prêtes à y aller ?

Abby poussa un petit cri ravi.

— Oh, ne me dites pas que vous êtes partantes pour une course de voiturettes ?

— Carrément, dit Claire avec un sourire Vous n'arrêtez pas de nous raconter à quel point vous vous amusez avec ces voiturettes, alors quand Wanda nous a invitées, on a été obligées de dire oui.

— Oh, papa va râler d'avoir manqué ça.

Abby s'avança pour étreindre la compagne de son père.

— Je suis contente de te voir, Claire. Désolée que ça fasse aussi longtemps.

— Tu es très occupée entre la vente de tes potions et le petit humain que tu fais grandir dans ton ventre. Ne te mets pas martel en tête pour ça.

Elle se leva et ses compagnes lui emboîtèrent le pas.

— Tout sera pardonné si tu me fais la démonstration des options de ta voiturette. Ces dames m'ont nommée comme conductrice de notre équipe.

— Oh, je vois. Vous pensez nous affronter Wanda et moi, toutes les trois.

— Oui, répondirent Emily et Mary en même temps.

— Ne m'oubliez pas, s'écria Hanna en rejoignant le groupe. Vous n'allez pas vous débarrasser de moi comme ça.

Abby étreignit son amie et répondit :

— Jamais.

Wanda alla se placer à côté d'Emily alors qu'elles sortaient sur le trottoir.

— Comment ça se passe dans la maison pour vous et Dayton ? Vous êtes bien installés ? Il y a quelque chose dont je devrais prévenir le propriétaire ?

Emily passa son bras à travers le sien avec un sourire rayonnant.

— Rien du tout, ma chère. La maison est parfaite. Mon petit-fils est parfait. La seule chose qui pourrait me rendre plus heureuse, c'est que mon fils se bouge et se réconcilie avec la fille de ses rêves.

Elle attrapa le bras de Wanda et le serra doucement.

— Ne le laissez pas vous repousser, Wanda. Les hommes sont passionnés chez les Copeland, et parfois cela veut dire qu'ils surréagissent.

Une boule se matérialisa dans sa gorge.

— Il, heu, vous a parlé de notre désaccord ?

— Non, pas dans les détails en tout cas.

Les dieux en soient remerciés, pensa Wanda.

— Mais il était énervé quand je l'ai vu tout à l'heure. Quand je lui ai demandé ce qui s'était passé, il m'a envoyée balader en disant que vous aviez un désaccord et qu'il ne voulait pas en parler. Je le connais assez bien pour savoir qu'il garde les choses pour lui jusqu'à ce qu'il explose, et alors, il n'est plus en état d'avoir une conversation constructive. Quoi que ce soit, je suis sûre que vous arriverez à mettre les choses au clair quand il sera temps.

— J'espère, dit Wanda, mais elle n'en était pas si sûre.

Comment pourraient-ils régler ce qui n'allait pas entre eux s'ils n'étaient pas sur la même longueur d'onde ?

— Qu'est-ce qu'il y a ? Il y a de l'eau dans le gaz ? lui demanda Abby. Vous vous êtes disputés avec Cameron ?

— Plus ou moins, éluda Wanda. Mais on n'est pas là pour une séance psy. On est là pour remporter une course de voiturettes. Pas vrai ?

— Oh que si ! s'écria Hanna, juste derrière elle. Maman va mordre la poussière.

Sa mère, Mary, haussa un sourcil et lui adressa un sourire ironique.

— C'est ce qu'on verra.

Wanda pouffa de rire. Cette nouvelle dynamique lui plaisait. D'habitude, elle concourait contre Abby, et chacune constituait son équipe au sein de leur groupe d'amies. D'autres fois, ça avait été une équipe féminine contre une équipe masculine. Franchement, c'étaient ces courses les plus drôles parce que les hommes n'avaient aucune idée de comment utiliser leur magie dans le cadre d'une course. Mais elle était prête à parier que le trio recruté au café savait se défendre.

— On dirait que c'est nous trois contre les nouvelles, dit Abby en sautant sur le siège conducteur de sa voiturette. Je vais juste faire un cours express à Claire, et puis on pourra y aller.

Wanda et Hanna partirent vers sa voiturette à elle. Wanda agita la main pour éteindre le feu de camp magique, et elle alluma les spots et mit la radio.

— Qu'est-ce que tu veux écouter ce soir ? demanda-t-elle à Hanna.

— Bruno Mars, répondit son amie sans hésiter.

— Parfait.

Wanda chercha ce qu'il fallait sur sa playlist et s'appuya au dossier pour attendre Abby. Celle-ci les rejoignit sans tarder. Elle regarda Wanda, assise au volant.

— Je pense que je devrais conduire. Je t'ai battue les deux dernières fois. Tu ne voudrais pas être la sorcière qui s'est fait battre par trois novices, si ?

— Pose tes fesses sur le siège, Abigail Townsend. J'aurais gagné si j'avais voulu. J'ai juste été gentille avec la femme enceinte.

Sur le siège arrière, Hanna ricana.

— C'est un mensonge, et on le sait toutes les deux, déclara Abby en étrécissant les yeux.

Elle prit néanmoins place sur le siège passager.

— Tu ne laisses jamais personne gagner.

Wanda rit parce que c'était vrai. Elle aimait la compétition et elle ne se serait jamais amusée à perdre exprès. Toutefois, elle n'allait pas l'avouer à Abby. Elle connaissait son amie.

Même si elle disait qu'elle ne la croyait pas, il lui restait un petit doute. Mieux valait ne pas le lever.

— Prête ? demanda Wanda à Claire.

— Oui, juste une seconde et...

Claire enfonça la pédale et la voiturette s'élança dans la Grand-Rue. Claire lui fit prendre la direction de la rivière comme si elle en conduisait une tous les jours. Leurs aînées rugirent de rire tout en saluant Wanda, Abby et Hanna de la main.

— Oh, ça ne va pas se passer comme ça, dit Wanda en riant et en démarrant à son tour.

— Je croyais qu'elle t'avait demandé une leçon, fit remarquer Hanna à Abby.

Celle-ci secoua la tête en pouffant de rire.

— À l'évidence, elle s'est fichue de moi. Elle va me le payer.

Wanda enfonça la pédale, accélérant à fond, et puis elle enclencha le turbo. La voiturette s'élança et dépassa leurs adversaires. Hanna se tourna pour leur faire un geste obscène et sa mère, Mary, menaça de la punir. Hanna ricana.

— Bien sûr, maman. Qu'est-ce que tu comptes faire ? Demander à Rhys de m'enfermer dans ma chambre ?

— C'est plutôt une récompense, ça ! s'écria Wanda.

Rhys était le mari d'Hanna et celle-ci ne doutait pas qu'il serait ravi de la garder juste pour lui pendant une ou deux semaines.

Mary Pelsh gémit avant de se mettre à rire en secouant la tête.

Wanda dirigea sa voiturette sur le chemin qui menait à la rivière. Une fois qu'elle aperçut le clair de lune qui se reflétait sur la surface, elle s'arrêta et attendit que l'autre voiturette les rattrape.

— Tu leur as un peu mis la misère, dit Hanna.

— Ne t'emballe pas trop, prévint Abby. Ma voiturette va bien plus vite que ça. Une fois qu'elles auront trouvé le booster, elles seront des adversaires féroces.

— Et un grand merci pour cela, dit Wanda. Ce n'est pas drôle de gagner si c'est facile.

Claire arrêta la voiturette d'Abby à côté de celle de Wanda.

— Il n'y a rien de facile quand il s'agit de virer de bord avec cette chose.

Wanda pouffa de rire.

— C'est sûr. Bon, vous connaissez les règles ?

— Il n'y a pas de règles, répondit Claire.

— Exactement ! On va jusqu'à la fin de la ligne d'arbres en bas, on fait demi-tour et on revient. Les premières arrivées gagnent.

— Parfait. Allons-y, dit Claire.

Ses compagnes approuvèrent.

Abby rit et secoua la tête.

— Bon, sérieux, notre posture officielle c'est qu'il n'y a pas de règles, mais on fait attention à la sécurité quand même. Ne faites rien qui risque d'envoyer une voiturette dans la rivière, d'exploser un moteur ou de causer une blessure. D'accord ?

— Oui, maman, répondirent Claire, Mary et Emily à l'unisson, ce qui fit exploser de rire Hanna et Wanda.

— Ha, ha, commenta Abby, pince-sans-rire. Vous me remercierez quand on repartira toutes d'ici avec tous nos abattis.

— On te remercie déjà, Abs, fit Wanda avec un clin d'œil.

Elle jeta un regard à Claire.

— Cette fois, on commence quand Emily criera « Partez ». D'accord, Emily ?

— Parfait.

Assise à l'arrière de la voiturette d'Abby, Emily Copeland

avait un immense sourire sur le visage. Wanda sentit son cœur gonfler de joie rien qu'en la regardant. C'était comme ça qu'elle s'était toujours vue elle-même, et elle fit le vœu d'arrêter de se concentrer sur les problèmes dans sa vie et de juste profiter de chaque instant.

— Prêts, feu, partez ! cria Emily.

Claire s'élança en avant alors que Wanda, trop occupée à méditer sur son état d'esprit, s'était laissée surprendre.

— Oh merde ! s'écria-t-elle en faisant démarrer la voiturette. Désolée, mesdames. C'est moi.

Ni Abby ni Hanna ne répondirent. Elles étaient déjà trop occupées à envoyer voler des sortilèges de droite et de gauche pour essayer de ralentir l'autre voiturette.

Abby était une sorcière de terre, et elle faisait apparaître des mottes de terre devant l'autre voiturette tandis qu'Hanna, sorcière d'eau, utilisait la rivière pour faire un orage. Leurs effets combinés avaient déjà transformé le chemin en bouillasse et suffisamment ralenti leurs adversaires pour que Wanda les dépasse.

— Bien joué, les filles, dit-elle en riant. Ça marche à tous les coups.

Leur voiturette fit demi-tour au point convenu avec aisance, et Wanda se mit à penser qu'elles gagneraient cette course sans trop de difficultés. Mais à peine cette pensée lui était-elle venue qu'une masse d'un brun rougeâtre se dirigea vers elles depuis les arbres.

— C'est quoi ce bordel ? demanda Abby en plissant les yeux.

— On dirait une énorme pile d'aiguilles de pin.

— Ça ne sera pas fun si elles nous touchent avec ça, dit Wanda en rapprochant sa voiturette de la rivière pour essayer de se mettre hors de portée du tas d'aiguilles.

En vain : ce dernier semblait foncer droit sur elles.

— Qu'est-ce qu'elles utilisent ? Une tête chercheuse ? demanda Hanna.

— Je parie que c'est ta mère, répondit Abby. Elle est terrible avec sa magie d'air.

— Claire n'est pas une sorcière d'air aussi ? s'enquit son amie.

— Non, c'est une sorcière de terre, mais je l'ai rarement vue utiliser sa magie.

— Si elles combinent leur magie, on n'arrivera jamais à leur échapper. Il va falloir serrer les dents, déclara Wanda.

Elle dirigea sa voiturette droit vers le tas, avec l'intention de virer soit à droite soit à gauche à la dernière minute. Mais avant qu'elles y arrivent, le tas se métamorphosa et forma l'image d'un homme. Un homme nu fait d'aiguilles de pin.

— C'est quoi ça ? s'écria Hanna. Est-ce que ma mère a mis un pénis sur son yéti en aiguilles de pin ?

Abby ricana.

— Carrément. Et, oh, par la déesse. Pin-Pin nous fait une petite danse.

— Il se trémousse en nous montrant tout comme s'il sortait des Chippendales. Pour tout dire… oh non. Ma mère est allée à un spectacle des Chippendales ?

Wanda riait si fort que des larmes coulaient sur son visage et qu'elle avait du mal à respirer. Le yéti en aiguilles de pin était hilarant, mais la réaction d'Hanna était la cerise sur le gâteau.

— Profitez-en, mesdames ! N'oubliez pas de glisser un pourboire dans son string, leur cria Mary alors que leur voiturette les dépassait.

— Wanda ! cria Hanna. Allez. Elles vont gagner.

Cela tira Wanda de son hilarité. D'un mouvement du poignet, elle envoya une balle de feu en direction de Pin-Pin. À l'instant où elle le toucha, la formation s'éparpilla et le feu s'éteignit avant même que les débris ne touchent le sol.

— Allez ! Allez ! Allez ! cria Abby.

Wanda enfonça la pédale, mais juste à cet instant, elle vit un mouvement à quelques dizaines de centimètres devant la voiturette et elle pila. Le véhicule s'arrêta net.

— Qu'est-ce que tu fais ? cria Abby. Elles vont gagner !

— Il y a quelque chose qui bouge devant la voiturette.

Elle sauta du véhicule et se dépêcha d'aller voir ce qui avait bougé. Quoi que ce soit, c'était couvert par la boue qu'Abby et Hanna avaient créée, et Wanda espérait que ce n'était pas une moufette, un rat, ou quelque chose d'aussi horrifiant. Il ne lui fallut guère de temps pour aviser les grands yeux marron et la petite langue rose.

— Oh, Seigneur, s'écria Abby. C'est un petit chien.

Wanda se pencha et tendit la main vers la créature qui la renifla avant de lui lécher les doigts.

— Eh, toutou. Tu es perdu ?

Le chiot se traîna dans la boue et se blottit à ses pieds, tremblant de froid.

— Ça va aller, petit. On est là.

Elle releva la tête et aperçut Hanna, debout à côté de la voiturette.

— Hanna, j'ai un pull sous le siège arrière. Tu peux l'attraper ?

— OK.

Un instant plus tard, Hanna lui tendait un pull gris.

Wanda enroula rapidement le chiot dedans et regagna le siège passager.

— Abs ? Tu peux conduire ?

— Bien sûr.

Abby et Hanna sautèrent en voiture et elles s'élancèrent

pour retrouver les meneuses actuelles de la course de voiturettes de golf.

CHAPITRE 18

$\mathcal{C}$ ela faisait quatre jours que Cameron s'était barré de chez Wanda, et ils ne s'étaient pas reparlé depuis. Et ça le rendait dingue. Il admettait qu'il n'avait pas très bien géré la situation. Mais bon sang, cela l'avait blessé quand elle avait laissé entendre que ce n'était pas sérieux entre eux. Il venait de s'ouvrir à elle, de partager des choses très personnelles avec elle, et quand ils avaient fait l'amour ensuite, il ne s'était jamais senti aussi proche de quiconque. Seulement, il ne comprenait pas comment elle avait pu ne pas le ressentir elle aussi.

Est-ce qu'il était fou ? Était-il possible que tout soit de son côté et qu'elle ne ressente rien de ce qu'il ressentait ? C'était ce qui s'était passé avec Tori. Il avait été convaincu qu'ils étaient amoureux. Qu'elle était heureuse dans leur relation et que tout était génial. Mais elle l'avait quitté et il était devenu évident qu'il avait mal interprété la situation. Il n'y avait pas de raison de croire qu'il en allait différemment avec Wanda. Peut-être qu'il n'était simplement pas doué pour ça.

C'était pour ça qu'il n'avait pas rappelé. Il ne se faisait pas confiance pour analyser clairement la situation. Si elle voulait quelque chose avec lui, elle allait devoir faire le premier pas. Il ne voulait pas lui mettre la pression. Si elle ressentait quelque chose, elle l'appellerait, non ?

Cameron fourra ses mains dans les poches de son jean et entra dans la Brasserie Townsend. Il venait prendre un burger avec sa mère pendant que son père parlait vergers avec Lincoln Townsend. Ses parents étaient passés de la simple idée de trouver une maison à Keating Hollow à celle de reprendre une petite ferme.

Une fois que cette idée leur était venue, son père avait pris des rendez-vous pour parler à Lincoln Townsend de son verger et aux Pelsh de leur vignoble. Il voulait se renseigner sur la production agricole d'un point de vue économique avant de prendre la moindre décision. Dayton Copeland avait grandi dans une ferme, alors il savait ce que ça impliquait. Cameron n'aurait juste jamais cru que ses parents pourraient en prendre une pour leur retraite. Ce serait beaucoup de travail, mais ils avaient de quoi payer des employés. Si c'était ce qu'ils voulaient, il les soutiendrait à fond.

Cameron traversa le pub pour rejoindre le bar, mais avant qu'il puisse atteindre sa destination, une voix familière l'interpella :

— Salut, papa !

Il se figea, plaisamment surpris d'entendre Cam l'appeler ainsi, comme s'il avait fait ça toute sa vie. Il se tourna et aperçut son fils assis avec son patron, Hunter McCormick. Leur tenue de travail à tous les deux consistait en un jean usé et un tee-shirt, et même s'ils avaient l'air épuisés par une longue journée de labeur, ils souriaient comme s'ils avaient quelque chose à fêter.

Cam lui fit signe d'approcher et désigna le siège vide à côté de lui.

— Salut, dit Cameron en prenant place. Vous avez l'air bien heureux tous les deux. Une bonne journée au boulot ?

— Salut, Cameron, dit Hunter. Tu devrais être fier de ton fils. Il a repéré une erreur de mesures dans la cuisine sur notre chantier actuel qui nous aurait coûté des milliers de dollars. Ce gosse est génial. Je n'ai jamais eu sous mes ordres quelqu'un avec une telle attention pour les détails. Je suis si impressionné que j'ai laissé tomber la période d'essai pour lui faire signer son CDI, et je lui ai accordé une augmentation. Je ne voudrais pas qu'un tel talent parte à la concurrence.

— Ouah. C'est génial.

Cameron mit une claque dans le dos de son fils.

— Bravo, Cam.

Son fils rougit, l'air à la fois heureux et un peu gêné de ces félicitations.

— Tu n'imagines pas à quel point je suis heureux de l'avoir recruté, poursuivit Hunter. Il est fiable, toujours à l'heure, et il a su se rendre indispensable. J'aimerais en avoir dix de plus, des comme ça.

Cameron n'était pas sûr qu'il soit légitime pour lui de se sentir fier, mais il l'était, même si ce n'était pas lui qui avait instillé à son fils son éthique de travail. Il était tellement fier de pouvoir l'appeler son fils qu'il se contenait à peine. Il sourit à Cam avant de se tourner vers Hunter.

— Ça fait très plaisir à entendre.

— Bon. Il faut que je file. Faith m'attend.

Hunter jeta quelques billets sur la table, sans doute pour payer leurs boissons, et il donna une bourrade à Cam.

— Super boulot aujourd'hui, mon grand. À demain.

— À demain. Merci pour le soda et, ben... pour tout.

— Ne me remercie pas. Tu l'as bien mérité.

Hunter fit un signe de tête à Cameron et sortit du pub.

— Tu as mangé ? demanda Cameron à son fils.

Cam secoua la tête.

— Si je te payais à dîner pour fêter ça, alors ?

Cam hocha la tête avec un grand sourire, et Cameron fit signe à Sadie. Ils commandèrent des burgers, des ailes de poulet et des nachos, ainsi qu'une bière pour Cameron et un thé glacé pour Cam.

— Ça arrive tout de suite, dit Sadie avant de se hâter vers la table suivante.

— Eh bien, on dirait que tu es parti pour rester à Keating Hollow pour de bon, dit Cameron.

Cam hocha la tête.

— Et toi ? Tu comptes t'installer ?

Cameron pinça les lèvres.

— J'y réfléchis. Il y a quelques bonnes raisons de rester. Tes grands-parents sont de plus en plus sérieux sur le fait de s'installer ici pour de bon, et toi tu es là.

— Sans mentionner Wanda, ajouta Cam avec un sourire entendu.

Cameron évita le sujet. Il était évident qu'elle rentrait dans l'équation. Elle en était même une grande part, mais vu la façon dont ça s'était terminé entre eux la dernière fois, il essayait de ne pas laisser ce point influencer sa décision. Il n'y avait pas de garantie que ça fonctionne entre eux.

— Miranda est là aussi. Si *Vallée de Feu* fonctionne, ça sera beaucoup plus facile de travailler sur les saisons suivantes si on vit tous les deux au même endroit.

— On dirait qu'il n'y a pas à y réfléchir beaucoup plus, déclara Cam en prenant une gorgée d'eau tout en observant son père.

Cameron pouffa de rire.

— Tu sais quoi ? Tu as raison. Il n'y a vraiment pas à

réfléchir. Mais il y a quand même la logistique à considérer. J'ai toujours une maison à Hollywood dont il va falloir que je fasse quelque chose. Mais ça ne devrait pas être trop compliqué.

Appuyé à son dossier, Cam avait l'air détendu, comme s'il se sentait à sa place dans ce pub. Keating Hollow semblait lui réussir.

— Tu as l'air… posé. Différent de lors de notre première rencontre. On dirait que Keating Hollow te réussit.

— On peut dire ça. J'ai un appart correct, un super boulot avec un super patron, une famille dont j'ignorais encore l'existence il y a quelques mois, et Blake. C'est plus que je n'aurais pu espérer, franchement.

Cameron posa une main sur l'épaule de son fils et la serra.

— Je suis vraiment heureux pour toi. Et juste au cas où ça ne serait pas clair, je suis vraiment content que tu sois venu à ma recherche. Je suis immensément heureux d'être ton père.

— Moi aussi. Franchement, vous rencontrer toi et mes grands-parents, c'est ce qui m'a donné le courage de chercher Jessie.

— Tu l'as trouvée ? demanda Cameron qui ne savait pas trop ce qu'il en pensait.

Une petite part de lui était jalouse que cette femme ait pris part à l'enfance de Cam alors que lui non. Mais ce qui prédominait, c'était l'espoir que Cam obtienne les réponses qu'il méritait.

— Oui.

Ses lèvres s'amincirent, et il eut soudain l'air nerveux.

— Elle a vraiment envie de me voir et elle a proposé de venir ici avec sa compagne pour le week-end de la Saint-Valentin. Elle a dit qu'elles avaient prévu un voyage sur la côte de toute façon. Elles avaient juste à modifier la destination.

Il prit une longue gorgée d'eau avant d'ajouter :

— Je lui ai dit oui. J'espère que ce n'était pas une erreur.

Cameron lui serra l'épaule à nouveau.

— Je suis sûr que quoi qu'il se passe, ça te donnera les réponses dont tu as besoin. Et si c'est difficile, tes grands-parents et moi on sera toujours là.

Le soulagement se peignit sur les traits de Cam et il adressa un sourire reconnaissant à son père.

— Merci.

— Et quoi qu'il en soit, rappelle-toi de toutes les bonnes choses. Rien de ce que Jessie pourra dire ne changera cela. Comme tu l'as dit, tu as un super boulot, un appart sympa, tes grands-parents et moi, et Blake.

Cameron lui fit un clin d'œil.

— Le reste, c'est juste la cerise sur le gâteau.

— Tu, heu… serais d'accord pour venir avec moi à cette rencontre ?

Cameron haussa les sourcils, surpris. Il ne s'était pas attendu à cela. Il aurait beaucoup aimé interroger Jessie si elle voulait bien répondre à ses questions, mais il ne voulait pas les déranger lors de ces retrouvailles.

— Tu veux que je vienne ?

Cam hocha la tête.

— Si tu veux que je sois là, je viendrai, mais je ne voudrais pas vous imposer ma présence.

— Non, t'inquiète, dit Cam avec sincérité. Je crois qu'on mérite tous les deux des réponses, et après lui avoir parlé, j'ai l'impression que Jessie pourrait les avoir.

— Dis-moi où et quand, et je serai là.

— Mes chéris !

La voix de sa mère résonna dans la brasserie.

— Je suis tellement contente que vous soyez tous les deux

là, déclara-t-elle en arrivant à leur table. Je ne m'attendais pas à te voir, Cam, c'est une excellente surprise.

— Bonjour, maman.

Cameron se leva pour l'embrasser sur la joue.

— On a déjà commandé. Je t'ai pris ce burger sur lequel tu t'extasiais, mais si tu veux autre chose, je suis sûr que Sadie peut arranger le menu pour toi.

— Oh non. Un burger, c'est très bien. Et je meurs de faim, alors c'est parfait.

Elle se pencha pour étreindre Cam.

— Tu as bonne mine, Cam. Ta journée s'est bien passée ?

Cam lui fit part de ses bonnes nouvelles et il afficha un sourire rayonnant quand elle lui dit à quel point elle était fière de lui.

— Ce n'est pas étonnant que tu sois un travailleur si acharné, dit Emily. Cameron et son père ont toujours eu une super éthique de travail. C'est de famille.

— Ravi de savoir que c'est dans mes gènes, dit Cam en riant. Bon, et toi alors ? Qu'est-ce que tu fais de beau ?

— Tellement de choses. Tu n'imagines pas. Je me plais ici. L'autre soir, j'ai eu droit à une soirée entre filles avec Mary Pelsh et Claire Simmons. Mary est la propriétaire du Café Incantation, et Claire est la compagne de Lincoln Townsend. Bref, on s'est retrouvées pour prendre un café, et on a terminé dans une course de voiturettes de golf avec Wanda, Hanna et Abby. Personne ne s'attendait à ce qu'on gagne, mais on a fait une sacrée démonstration de magie aux petites jeunes, et elles ont mordu la poussière. C'était trop drôle. J'ai hâte de remettre ça.

Cameron dressa l'oreille à la mention de Wanda. Il avait envie de demander comment elle allait, si elle avait l'air heureuse, ou fatiguée, ou triste. Ça semblait surréel qu'elle ait perdu une course contre ses trois aînées. Non que sa mère ne soit pas une adversaire de taille. Mais les courses de voiturettes étaient comme une religion pour Wanda et Abby. Il mourait d'envie de savoir ce qui s'était passé. Mais au lieu de poser des questions, il garda le silence et écouta son fils et sa mère papoter de tout ce qu'ils aimaient à Keating Hollow.

C'est à cet instant qu'il comprit qu'il ferait de cette ville sa demeure. Même s'il avait dit à Cam que c'était tout réfléchi, il n'avait pas encore pris la décision. Il se demandait toujours si c'était une bonne idée. Désormais, il se rendait compte que la question était réglée.

CHAPITRE 19

*L*e téléphone collé à son oreille, Wanda regarda le bébé golden retriever se rouler sur le sol de la cuisine. Après l'avoir récupéré dans la boue, elle l'avait ramené chez elle, l'avait nettoyé, nourri avec du riz et du poulet, et puis l'avait emmené chez le guérisseur à la première heure le lendemain matin. C'était une petite femelle. On lui avait donné des potions pour traiter une légère déshydratation et après ça, elle avait été déclarée en pleine forme.

— Une idée sur l'identité de son propriétaire ? demanda Wanda à la guérisseuse.

Elle avait pris une description du chiot et promis de faire des recherches.

— Je suis désolée, Wanda. Rien. On a demandé à tous nos contacts dans les refuges du coin et envoyé des emails aux vétérinaires, mais pour l'instant, personne ne s'est manifesté pour la récupérer. Arrivé là, il va falloir que vous preniez une décision. Est-ce que ça vous intéresse de l'adopter, ou bien voulez-vous qu'on lui trouve une famille ? Elle est si adorable, je suis sûre que ça ira très vite.

Wanda s'accroupit et flatta le petit ventre rond du chiot. Aussitôt, l'animal se redressa et essaya de lui sauter dans les bras. Cela faisait un peu plus d'une semaine qu'elles s'étaient trouvées, et depuis, la petite chienne avait suivi Wanda partout, et s'était même octroyé une place sur son lit la nuit. Le chiot donna un petit coup de tête dans la main de Wanda pour réclamer davantage de caresses. Alors que Wanda la gratouillait derrière l'oreille, le chiot releva la tête vers elle avec le regard le plus aimant du monde. Il n'y avait pas à se poser la question.

— Je l'adopte.

La guérisseuse pouffa de rire.

— Je ne suis pas surprise. Très bien alors, mettons sa prochaine visite de contrôle dans quelques semaines. D'ici là, vous aurez peut-être choisi un nom.

— On y travaille.

Après avoir raccroché, Wanda prit le chiot dans ses bras et le serra contre sa poitrine.

— Qu'est-ce que tu en penses ? Princesse Pénélope ? Lady Louise ? Comtesse Camilla ?

— C'est une grosse nouille de labrador, pas une aristocrate, déclara Blake en entrant dans la cuisine.

— Ose le lui dire en face.

Wanda toucha la truffe du chiot en affirmant :

— Tu peux être une princesse si tu veux.

— Tu parles.

Blake ouvrit le frigo et en sortit un bâtonnet de fromage à grignoter.

— Peu importe. Je continuerai à l'appeler Mâchouille-Trouille. Cette petite terreur a fichu mon chargeur en l'air et a mangé ma brosse à dents.

— C'est encore un chiot. Elle n'a pas encore appris. Il faut qu'on fasse des efforts pour rendre la maison compatible avec un bébé chien.

Wanda observa sa sœur.

— Est-ce que ça va ? Tu n'as pas l'air dans ton assiette. Il y a eu un problème à l'école ?

— Non. Je suis juste crevée. Mâchouille-Trouille m'a empêchée de dormir hier soir en chouinant.

Wanda ouvrit la bouche pour protester, mais avant qu'elle puisse dire quoi que ce soit, Blake était repartie. Elle reporta son attention sur le chiot et soupira.

— C'était pas sympa, ça, hein ?

Le chiot cligna des yeux en la regardant.

— Je sais. C'était une grande avancée cette nuit. Tu ne t'es pas réveillée et je le sais parce que c'est moi qui te fais sortir.

Elle tapota la tête du chiot et dit :

— Ne t'en fais pas. Elle finira par s'y faire.

La chienne se blottit contre Wanda et celle-ci se sentit fondre. Qui aurait cru qu'avoir un chiot la rendrait complètement gaga ? Tant pis. Elle adorait sa petite boule de poils, et voilà tout.

— Alors, un nom. Ça ne sera pas Mâchouille-Trouille. C'est un peu méchant, et on va dépasser cette phase. Ne t'inquiète pas. Qu'est-ce que tu dis de Nouille ? Ou Gribouille ? Ou un truc plus cool comme Nyx ou Calypso ? Oh, je sais ! Lyric. C'est parfait. Je suis sûre que même Blake trouvera ça chouette. Allez. Lyric, c'est décidé.

Le chiot toujours dans ses bras, Wanda monta l'escalier pour faire part de sa décision à Blake. Elle trouva sa sœur allongée sur son lit, en train de couver son téléphone d'un air mauvais.

— Eh, dit Wanda. Je suis venue te dire qu'on s'est décidées pour Lyric.

— Quoi ?

Blake ne se tourna même pas pour la regarder.

— J'ai décidé d'appeler la chienne Lyric.

Blake tourna enfin son regard vers Wanda et le chiot.

— Bon, c'est plutôt mignon. Je vais quand même continuer à...

— ... l'appeler Mâchouille-Trouille, on sait. C'est pas grave. Elle finira par te faire craquer.

— Tu crois ?

Blake observa le chiot, blottie contre Wanda, l'air plus adorable que jamais.

— Peut-être. Elle est mignonne quand elle dort.

Wanda secoua la tête et faillit faire une blague sur le fait qu'elle devait être émotionnellement endommagée pour ne pas aimer les petits chiots adorables, mais elle se retint à la dernière seconde. Sa sœur soufflait le chaud et le froid depuis quelques jours, et Wanda soupçonnait qu'elle avait du mal à se faire à sa nouvelle vie à Keating Hollow. Les seuls moments où elle avait l'air vraiment heureuse, c'était quand elle parlait avec Cam ou qu'elle partait le rejoindre.

Elle avait envie de lui suggérer de voir un professionnel de la santé mentale, mais la seule fois où elle avait abordé le sujet, Blake lui avait répondu avec fermeté que ça ne l'intéressait pas et avait passé les vingt-quatre heures suivantes complètement renfermée sur elle-même.

Wanda prit une grande inspiration et se prépara mentalement à toutes sortes de réponses.

— Blake, je sais que tu as dit que tu étais juste fatiguée, mais tu es sûre que ça va ? Tu as l'air... pas vraiment toi-même.

Blake poussa un soupir exagéré, en adolescente caricaturale, et répondit :

— Ça *va*. Qu'est-ce que tu veux que je te dise d'autre ?

Bon, voilà qui commençait à énerver Wanda. Elle se contrôla néanmoins et répondit sur ce qu'elle espérait être un ton dépourvu d'hostilité :

— Eh bien, j'aimerais savoir comment ça se passe à l'école sans avoir à aller sur l'ordinateur pour regarder tes notes. Et comment ça se passe au travail, si ça te plaît ou si tu as envie d'essayer autre chose pendant la saison touristique.

Wanda serra Lyric plus fort et même si elle avait désespérément envie de faire ce qu'elle voulait avec la petite chienne, elle avait vraiment besoin de l'avis de Blake. C'était sa maison à elle aussi.

— Et puis j'aimerais savoir ce que tu penses vraiment de ce chiot. J'ai complètement craqué pour elle, mais si tu es vraiment archi contre, j'aimerais le savoir et considérer cela dans ma décision. J'ai déjà dit à la guérisseuse qu'on l'avait adoptée, mais si ce n'est pas une bonne idée, je suis sûre qu'on pourra trouver une famille qui serait ravie de l'avoir.

Blake reposa son téléphone et fixa sa sœur un long moment, une expression indéchiffrable sur le visage. Et puis elle se racla la gorge et dit :

— Tout va bien à l'école. J'ai eu un B à mon contrôle d'anglais, un A en maths, et j'ai rendu tous les devoirs de la semaine en chimie, avec l'aide de Cam. Ça se passe bien au travail. Je vais sans doute faire un truc avec Candy ce week-end. Et tu devrais garder la chienne. C'est évident que tu l'adores.

— OK. Bon, tout a l'air d'aller bien alors, dit Wanda en se demandant si ça avait été elle le problème tout du long.

Est-ce qu'elle ne posait pas les bonnes questions ? Parce que c'était la réponse la plus directe qu'elle ait eue de la semaine.

Blake se retourna vers son téléphone, mettant fin à la conversation.

Wanda eut envie de crier. Elle avait été comme ça, ado ? Distante, refusant toute communication ? Elle supposait que oui, de temps en temps, mais probablement pas à ce point. Wanda était bien trop extravertie, et il fallait tout le temps qu'elle raconte à sa mère tout ce qui se passait dans sa vie.

Un élan de tristesse profonde la saisit à cette pensée. Bon sang, ce que sa mère lui manquait. Elles avaient été juste toutes les deux après le départ de son père. Elles avaient été plus proches que ce qui est sans doute normal pour une mère et sa fille. Et c'était dans ce genre de moments, quand elle avait du mal à communiquer avec Blake, que sa mère lui manquait le plus. Que n'aurait-elle pas donné pour pouvoir lui demander des conseils sur Blake ou Cameron. Ou juste lui faire un câlin et ne pas se sentir seule au monde.

— Arrête, Wanda. Tu n'es pas seule, marmonna-t-elle. Tu as plein de gens dans ta famille. Arrête de t'apitoyer sur ton sort.

Elle entendit le téléphone de Blake sonner et la jeune fille répondit dans la seconde.

— Salut, Cam.

Elle avait pris une voix toute douce et, comme d'habitude, elle avait l'air heureuse.

Au moins l'une de nous a une vie amoureuse correcte, pensa Wanda en redescendant l'escalier.

Elle passa dans la cuisine, se fit un sandwich, et alla se blottir sur le canapé avec le chiot. Peu après, elle entendit Blake descendre les marches. Wanda posa son assiette vide sur la console à côté d'elle et cria :

— Il y a des restes dans le frigo si tu as faim. Ou de quoi faire un sandwich.

— Je n'ai pas vraiment faim, dit Blake en s'arrêtant en bas des marches.

— D'accord. Bon ben c'est là pour plus tard alors.

— Heu, en fait, je venais te dire que Candy m'a invitée à la plage ce soir.

Blake se mit à triturer le bord de son tee-shirt.

— C'est pour quelques nuits, en fait. Je crois qu'il y a des petits chalets et qu'elle en a réservé un avec une autre amie. Elles m'ont invitée à venir avec elle. Ça te va ?

— C'est un peu à la dernière minute, non ?

Wanda grimaça à peine eut-elle prononcé ces mots.

— Seigneur, j'ai l'air d'une mère parano qui ne fait pas confiance à son gamin. Désolée. Ça m'a juste prise par surprise. Quand tu m'as dit que tu avais peut-être un truc de prévu avec Candy, je n'avais pas compris que c'était tout le week-end.

Blake pouffa de rire et secoua la tête.

— Je ne saurais pas dire de quoi tu as l'air. Les parents n'en ont jamais rien eu à faire de ce que je faisais. La plupart du temps je ne leur disais même pas.

Voilà que soudain, le comportement de sa sœur était bien plus logique. Wanda soupçonnait qu'elle ne faisait pas exprès de lui cacher des choses. Elle n'avait juste pas l'habitude de devoir rendre des comptes à qui que ce soit.

— C'est triste, Blake. Je sais que ce n'étaient pas des parents modèles, mais je suis désolée qu'ils n'aient pas eu l'air de se soucier de toi.

Elle haussa les épaules.

— Grand-mère s'en fait pour moi. Enfin, à l'époque, en tout cas… et maintenant toi.

Wanda lui fit un grand sourire, avec l'impression qu'elles venaient peut-être de faire un progrès significatif. Les petits chalets sur la plage n'étaient pas si loin que ça. Wanda savait exactement où c'était. À cette époque de l'année, il n'y aurait personne, alors elle n'avait pas à s'inquiéter que les adolescentes s'attirent des ennuis.

— Va donc avec Candy et son amie. Je suis sûre que vous vous amuserez bien. Juste, sois prudente, et ne laisse personne te convaincre de faire quelque chose que tu n'as pas envie de faire.

Blake hocha la tête.

— Aucun risque.

— J'en suis sûre.

Elle pinça les lèvres et se souvint que Candy avait failli envoyer la voiture de sa tante à la casse la première fois qu'elle l'avait prise.

— Tu sais quoi ? Et si tu prenais ma voiture ? Je sais que celle de Candy n'est pas des plus fiables. Je m'inquiéterai moins comme ça.

— Tu es sûre ? demanda Blake. Comment tu feras pour te déplacer ?

— J'ai ma très pratique voiturette de golf. Je m'en sers plus souvent de toute façon.

— C'est généreux de ta part. Merci.

Elle remonta l'escalier, mais s'arrêta au bout de quelques marches pour regarder par-dessus son épaule.

— Vraiment, merci, Wanda.

— De quoi ?

— D'être toi.

CHAPITRE 20

*A*près le départ de Blake, Wanda prit le chiot et revint à l'intérieur, prête à se blottir sur le canapé pour passer le reste de la soirée devant Netflix avec un bac de crème glacée. Elle le méritait. Non ? Sa sœur était sortie s'amuser avec ses amis tandis qu'elle restait toute seule chez elle à se demander si elle aurait jamais des nouvelles de Cameron à nouveau.

Cela faisait plus d'une semaine qu'ils ne s'étaient pas parlé. Elle avait pensé à l'appeler, mais il avait été si en colère qu'elle se disait qu'il valait peut-être mieux qu'elle le laisse faire le premier pas. Elle n'avait pas envie de lui donner l'impression d'avoir changé d'avis. Pour tout dire, depuis sa petite avancée avec Blake, elle était plus convaincue que jamais d'avoir pris la bonne décision. Si elle passait trop de temps avec Cameron, elle risquait de ne pas être là quand Blake aurait le plus besoin d'elle.

Elle soupira et prit une bouchée de la glace chocolat et tourbillon de caramel qu'elle réservait aux soirées où elle avait vraiment envie de s'apitoyer sur elle-même.

Wanda prit la télécommande et alluma l'écran en espérant

trouver quelque chose de sympa qu'elle n'aurait pas déjà vu. Mais avant qu'elle commence à zapper, la sonnerie « You've Got a Friend » retentit sur son téléphone, indiquant que c'était Abby qui appelait. Wanda se congratula intérieurement pour ce choix musical. C'était exactement ce qu'elle avait besoin d'entendre.

— Salut, Abs. Quoi de neuf ?

— Olivia est chez sa grand-mère et Clay travaille. Lui et Rhys sont en pleine concertation sur le brassage de nos bières et cidres d'été, alors je me retrouve toute seule… de nouveau.

Clay était le gérant de la Brasserie Townsend et un maître brasseur de talent. Il était toujours très occupé à cette période de l'année, car ils travaillaient dur pour constituer leurs stocks pour l'été.

— D'accord. Qu'est-ce que je peux faire pour toi ? Tu veux venir ici ? J'ai de la glace et Netflix.

Abby pouffa de rire.

— Je n'en suis pas au point de passer mon vendredi soir à me taper un bac de glace. Ça, c'est pour les urgences. Tu sais bien.

Wanda avisa son bac de glace, la télécommande, et sa tenue qui consistait en un pantalon de yoga et un tee-shirt si vieux que l'image de Prince imprimée dessus était presque invisible. Tout ça avant même que dix-neuf heures sonnent un vendredi soir. Si c'était à ça que sa vie ressemblait alors qu'elle n'avait pas encore trente-cinq ans, à quoi ressemblerait la quarantaine ?

— Qu'est-ce que tu avais en tête ?

— Hanna et moi allons au vignoble de ses parents, voir ce qu'ils ont sorti dernièrement. Ça t'intéresse ?

— Je peux prendre Lyric ? demanda-t-elle, pas certaine de pouvoir laisser le chiot tout seul.

Elle avait une cage, mais jusqu'à présent elle ne l'avait pas beaucoup utilisée.

— Lyric ?

— Le chiot. Si je ne le prends pas, il va se retrouver tout seul à la maison.

— Où est Blake ?

— Sortie avec des amis, dit Wanda qui partait déjà vers la cuisine pour remettre la glace au congélateur.

— Je suis sûre que ce n'est pas un problème. Mary va sûrement craquer de nouveau en revoyant cette petite boule de poils. Tu veux que je vienne te chercher, ou c'est toi qui passes me prendre ? Je suis chez mon père, là. Claire et lui fêtent leur anniversaire demain et papa veut lui faire une surprise avec un dîner romantique maison. Pour le dîner, il s'en sort, mais il m'a demandé si je pouvais lui faire des fraises enrobées de chocolat pour le dessert. Bien sûr, j'ai ajouté un petit truc pour épicer un peu les choses. Et maintenant, il faut que je sorte d'ici avant de devoir réfléchir à ce que ça implique.

Wanda ricana. Abby était une sorcière de terre spécialisée dans les potions d'énergie et les cosmétiques de qualité. Ce qu'elle voulait dire en parlant d'épicer les choses, c'est qu'elle avait transformé ces fraises en aphrodisiaque.

— Tu veux dire que tu joues les sexologues pour ton père et Claire ?

— Non ! protesta-t-elle. Je fais juste ce que je ferais pour n'importe laquelle de mes amies qui fêterait un moment important dans une relation romantique.

— Bien sûr, Abs. Si tu le dis. Tu es sur mon chemin pour aller chez les Pelsh. Je veux bien venir te chercher, mais Blake a pris ma voiture, alors ça veut dire qu'on prend la voiturette de golf.

— Pas de souci. Il ne fait pas si froid que ça. À tout de suite.

Abby raccrocha.

Wanda balança son téléphone sur la table basse et monta à l'étage à toute allure, le chiot sur ses talons. Il fallait qu'elle se débarrasse du pantalon de yoga et qu'elle trouve un tee-shirt sans trous aux aisselles.

— Oh. Ouah. Dis donc, s'exclama Abby en sautant dans la voiturette de Wanda pour prendre le chiot sur ses genoux. Je n'ai jamais vu un truc aussi mignon que Lyric.

— C'est une briseuse de cœurs, c'est sûr.

Wanda prit la longue allée qui sortait de chez les Townsend. Bordée d'arbres, elle faisait mille cinq cents mètres de long et était éclairée par des guirlandes lumineuses blanches qui conféraient une allure magique à la propriété. Wanda adorait la maison des Townsend et elle avait souvent pensé à acheter du terrain dans cette zone et à se créer une ferme à elle. Mais elle n'était pas sûre d'avoir envie d'entretenir un terrain pareil toute seule. Elle était consciente que c'était un bon investissement, seulement, elle n'était pas certaine que ce soit ce qu'il lui fallait.

— Alors, dit Abby. Qu'est-ce qui se passe avec Cameron ?

Wanda gémit.

— Sujet suivant, s'il te plaît.

— Franchement, Wanda ?

Abby secoua la tête.

— Tu ne comptes pas me le dire à moi, ta plus vieille amie, celle qui connaît déjà tous tes autres secrets ?

— Je n'ai pas de nouveaux secrets, protesta Wanda. Ça fait une semaine qu'on ne s'est pas parlé. Je ne suis pas sûre qu'on soit compatibles.

— *Compatibles ?* Tu déconnes.

Abby la fixa avec une mine incrédule.

— Je n'ai jamais vu deux personnes aussi parfaites l'une pour l'autre. Qu'est-ce qu'il y a, ma puce ? Qu'est-ce qui se passe ?

— On n'est pas parfaits l'un pour l'autre. Il veut… eh bien, des serments, des toujours. Je ne peux pas faire ça. Et je n'ai jamais laissé entendre que je pouvais. Si Blake n'était pas là, alors peut-être que ce serait différent, mais même alors, pour toujours ? Tu sais que je ne suis pas le genre de fille à vouloir des toujours.

Abby caressa la tête du chien tout en analysant cette information. Et puis elle soupira.

— C'est un vrai problème, on dirait. Mais laisse-moi te poser une question.

— Quoi donc ?

— Tu es certaine que tu ne veux vraiment rien avoir à faire avec le concept de toujours ? Pas de relation sur la durée où tu peux partager ta vie avec quelqu'un d'autre ? Quelqu'un que tu aimes, en qui tu as confiance, qui t'aide à partager les fardeaux et les joies de cette vie qui est notre lot quotidien ?

— Bon sang, Abs. Pourquoi il faut que tu formules ça comme ça ? grimaça Wanda.

Abby pouffa de rire.

— Parce que je suis ta meilleure amie et que je serai toujours là pour poser les questions qui fâchent et t'aiguillonner quand je pense que tu en as besoin. Bon, tu es sûre que tu veux rester éternellement célibataire si ça veut dire laisser partir quelqu'un qui est important pour toi ?

Wanda se tourna vivement vers son amie et étrécit les yeux.

— Est-ce que tu es en train de dire qu'il y a un problème à

ne pas vouloir être en mode « toujours » avec quelqu'un ? Que le célibat est une option par défaut ?

— Quoi ? s'écria Abby, l'air interloquée.

Elle fusilla Wanda du regard.

— Bien sûr que non. Tu me connais mieux que ça. Est-ce que je t'ai déjà demandé si tu étais sûre de vraiment vouloir larguer quelqu'un, ou pourquoi ça faisait tant d'années que tu étais célibataire ?

— Jamais.

C'était vrai. Abby n'avait jamais demandé pourquoi Wanda n'avait personne dans sa vie, ou si elle voulait se marier, ou même si son horloge biologique ne la chatouillait pas. Il y avait plein de gens à Keating Hollow qui lui avaient posé ces questions. Mais pas Abby, jamais.

— D'accord, alors je pense que c'est évident que je pose la question parce que ce qu'il y a entre toi et Cameron est clairement différent de tes relations précédentes, et je ne veux pas que d'ici un ou deux ans tu regrettes de l'avoir laissé partir parce que tu avais peur de prendre un risque.

— Je n'ai pas peur, rétorqua aussitôt Wanda.

Abby lui jeta un coup d'œil en biais et renifla pour marquer son désaccord.

— Mmh mmh.

Merde. C'était coton de mentir à sa meilleure amie.

— OK, d'accord. Je suis terrifiée. Mais pas pour la raison que tu penses.

— Qu'est-ce que je pense ? demanda Abby qui avait l'air curieuse désormais.

— Je n'ai pas peur que Cameron parte. J'ai peur que ce soit *moi* qui le fasse. C'est toujours moi qui m'en vais. Je ne peux pas lui faire ça. Pas à nouveau.

— Tu l'as déjà quitté avant ?

— Pas moi. Sa petite amie à la fac. La mère de Cam. Cameron comptait lui demander de l'épouser, mais avant qu'il en ait l'occasion, elle est partie sans explications. Je crois qu'il ne s'en est jamais complètement remis, et je n'ai pas envie d'être la personne qui lui fasse revivre ça. Et puis je m'inquiète pour Blake. Si j'entame une relation avec lui et que ça ne marche pas, qu'est-ce que ça lui fera ? Elle a déjà tellement subi, je ne veux pas risquer de rajouter à sa peine.

Abby secoua la tête.

— D'abord, tu n'es pas une étudiante de dix-neuf ans. Alors penser que tu risques de faire quoi que ce soit de vaguement proche de ce qu'a fait la mère de Cam, c'est assez capillotracté. Mais je vois ce que tu veux dire. Tu as peur de lui faire du mal.

— Oui.

— Mais tu l'as déjà fait en le repoussant, Wanda. Tu ne t'en rends pas compte ?

Abby attrapa sa main et la serra avant d'ajouter :

— Et quant à l'effet que ça risque d'avoir sur Blake, sérieux, je trouve que c'est n'importe quoi. Je ne pense pas avoir besoin de t'expliquer pourquoi. Fais-toi juste confiance, ma belle. Tu es une super amie, avec le cœur le plus généreux que je connaisse. Tu ne vas pas jeter l'homme que tu as choisi pour partager ta vie. Tu n'es pas comme ça.

Mais n'était-ce pas déjà ce qu'elle avait fait ? Elle l'avait laissé sortir de chez elle et ne s'était pas donné la peine de l'appeler pour essayer de réparer les choses.

— Il est peut-être déjà trop tard de toute façon.

— Oh, j'en doute. Appelle-le en rentrant chez toi. Je parie que vous vous rabibocherez vite fait une fois que vous aurez parlé.

— Peut-être.

Wanda se gara devant chez les Pelsh et coupa le moteur de la voiturette.

— Là maintenant, j'ai besoin d'un verre de vin, voire trois.

C'est alors qu'elle jeta un coup d'œil au ventre à peine visible de son amie et dit :

— Une dégustation de vins, Abs ? Vraiment ?

Abby leva les yeux au ciel.

— Moi je ne goûterai pas les vins. Je me contenterai de déguster les tartes que Mary compte vendre à côté.

— Ravie de l'entendre. Je te suis. Les tartes, ça me va aussi.

CHAPITRE 21

*L*yric dans les bras, Wanda suivit Abby dans la toute nouvelle salle de dégustation des Pelsh. C'était un grand espace avec des tables dressées d'un côté, sans doute pour les tartes, et un bar de l'autre, avec un bon nombre de places assises pour la dégustation des vins. L'une des tables était occupée par Lincoln Townsend et Wilson Pelsh.

Alors qu'Abby et Wanda s'approchaient pour dire bonjour, Wanda les entendit parler des quatre hectares qui séparaient leurs deux propriétés.

— Je crois que Dayton Copeland devrait faire un bon voisin, disait Lin. Je ne peux pas m'imaginer démarrer une ferme à cet âge-là, mais il a l'air sérieux. Il dit qu'il avait toujours voulu se remettre à l'agriculture, et que maintenant qu'il en a l'opportunité, il se lance.

— Est-ce qu'il a dit ce qu'il voulait cultiver ? demanda Walter en prenant une gorgée de ce qui semblait être un whisky.

Wanda aurait bien ri, étant donné qu'ils étaient dans un

vignoble, mais elle était trop occupée à essayer de démêler le sens de leur conversation.

— Il est ouvert à tout ce qui est pommes, poires, vignes ou cerises, mais j'essaie de le pousser vers les pommes. Ça prendra quelques années avant de produire une récolte correcte, mais vu comme notre cidre décolle, on va sûrement devoir commencer à acheter des pommes et non plus se contenter de ma production. On ne peut pas tenir le rythme. Je serais ravi d'acheter à un voisin.

— Des myrtilles, ça serait pas mal non plus, ajouta Walter. Il paraît qu'il y a un marché pour du vin de myrtilles. J'aimerais essayer, mais je n'ai que des vignes sur mes terres.

— Je suis sûr qu'il sera ouvert à la question. Tu n'as qu'à lui en parler la prochaine fois que tu le verras.

Abby se racla la gorge.

— Excusez-moi, messieurs. Wanda et moi ne voudrions pas vous interrompre, mais on voulait juste dire bonjour.

Elle se pencha pour embrasser son père.

— Toujours en train de parler business, hein ?

Il lui sourit.

— J'ai ça dans le sang, mon cœur.

— Je sais bien. Les fraises sont dans le frigo, au fait. Je suis sûre qu'elles plairont à Claire.

— Merci, ma puce. Je t'en dois une. Vous êtes là pour les tartes de Mary ?

— Absolument, dit Wanda en lui faisant la bise à son tour. Comment ça va, Lincoln ?

— Très bien. Et qui est cette adorable boule de poils ? demanda-t-il en caressant la tête du chiot.

— Lyric. Elle était perdue, toute seule au bord de la rivière. Je l'ai récupérée pour l'aider, mais je suis tombée sous le charme et on dirait qu'elle est là pour rester.

Abby tourna son attention vers Mr Pelsh et lui fit un grand sourire.

— J'espère qu'on ne va pas vider vos réserves personnelles.

— Mignonne, Mary a plus de tartes qu'on ne peut en mettre dans le congélateur que je lui ai acheté. Manges-en autant que tu veux. Je verrai ça comme un service que tu me rends.

— Génial. Maintenant, non seulement je n'ai pas à me sentir coupable, mais je peux faire comme si j'étais là pour une bonne cause.

Walter pouffa de rire et se tourna vers Wanda.

— Bonsoir, Wanda. On dirait que tu t'es trouvé un compagnon loyal.

Elle baissa les yeux vers le chien qui dormait dans ses bras et hocha la tête.

— Carrément. Elle ne m'a pas lâché les baskets depuis que je l'ai ramenée chez moi.

Walter se mit à rire.

— Ah ça, ce sont les chiens. Mais ce sont les meilleures créatures sur cette terre.

Wanda était d'accord, et ça faisait tout juste une semaine qu'elle en avait adopté un.

— Comment ça va avec ta sœur ? demanda-t-il.

— Bien, merci. Elle passe le week-end à la plage avec Candy. Je suis heureuse qu'elle…

— Candy n'est pas à la plage, dit Walter. Elle est dans la cuisine avec Mary, en train de l'aider avec les tartes. Et demain, elle part à Vancouver passer un peu de temps avec Silas et Levi avant qu'ils rentrent à la maison pour ce mariage le jour de la Saint-Valentin.

— Le mariage de Shannon et Brian, précisa Abby.

— Comment ça, Candy est ici ? Est-ce que vous êtes en

train de dire qu'il n'a jamais été question qu'elle aille à la plage ce week-end ?

— Pas à ma connaissance, et comme c'est moi qui lui ai payé son billet pour le Canada, je suis à peu près certain de ne pas me tromper.

— Oncle Walter, appela Candy en entrant, un plateau de tartes à la main.

Elle portait un jean, un tee-shirt du vignoble Pelsh, et un tablier rouge avec des traces de farine dessus. Aucun doute, elle était effectivement en train de donner un coup de main en cuisine à Mary.

— Cassis, cerise ou pêche pour toi ?

— Pêche. Comme toujours. Et tant que tu es là, est-ce que tu as parlé à la sœur de Wanda aujourd'hui ?

— Non. Pas depuis hier, pourquoi ?

— Wanda, à toi, dit Mr Pelsh en se levant de table pour prendre les tartes des bras de sa nièce. Je m'occupe de ça.

— Tu t'en occupes ou tu les manges ? le taquina Candy.

Une fois les mains libres, elle se tourna vers Wanda.

— Il y a un problème ? Tout va bien avec Blake ?

— C'est la question, n'est-ce pas ? Elle m'a dit qu'elle partait sur la côte avec toi et une autre amie et que vous passiez le week-end dans un des chalets. Sauf qu'elle est partie il y a quelques heures et que toi tu es là, apparemment prête à t'envoler pour le Canada demain.

Candy grimaça et secoua la tête.

— Je n'arrive pas à croire qu'elle se soit servie de moi comme excuse. Bon sang, elle aurait pu prévenir.

Wanda étrécit les yeux.

— Heu, pardon. Je veux dire… bref. On a parlé de louer un de ces chalets au printemps quand il ferait un peu plus chaud mais, non, il n'a jamais été question d'y aller ce week-end. Désolée.

— Bon sang de… argh.

Wanda sortit son téléphone et appela sa sœur. Elle atterrit directement sur le répondeur. Évidemment. Elle passa à Cam, qui lui avait heureusement donné son numéro quand elle l'avait aidé à trouver un appartement. La sonnerie retentit trois fois avant qu'elle tombe sur le répondeur.

— Cam, c'est Wanda Danvers. J'aurais vraiment besoin de ton aide. Blake est partie pour le week-end, et il s'avère qu'elle n'est pas partie avec la personne avec qui elle m'a dit qu'elle s'en allait, et je m'inquiète. S'il te plaît, rappelle-moi dès que tu auras ce message. Merci.

Elle réessaya le téléphone de sa sœur et poussa un juron en se retrouvant à nouveau sur le répondeur.

Sans y réfléchir à deux fois, elle appela Cameron. Il décrocha à la première sonnerie.

— Wanda, je suis vraiment heureux que tu appelles. Je voulais te…

— Cameron, écoute, j'appelle à propos de Blake.

— Est-ce que ça va ?

L'inquiétude dans sa voix était nettement perceptible.

— Je n'en sais rien. Elle est partie ce soir en disant qu'elle allait passer le week-end dans un chalet à la plage avec Candy. Mais il s'avère que Candy n'est pas avec elle et qu'elle n'était au courant de rien. Là je panique et la seule personne avec qui je puisse l'imaginer être, c'est Cam, mais il ne répond pas non plus et je ne sais plus quoi faire.

— Où est-ce que tu es ? demanda-t-il.

— Au vignoble des Pelsh.

— J'arrive. On va trouver Cam et on la cherchera ensemble. D'accord ?

Elle hocha la tête même si elle ne pouvait pas le voir et finit par répondre :

— Oui. Je t'attends ici.

Le coup de fil terminé, Wanda eut soudain l'impression que cette journée avait duré quarante-huit heures et non vingt-quatre. Elle se laissa tomber sur une des chaises en essayant de ne pas paniquer.

— Wanda, je peux faire quelque chose ? demanda Abby en posant une main sur Lyric. Tu veux que je la prenne, et ta voiturette ? Comme ça tu pourras venir les récupérer chez moi quand tu seras prête.

Wanda regarda le chiot, puis son amie, et se retrouva à hocher la tête.

— Oui, s'il te plaît. Elle est très demandeuse en affection, tu es prévenue.

— C'est pas un souci. On connaît les chiens dans cette famille. Je m'en sortirai.

Elle prit Lyric des mains de Wanda et fit un bisou sur le crâne du chiot. Lyric tourna la tête et lui rendit la pareille, avec sa langue baveuse.

— Je n'en demandais pas tant. Tu as de la chance d'être mignonne, petiote.

Lyric leva ses grands yeux vers elle, et Wanda sut qu'Abby était perdue. Ce chien avait des talents d'hypnotiseur. Pour ne pas dire que c'était un grand manipulateur. Quoi qu'il en soit, Abby s'occupait du chiot, ce qui voulait dire que Wanda avait les mains libres pour retrouver sa sœur. Dès qu'elle entendit un véhicule arriver, elle se précipita dehors et courut droit dans les bras de Cameron.

CHAPITRE 22

— Ça va aller.

Cameron entoura Wanda de ses bras et sentit la douleur sourde dans sa poitrine disparaître. Toute cette semaine, il avait vécu sa vie en faisant comme s'il était toujours entier, mais ce n'était pas le cas. Il avait laissé une part de lui chez elle le jour où il s'était précipité hors de sa chambre, et il n'avait pas été bien depuis.

— On va la retrouver.

— Mais si elle m'a menti sur l'endroit où elle allait ? demanda Wanda avec un regard apeuré.

Ce n'était pas une émotion habituelle chez elle, et ça le perturba. La Wanda qu'il connaissait n'avait peur de rien.

— On la retrouvera quand même, ou elle appellera quand elle sera prête. Essaie juste de te souvenir que ça fait longtemps qu'elle est habituée à prendre soin d'elle. Cette gamine de dix-sept ans a pris le bus pour traverser le pays et s'est retrouvée sur le pas de ta porte alors qu'elle n'avait ni ton numéro ni ton adresse. Elle sait se débrouiller, d'accord ?

Wanda recula et tamponna ses yeux humides.

— Oui. D'accord. Bien vu.

— Viens.

Il la tira vers son SUV.

— On va commencer par l'appart de Cam. Si ça se trouve, il est chez lui et c'est juste qu'il ne répond pas.

Wanda en doutait grandement. Elle était certaine qu'ils étaient ensemble, seulement, elle ne savait pas où, ni pourquoi Blake lui avait menti. Est-ce que Wanda l'aurait laissée partir si elle avait su que sa sœur comptait passer la nuit avec Cam ?

Non. Clairement, elle n'aurait pas été d'accord. Sa sœur n'avait que dix-sept ans, et ça faisait à peine quelques semaines que les deux ados se connaissaient. Elle comprenait que Blake avait longtemps été seule et que ses parents ne s'étaient pas souciés de son éducation, mais Wanda s'en souciait, elle. Elle s'en souciait beaucoup, et quoi que Blake puisse en penser, elle avait besoin de règles et de limites. Elle avait besoin de savoir que quelqu'un était là pour la protéger.

— Je ne crois pas être faite pour être parent, dit Wanda alors qu'ils descendaient la longue allée des Pelsh dans le SUV de Cameron.

— Quoi ? Tu es déjà un parent, et pour ce que j'en vois, tu fais un super boulot.

— Ce n'est pas mon impression, mais merci quand même.

Il prit sa main dans la sienne et fut heureux qu'elle n'essaie pas de la retirer.

— Tu crois qu'ils sont ensemble ? demanda Wanda.

— Très probablement. Si on trouve Cam, on la trouvera. Le bon point s'ils sont ensemble, c'est que Cam prendra soin d'elle.

Il espérait que c'était vrai. Cameron n'arrivait pas à voir pourquoi il serait parti avec Blake sans s'assurer que Wanda savait où ils étaient ni ce qu'ils faisaient. Cela ne lui semblait pas correspondre au caractère du jeune homme qu'il commençait à connaître.

Wanda prit une grande inspiration puis relâcha son souffle, mais ne répondit pas.

Cameron se doutait qu'il ne pourrait rien dire à ce stade pour améliorer les choses, alors il garda le silence jusqu'à ce qu'il tourne dans l'allée en graviers de Gideon et qu'il aperçoive la Honda CRV rouge de Wanda stationnée devant le garage.

— Je suppose que ça répond à la question, dit Cameron en se garant à côté.

Wanda sauta et monta en hâte l'escalier qui menait à l'appartement de Cam. Cameron la suivit en sachant déjà qu'ils n'y trouveraient ni Blake ni Cam. Son van Volkswagen n'était pas là, et il n'y avait pas de lumière aux fenêtres.

Wanda tambourina à la porte et comme personne ne répondait, elle appela :

— Cam ? Blake ? Si vous êtes là, ouvrez, s'il vous plaît. On veut juste vous parler.

Rien.

Wanda s'effondra contre Cameron.

— Ne t'inquiète pas. On va continuer à chercher. Est-ce que Blake a dit où elle allait ? demanda-t-il.

— Les chalets sur la plage. Tu crois que c'est là qu'ils sont ? Peut-être qu'ils campent dans son van ?

— D'accord. C'est un début. Faisons déjà un tour de la ville pour vérifier si le van de Cam n'est pas dans le coin. Et sinon, on partira vers la côte. Au moins, le Volkswagen est facilement repérable. Ça nous aidera.

Cameron n'était pas convaincu de l'utilité de remuer ciel et terre pour retrouver les deux ados. Ils étaient tous les deux capables de se débrouiller. Wanda et lui auraient sûrement pu attendre jusqu'au matin avant de partir pour la côte, pour voir si Blake ou Cam les rappellerait. Mais il voyait bien que Wanda ne serait pas capable de rester chez elle avec son téléphone. Ce n'était pas dans sa nature de se montrer patiente, surtout quand elle était inquiète. Alors il passerait toute la nuit à chercher, si c'était ce qu'elle voulait faire.

— Très bien.

Avant de remonter dans le SUV, elle marcha jusqu'à la maison de Gideon et jeta un coup d'œil par les fenêtres. Rapidement, elle secoua la tête et revint prendre place sur le siège passager.

— C'était sans doute inutile vu que le van de Cam n'est pas là, mais il fallait que je vérifie.

— Je comprends.

Cameron fit marche arrière et prit la Grand-Rue. Si les jeunes étaient sortis en ville, le véhicule de Cam serait garé quelque part. Mais il en doutait. Blake n'aurait pas inventé ce faux voyage sur la côte pour une simple soirée à deux. Il leur fallait néanmoins s'en assurer.

Vingt minutes plus tard, il était clair que le van de Cam n'était nulle part en ville, et ils prirent la direction de la côte. Les cinquante kilomètres qui passaient d'habitude à toute vitesse semblèrent prendre des heures. Et quand ils se garèrent sur le parking de l'accueil du plus grand camping, Wanda avait déjà trouvé les noms d'une douzaine d'autres qu'ils pourraient aller voir avant de rentrer à Keating Hollow.

Cameron priait pour que ce ne soit pas nécessaire.

Il n'y avait personne à l'accueil, juste des instructions pour prendre un emplacement en laissant le paiement dans une tirelire verrouillée. Alors Cameron partit directement sur le terrain. Ils ressortirent cinq minutes plus tard : seuls deux emplacements étaient occupés, et il n'y avait de Volkswagen sur aucun des deux.

— On peut essayer les autres campings ? demanda Wanda d'une voix défaite.

— Bien sûr. C'est par où ? demanda Cameron en roulant à petite vitesse jusqu'à la sortie.

— À gauche. Il y en a une demi-douzaine sur trente kilomètres de côte.

Cameron prit la direction indiquée et se résigna au fait que la soirée allait être longue.

IL ÉTAIT LARGEMENT après deux heures du matin quand Cameron se gara dans l'allée de Wanda. Ils avaient fait tous les campings dans un rayon de cent kilomètres et ils étaient revenus les mains vides. Les recherches sur la côte avaient été un échec complet. Et pire encore, ni Blake ni Cam n'avaient répondu à leurs appels.

— Je n'y crois pas, dit Wanda, la tête appuyée contre la vitre fraîche de la voiture. Pourquoi elle ne me dit pas juste ce qu'elle fait ?

— Peut-être qu'elle a peur des conséquences.

— Quelles conséquences ? Je ne l'ai jamais punie. Je n'ai pas tant de règles que ça, mais ne pas mentir en était clairement une. Je ne comprends pas.

— Je ne parlais pas de punition, répondit-il avec un gentil sourire, mais de ce que tu penseras de ce qu'elle fait. Tu es la seule adulte dans sa vie à être là pour elle. Je suis sûre qu'elle ne veut pas te décevoir et risquer de te perdre toi aussi.

— C'est… Peut-être ? Je n'en sais rien.

Elle soupira et descendit de voiture. Avant de refermer la portière, elle dit :

— Tu veux bien rester avec moi ? Je comprendrais si tu ne...

— Oui, l'interrompit-il.

Il sauta hors de sa voiture et la suivit à l'intérieur.

— Tu as faim ? Je peux te faire à manger, proposa-t-il.

— Non, pas vraiment. Mais prends-toi quelque chose si tu veux. Je vais jeter un coup d'œil dans la chambre de Blake, voir s'il y a des indices sur l'endroit où elle pourrait se trouver.

Cameron la regarda partir et passa dans la cuisine se prendre quelque chose à grignoter et une boisson. Il n'avait rien mangé depuis le déjeuner. Il prit une barre de granola et une bouteille d'eau, et il était déjà dans l'escalier quand il entendit le cri de Wanda. Il monta les marches quatre à quatre et se précipita dans la chambre de Blake.

— Qu'est-ce qu'il y a ?

— Tous ses vêtements sont partis. Tous.

Elle se tourna vers lui, le visage livide.

— La seule chose qui reste, c'est le pull que je lui ai prêté le soir où elle est arrivée. Elle est partie, Cameron. Elle a fugué.

Cameron posa sa barre de granola et sa bouteille sur la commode de Blake et prit Wanda dans ses bras à nouveau. Il la serra contre lui et murmura qu'ils allaient la retrouver. Qu'ils allaient comprendre ce qui s'était passé. Qu'il ne fallait pas s'inquiéter. Que tout irait bien. Mais au fond de lui, il commençait à paniquer aussi. Cam était parti avec elle. Est-ce qu'il avait décidé de quitter la ville, lui aussi ? Est-ce que son fils, qui venait d'obtenir une promotion et semblait heureux de connaître son père et ses grands-parents, était parti avec une fille qu'il connaissait depuis moins d'un mois ?

Son cœur se mit à battre à toute allure et ses paroles de réconfort vides de sens lui laissèrent un goût de cendre.

CAMERON SE RÉVEILLA avec Wanda dans ses bras. Il avait fallu insister un peu, mais après avoir pleuré dans ses bras jusqu'à l'épuisement, elle avait fini par accepter de s'allonger avec lui. Ils avaient tous les deux gardé leurs vêtements et il n'y avait rien eu de romantique dans la situation. Tout ce qu'il voulait, c'était la réconforter et faire en sorte qu'elle sache qu'elle n'était pas seule. Il ne lui avait guère fallu de temps pour s'endormir, et Cameron l'avait imitée peu après.

Les rayons pâles du soleil matinal filtraient à travers ses fenêtres et illuminaient son beau visage. Elle avait l'air en paix dans son sommeil, mais il savait que dès qu'elle se réveillerait, les rides d'inquiétude reviendraient.

Après s'être extirpé du lit avec précaution, il lissa ses vêtements froissés et descendit faire du café. Il était assis sous le porche et profitait de la tranquillité du matin quand Abby Townsend se gara dans l'allée.

Elle descendit de voiture, avec un chiot labrador qui se débattait dans ses bras. La mine grave, elle lui lança :

— Des nouvelles ?

Cameron secoua la tête.

— Tous les vêtements de Blake ont disparu. Elle a tout emporté.

Abby hocha la tête.

— Wanda m'a envoyé un SMS hier soir pour me prévenir.

Il hocha la tête en se souvenant l'avoir vue envoyer des messages avant d'enfin s'endormir dans ses bras.

Le chiot geignit et se débattit pour descendre.

— Je me suis dit que Lyric aiderait peut-être un peu, expliqua Abby. Elle et Wanda sont devenues très proches au cours de cette dernière semaine.

— Lyric. C'est mignon.

Il se pencha pour caresser la tête du chien.

— Félicitations. Elle est superbe.

— Oh, ce n'est pas la mienne. C'est celle de Wanda. Elle l'a sauvée dans la boue au bord de la rivière pendant une de nos courses de voiturettes. Je l'ai gardée hier soir pendant que vous cherchiez Blake.

Abby lui tendit le chiot. Il le prit et le coinça dans le creux de son bras.

— Mince. J'ai manqué beaucoup de choses, on dirait.

— Pas tant que ça. Et tu es là maintenant.

Elle lui tapota le bras et ajouta :

— Dis-lui que je suis passée et de m'appeler si elle a besoin de quoi que ce soit.

— D'accord. Merci, Abby.

Elle repartit et Cameron rentra à la maison, s'assit à la table de la cuisine, le chiot blotti sur ses genoux, et commença à passer des appels.

Il appela Cam et atterrit sur son répondeur, comme il s'y attendait. Puis il appela ses parents. Ils n'avaient pas eu de nouvelles et se montrèrent bouleversés d'entendre qu'il avait peut-être quelque chose à voir dans la disparition de Blake. Ne restait plus que Hunter, le patron de Cam.

Cameron ne voulait pas mettre en danger l'emploi de son fils de quelque façon que ce soit, alors il fallait qu'il formule ça avec soin.

— Hunter McCormick, répondit-il en décrochant.

— Hey, Hunter. C'est Cameron Copeland, le père de Cam ?

— Ah oui. Tout va bien pour son amie ? Il m'a laissé un message hier soir pour dire qu'il ne viendrait pas travailler. On devait faire quelques heures supplémentaires pour finir la cuisine dans la maison de Gideon, mais il a dit qu'il avait eu un imprévu, une amie qui avait besoin de son aide, et qu'il serait de retour lundi.

— Oh, d'accord, ça explique certaines choses, mentit Cameron. J'ai reçu un message aussi, mais le réseau était mauvais alors je n'arrivais pas à entendre. Voilà qui éclaircit ça. Est-ce qu'il a dit par hasard quelle amie, ou dans quelle ville ils allaient ? Il faut que je le contacte, mais il ne doit plus avoir de batterie.

— Juste qu'il allait sur la côte. Désolé. Je n'ai pas d'infos plus spécifiques que ça. Si j'ai des nouvelles, je lui dirai de rappeler, dit Hunter.

— C'est parfait. Merci, vraiment.

Cameron raccrocha en se résignant au fait que, à moins que Cam ou Blake appelle, ils allaient juste devoir attendre que l'un d'eux se pointe.

— Rien ? demanda Wanda sur le pas de la porte.

Elle avait mis un jean et un pull propre. Ses cheveux étaient encore mouillés de la douche, et bien que son regard soit fatigué, elle était magnifique avec ses joues rosées et ses lèvres pleines et naturellement rouges.

Il tendit la main vers elle en secouant la tête.

— Non, mais Abby a amené quelqu'un pour toi.

Il souleva le chiot endormi d'une main. Lyric ouvrit les yeux et se mit à gigoter pour rejoindre sa maîtresse.

Les yeux de Wanda s'embrumèrent et elle prit le chiot pour le serrer contre sa poitrine.

— C'est exactement ce qu'il me fallait.

Elle leva les yeux vers le plafond et dit :

— Merci, Abs.

CHAPITRE 23

anda passa tout le week-end dans son jardin à préparer les parterres pour les futures plantations. Il était encore un peu tôt pour planter quoi que ce soit, mais il n'y avait pas de mal à désherber et à retourner la terre. Quand lundi matin arriva, pratiquement tout le jardin avait été mis en état pour l'été, avec de nouveaux massifs et des jardinières pour ses rebords de fenêtre.

Elle avait à peine dormi, même en s'épuisant ainsi, et c'était pour cela qu'elle était debout, assise sous son porche à l'aube. Même Lyric ne s'était pas levée avec elle. La chienne était restée au lit avec Cameron, qui n'était pas rentré chez lui de tout le week-end. Il avait passé son temps à la laisser se défouler physiquement pour exorciser son angoisse, et l'avait nourrie et tenue dans ses bras la nuit, pendant les quelques heures de sommeil qu'elle arrivait à grappiller.

C'était presque effrayant à quel point Wanda souffrait du départ de Blake. En seulement quelques semaines, elle avait complètement embrassé son rôle de tutrice et elle voulait vraiment ce qu'il y avait de mieux pour elle. S'enfuir avec un garçon à son âge n'était clairement pas une bonne chose, et plus le temps passait, plus elle commençait à en vouloir à Cam. À quoi est-ce qu'il pensait en aidant une mineure à s'enfuir de chez elle ? C'était impardonnable.

Elle n'avait pas fait part de ces pensées à Cameron, bien sûr. Il était clair qu'il avait ses propres peurs et se demandait si son fils comptait rentrer à Keating Hollow. Mais il n'aurait pas à attendre bien plus longtemps. On était lundi, le jour où Cam était censé être de retour au travail. Ils sauraient bientôt s'il avait effectivement l'intention de s'installer à Keating Hollow pour de bon ou non.

La lueur orange du soleil levant commença à poindre au-dessus de la montagne et pour la première fois depuis vendredi soir, Wanda ressentit un petit moment de paix.

Et c'est là que son téléphone sonna.

Le visage souriant de Blake apparut à l'écran, et Wanda sentit son cœur bondir hors de sa poitrine.

— Blake ? s'écria-t-elle. Où est-ce que tu es ?

— Wanda ?

— Cam, c'est toi ? Où est Blake ?

Et pourquoi était-ce Cam qui l'appelait et non sa sœur ?

— Elle est là, avec moi, dit-il.

Et c'est là qu'elle se rendit compte que sa voix tremblait.

— Qu'est-ce qui s'est passé ?

— On est allé à Red Bluff pour voir sa mère. Ça ne s'est pas bien passé. Blake est au lit depuis samedi après-midi et je n'arrive pas à la décider à se lever. Elle refuse de rentrer. Franchement, Wanda, je suis vraiment inquiet. Elle ne veut pas que je l'aide. Elle ne veut pas manger. Je ne sais pas quoi faire.

— Sa mère ? Karen ? C'est n'importe quoi. Sa mère ne vit pas en Californie.

— Je n'en sais rien, mais quoi qu'il en soit, Blake l'a vue

samedi. Elle ne m'a pas fait part des détails, mais d'après ce que j'ai pu comprendre, il semble que Blake pensait que sa mère voulait qu'elle revienne et qu'elles prendraient un appartement ensemble. Mais c'était un mensonge. Sa mère voulait juste de l'argent.

La nausée s'empara de Wanda à l'idée que Karen Danvers puisse utiliser Blake ainsi. Une nausée rapidement suivie de rage à l'état pur. Si jamais Karen se retrouvait sur son chemin à nouveau, elle le regretterait.

— Cam, donne-moi votre adresse. Cameron et moi serons là dès que possible.

WANDA ÉTAIT COMPLÈTEMENT sur les nerfs quand Cameron se gara sur le petit parking du motel. Le trajet jusqu'à Red Bluff leur avait pris deux heures et demie sur une horrible route en lacets. Ça la rendait malade parce que Red Bluff était complètement à l'opposé de la côte, et ils ne les auraient jamais retrouvés si Cam n'avait pas appelé.

— C'est là qu'ils étaient ? demanda Wanda en serrant le sac de potions qu'elle était passée prendre chez la guérisseuse en sortant de la ville.

Le bâtiment à un étage semblait dater des années soixante et si elle avait dû émettre une supposition, il n'avait pas été repeint depuis. Des débris jonchaient le parking, et il y avait quelques voitures hors d'état de conduire à côté d'une benne qui n'avaient probablement pas bougé depuis quatre-vingt-neuf.

— C'est probablement là où Karen leur a donné rendez-vous, dit Cameron.

Wanda hocha la tête et resta collée à lui alors qu'ils

montaient les marches en béton.

— Eh, jolie demoiselle. Tu as des bonbons pour moi ? l'interpella un type avec des cheveux longs et une barbe encore plus longue posté sur le seuil d'une chambre, juste devant eux.

— Dégage, ducon. C'est une sorcière de feu alors fous-lui la paix si tu ne veux pas te faire rôtir les miches, dit Cameron.

— Une sorcière de feu. Classe.

Il jeta un regard approbateur à Wanda, mais rentra dans sa chambre et referma la porte avant qu'ils ne l'atteignent.

— Je n'ai encore jamais rôti les miches de quiconque, dit Wanda. Botté des fesses, oui. Rôti, non.

Cameron pouffa de rire et serra sa main.

— Un peu de subtilité suffit parfois.

— La subtilité n'est pas mon fort, contra Wanda, consciente qu'elle était en train de raconter n'importe quoi juste pour ne pas devenir dingue.

— Nous y voilà, dit Cameron en s'arrêtant devant la porte 212.

Wanda avança et frappa.

La porte s'ouvrit et Cam apparut. Ses traits hagards s'illuminèrent de soulagement à l'instant où il les vit.

— Les dieux soient loués, souffla-t-il. Elle est juste là.

Wanda n'hésita pas. Elle passa devant lui et entra dans la chambre orange et marron. Il y régnait une odeur de renfermé et de moisi et elle ne put s'empêcher de se demander comment cet endroit faisait pour passer les visites d'inspection sur le plan de l'hygiène. À l'évidence, cela faisait des décennies que l'endroit n'avait pas été rénové et elle n'avait pas envie de songer à la quantité de salpêtre que les murs devaient recéler.

— Blake ? appela-t-elle en voyant sa sœur blottie en position fœtale sur un des lits.

Elle portait un pull et un tee-shirt, mais il était clair que, comme Cam l'avait annoncé, elle n'avait pas bougé depuis un moment. Il restait des traces de maquillage sous ses yeux et ses cheveux partaient dans toutes les directions.

Elle ne bougea pas et ne sembla même pas remarquer que Wanda était là. Celle-ci sortit de son sac une potion antidépressive que la guérisseuse avait recommandée pour les situations d'urgence et elle grimpa sur le lit pour s'asseoir à côté de Blake. Une odeur de lavande et de sueur rance l'assaillit, et elle essaya de se souvenir de respirer par la bouche.

— Eh, ma puce. J'ai un truc à te faire boire, d'accord ? la cajola-t-elle en lui caressant la joue du pouce. Tu veux bien prendre ça pour moi ?

Au moins, Blake la regarda, confirmant qu'elle avait dû l'entendre. Wanda dévissa le capuchon, fourra une paille dans le flacon, et approcha le tout de la bouche de sa sœur.

— Il faut que tu boives ça, Blake.

Pas de réaction.

— D'accord, tu n'es pas obligée. Mais si tu ne le fais pas, je n'aurai pas d'autre choix que de t'emmener aux urgences et ensuite, aucune de nous n'aura de contrôle sur ce qui se passera jusqu'à ce qu'on ait une évaluation globale de ton état.

Blake chercha son regard à nouveau.

— Tu veux bien essayer maintenant ?

Blake ouvrit juste assez la bouche pour que Wanda puisse y insérer la paille. Cette dernière attendit que sa sœur ait pris au moins un quart de la potion.

— Ça suffira pour l'instant, dit-elle en rebouchant le flacon. On va te ramener à la maison maintenant, d'accord, ma puce ?

Des larmes emplirent les yeux de Blake et elle lui adressa un petit hochement de tête.

Wanda fit signe à Cameron.

— Tu peux la porter jusqu'au SUV ? Pendant ce temps-là, Cam et moi on va rassembler ses affaires.

— Bien sûr.

Il l'embrassa sur le dessus du crâne et souleva Blake dans ses bras en lui murmurant les mêmes paroles apaisantes qu'il avait répétées à Wanda quand elle avait été si bouleversée par la disparition de l'adolescente.

Après qu'ils furent sortis de la chambre du motel, elle se tourna vers Cam.

— Tout est emballé ?

Il hocha la tête et ouvrit le placard. Les deux valises de Blake s'y trouvaient, ainsi qu'un sac à dos. Le jeune homme enfila le sac à dos et prit une valise dans chaque main.

— Je peux en prendre une, dit Wanda.

— Non. C'est bon. Vraiment, c'est le moins que je puisse faire.

Il jeta un coup d'œil au fauteuil élimé dans un coin de la pièce.

— Mais si tu pouvais prendre son sac et ses chaussures, ça serait parfait.

Wanda hocha la tête et fit le tour de la pièce pour vérifier que rien n'avait été oublié, et puis elle se hâta de rattraper Cameron et Blake.

Cam se tenait debout devant le SUV, les mains dans les poches, et il regarda Cameron déposer Blake sur le siège arrière.

— C'est ma faute, dit-il doucement. Je n'aurais jamais dû accepter de la conduire ici.

Wanda posa les affaires de Blake dans le coffre et se tourna vers lui.

— *Pourquoi* tu l'as conduite ici ? Tu savais qu'elle comptait quitter Keating Hollow pour de bon ?

Il écarquilla les yeux.

— Certainement pas. J'aurais essayé de la faire changer d'avis et je pense bien qu'elle devait le savoir. C'est pour ça qu'elle ne t'en a pas parlé. Elle n'avait pas envie de t'entendre dire qu'elle ne devrait pas faire confiance à sa mère. Quant à pourquoi je l'ai amenée ici, elle l'aurait fait avec ou sans moi et je ne supportais pas l'idée de la savoir ici toute seule, vu son histoire avec sa mère. Je voulais être là pour la protéger et la ramener à la maison dimanche.

Il eut un rire amer.

— Tu vois comme ça a bien fonctionné.

— Alors tu étais là pour la protéger ?

C'était quelque chose que Wanda voulait bien croire. Elle n'avait pas oublié que dès que les choses avaient commencé à mal tourner, il l'avait aussitôt appelée.

— Oui. Je suis vraiment désolé, Wanda. Je ne veux pas être le type qui a une mauvaise influence sur les autres. Je veux juste qu'elle aille bien. J'espérais que voir sa mère lui permettrait d'avancer, d'avoir des réponses, merde, j'en sais rien. Je ne pouvais pas la laisser faire ça toute seule.

Wanda lui serra doucement l'épaule.

— Ne te mets pas martel en tête. Je sais qu'elle est têtue et indépendante. Je te suis reconnaissante d'avoir voulu la protéger. Merci.

Il pencha la tête.

— Il n'y a pas de quoi me remercier. Je suis désolé qu'elle t'ait menti et d'avoir joué un rôle là-dedans.

— Tu as pris soin d'elle. Je t'en suis reconnaissante.

Wanda ouvrit la porte arrière du SUV et se glissa à côté de sa sœur. Blake se tourna pour la dévisager, le regard triste. Les larmes commencèrent à couler et elle murmura :

— Elle ne m'aime pas.

— Oh, ma puce.

Wanda passa un bras autour de son épaule et la serra longuement contre elle. Le corps secoué de sanglots, Blake finit par poser la tête sur les genoux de Wanda et serra ses deux mains dans les siennes.

— Je suis désolée.

— Chut. Ne t'en fais pas pour ça maintenant. Je comprends pourquoi tu es venue. Ce n'est pas grave. On va rentrer à la maison et puis on verra une fois là-bas. Tout va bien maintenant. Tu es en sécurité. Tu es aimée. Promis.

Wanda passa les deux heures et demie de route jusqu'à Keating Hollow à lui caresser les cheveux.

Quand Cameron se gara devant chez elle, l'adolescente dormait à poings fermés. Wanda lui adressa un sourire plein d'espoir.

— Tu crois que tu pourrais la porter à l'intérieur ?

Il pouffa doucement de rire.

— Ça marche. Où est-ce que je l'emmène ? Le canapé ? Sa chambre ?

— Il vaut mieux l'emmener à l'étage, dit Wanda.

Une fois que Blake et tous ses bagages furent en haut, Wanda raccompagna Cameron jusqu'à la porte.

— Merci pour... tout ce que tu as fait pour nous ces derniers jours. Franchement, je ne sais pas comment j'aurais tenu sans toi.

Cameron retira une mèche de devant les yeux de la jeune femme et dit :

— Je suis sûr que tu t'en serais sortie, mais merci de m'avoir autorisé à prendre soin de toi. Je sais que ce n'est pas vraiment ton point fort.

Ce fut au tour de Wanda d'avoir un petit rire.

— Non, en effet. Mais j'aime bien ça quand tu es là. Peut-être qu'une fois que tout ça se sera tassé, tu voudras bien que je t'invite à dîner pour te remercier ?

— Est-ce que Wanda Danvers vient de m'inviter à sortir avec elle ?

Il écarquilla les yeux, l'air faussement choqué.

— Je crois bien. Mais Cameron Copeland n'a pas encore répondu.

— Oh, je pensais que la réponse était évidente. Oui. C'est toujours oui pour toi.

Il prit sa joue dans sa main.

— Appelle-moi si tu as besoin de quoi que ce soit, d'accord ? Un dîner. Du chocolat. Un massage de pieds. Je viendrai tout de suite.

Bon sang, il était trop bon pour elle, et elle le savait.

— Cameron, dit-elle en fixant ses lèvres.

— Oui ?

— Là, j'ai juste besoin que tu m'embrasses, avec conviction, murmura-t-elle.

— Parfait.

Il se pencha, couvrit sa bouche de la sienne et prit son temps pour vénérer ses lèvres, la savourer et la taquiner de sa langue.

Quand il recula, le corps de Wanda la picotait de partout, et son cœur battait à tout rompre. Elle s'était complètement perdue en lui et pour une fois, cela ne lui avait pas foutu la trouille et donné envie de fuir.

— C'était parfait.

Il lui sourit, l'embrassa une dernière fois et dit :

— À bientôt, Wanda.

Elle le regarda monter dans son SUV et démarrer. Quand ses feux arrière disparurent à l'angle, elle ferma la porte pour remonter à l'étage et veiller sur sa sœur.

CHAPITRE 24

Cela faisait quatre jours que Wanda avait ramené Blake à la maison. Elles n'avaient toujours pas vraiment parlé de ce qui s'était passé à Red Bluff. Blake avait abordé le sujet une fois, mais elle s'était aussitôt remise à sangloter. Wanda lui avait dit qu'elles pouvaient attendre pour en parler et que tout ce qu'elle voulait, c'était que Blake aille mieux.

Elles travaillaient là-dessus. Wanda avait commencé par appeler Gerry Whipple, l'une des guérisseuses de la ville. Elle avait fait une visite à la maison et déterminé qu'à part une légère déshydratation, Blake allait bien sur le plan physique, mais qu'elle avait vraiment besoin de voir un professionnel de la santé mentale. Elle avait donné à Wanda les coordonnées de quelqu'un qu'elle recommandait pour les adolescents, et Wanda avait aussitôt pris un rendez-vous pour sa sœur. Elle avait eu une consultation trois jours de suite et aujourd'hui était le premier jour où elle s'y était rendue en conduisant elle-même.

Wanda attendait à la maison pour essayer d'aider Blake à regagner sa confiance et une certaine indépendance. Mais ce n'était pas facile. Elle n'arrêtait pas de regarder l'horloge en évaluant combien de temps prenait le trajet depuis Eureka. D'après ses calculs, Blake aurait dû être là depuis sept minutes.

Tic. Tac. Tic. Tac. Wanda n'arrivait pas à détacher ses yeux de l'horloge et pianotait sur la table de la cuisine avec ses ongles. Une minute de plus passa, et elle se leva. Si elle ne faisait pas quelque chose pour s'occuper, elle allait devenir dingue.

Vingt minutes plus tard, quand Blake arriva enfin, Wanda était plongée dans la confection d'une double fournée de cookies au sucre.

— Wanda ? Je suis rentrée, annonça Blake en entrant.

Lyric aboya et se précipita dans le salon pour la saluer. Wanda ne répondit pas de crainte de le faire avec hostilité. Elle avait trente minutes de retard, ce qui n'aurait pas été un problème normalement, mais les choses étaient différentes désormais. La confiance de Wanda avait été brisée, et même si Blake semblait allait mieux, elle ne savait pas si ou quand elle craquerait à nouveau. Toute déviation de la routine faisait monter son angoisse en flèche.

— Ah, tu es là, dit Blake avec un sourire en entrant dans la cuisine. Des cookies ? Besoin d'aide.

— Non merci. Ça va.

Wanda se remit à former des petites boules de pâte sur la feuille de papier sulfurisé en s'ordonnant de se détendre. Le chiot revint dans la cuisine et s'assit à ses pieds avec un air expectatif. Wanda baissa les yeux vers l'animal.

— Tu sais que tu ne manges pas de cookies.

Blake se tint là une minute avant de rentrer dans la cuisine pour vider le lave-vaisselle.

Wanda l'observa du coin de l'œil. Ce n'était pas que Blake n'était pas du genre à donner un coup de main dans la maison.

Elle le faisait avant Red Bluff, mais depuis qu'elle était revenue, elle passait le plus clair de son temps dans sa chambre. Ce nouveau comportement semblait être un progrès.

Wanda glissa les cookies dans le four et mit un minuteur. Elle se versa un verre de vin et passa dans le salon, Lyric sur ses talons. La boule de poils était devenue son ombre.

— On peut parler ? la rappela Blake.

Wanda se figea et se retourna lentement. Elle se racla la gorge.

— De ?

Blake s'empourpra. Elle évita le regard de Wanda et agita la main.

— De tout. De moi. De ce qui s'est passé.

— D'accord.

Wanda revint lentement dans la cuisine. Elle s'assit à table et attendit. Il ne fallut guère de temps à Lyric pour venir se blottir à ses pieds.

Blake s'assit en face d'elle et joignit les mains.

— D'abord, je sais que je t'ai déjà dit que j'étais désolée pour ce que j'ai fait, mais j'ai besoin de le dire à nouveau. Je suis désolée, Wanda. Je t'ai menti, je t'ai inquiétée, et j'étais prête à partir sans dire au revoir. C'était égoïste et lâche, et tu ne méritais pas ça.

Wanda avait envie de l'excuser, mais elle se retint. Elle savait déjà que les séances avec le psy avaient en partie pour but de faire en sorte que Blake apprenne à prendre la responsabilité de ses actions plutôt que d'accuser ses parents.

— D'accord. Merci de me dire ça.

Blake hocha la tête et croisa enfin son regard. Des larmes se formèrent dans ses yeux sombres, mais elle les ravala.

— J'ai besoin que tu saches que je ne voulais pas me

débarrasser de *toi*. Je voulais juste que ma mère ait envie d'être *avec moi*.

— Je sais, ma puce.

Wanda couvrit la main de Blake de la sienne.

— Mais merci de me dire ça aussi. Tu sais que je veux juste ce qu'il y a de mieux pour toi.

— Mes parents ne sont pas ce qu'il y a de mieux pour moi. Et c'est pour ça que je ne t'en ai pas parlé.

La douleur dans sa voix faillit briser Wanda. Elle aurait voulu de tout son cœur pouvoir absorber les blessures causées par des années de négligence et d'abandon pour que sa sœur n'ait plus à revivre cette douleur. Elle savait que c'était à cela que servait le psy et que Blake s'en sortirait, mais cela ne l'empêchait pas d'avoir envie de lui rendre les choses plus faciles.

— Je sais ça aussi, dit-elle avec un petit sourire.

Blake posa les deux paumes à plat sur la table et prit une grande inspiration.

— Je travaille sur mes problèmes de confiance avec le psy.

Wanda hocha la tête. C'était logique. Avec son éducation chaotique, il y avait beaucoup de choses à dénouer.

— Mon psy pense que je devrais te dire ce qui s'est passé avec ma mère.

— Est-ce que c'est ce que *toi* tu veux ? demanda Wanda.

Elle n'avait pas envie que Blake se sente obligée de lui parler. Elle avait désespérément envie de savoir ce que Karen lui avait fait, mais elle ne voulait pas obliger Blake à le revivre si elle ne le souhaitait pas. Après l'avoir vue brisée ainsi, Wanda aurait fait n'importe quoi pour lui éviter d'affronter à nouveau cette horreur.

— J'ai besoin que tu le saches parce que les chances qu'elle essaie de m'utiliser à nouveau sont de cent pour cent, et j'aurai besoin de parler à quelqu'un qui comprenne la situation.

— Cam n'est pas cette personne ? demanda Wanda, juste parce que c'était à lui qu'elle s'était confiée la première fois.

La mention de son nom fit sourire Blake.

— Cam est super, mais il n'a pas l'expérience que nous avons. Sa mère ne l'a pas abandonné volontairement. Et son père… eh bien, il ne savait même pas qu'il en avait un, mais ils sont devenus les meilleurs amis du monde ou quelque chose du genre en cinq minutes. Il a vachement plus de chance que nous dans le domaine parental.

Wanda ne put retenir un petit rire à ces mots.

— C'est vrai. OK, je suis prête. Explique-moi tout.

— Tu sais, quand tu m'as acheté le smartphone et que ma mère m'a envoyé un message quand j'ai donné le nouveau numéro à tous mes contacts ?

— Oui. Tu ne semblais pas avoir envie de maintenir le dialogue avec elle après ça.

— Je n'ai pas pu m'en empêcher. Je l'ai appelée le lendemain et elle était toute gentille, comme elle peut l'être parfois. Elle a dit que je lui manquais et qu'elle n'était plus avec papa. Dans les jours suivants, elle m'a parlé d'un appartement qu'elle comptait louer à Red Bluff. Elle a dit qu'elle travaillait dans un restaurant là-bas. Qu'elle voulait que je vienne vivre avec elle et qu'on reparte à zéro. Elle avait vraiment l'air de faire des efforts. Elle m'a dit que si je pouvais payer la caution, elle avait de quoi se charger du loyer.

Sa voix se brisa sur le mot loyer.

Wanda fulminait, mais elle ne voulait pas se mettre à pester au milieu du récit. Il fallait que ça sorte. Elle serra la main de Blake pour lui faire savoir qu'elle la soutenait.

— Elle a continué à insister. Elle savait que j'avais un travail parce que je le lui avais dit, et avec le recul, c'est là qu'elle a commencé à me monter la tête pour prendre mon argent. Elle m'a dit qu'elle vivait dans un refuge et que plus vite je viendrais, plus vite elle aurait un endroit sûr où habiter. Elle avait plein d'histoires et j'étais très partagée. Au final, j'ai décidé d'y aller. Cam ne voulait pas que j'y aille toute seule. Je n'étais même pas certaine que je resterais. J'ai pris mes vêtements, parce que si elle avait vraiment changé, j'avais un peu l'impression qu'il fallait que je sois là pour elle. Mais bien sûr, quand je suis arrivée, c'était un gros mensonge. Elle voulait juste mon fric. Elle m'a dit que son nouveau mec ne voudrait pas de moi.

Blake s'essuya les yeux et poursuivit :

— Elle m'a carrément poussée et m'a dit de partir avant qu'il me voie parce que sinon il s'attendrait à ce que je... travaille pour lui.

Son visage se décomposa et les larmes tombèrent de plus belle. Il lui fallut un moment pour se reprendre. Quand elle parla à nouveau, sa voix avait la dureté de l'acier.

— Je lui ai dit que je le tuerais avant, et elle m'a giflée. Je suis partie sans un regard en arrière. Quand je suis arrivée au motel, je me sentais vide, je suis tombée sur le lit et tu connais la suite.

Wanda ne put en supporter davantage. Elle retira délicatement ses pieds de sous le petit corps chaud de Lyric et fit le tour de la table pour prendre sa sœur dans ses bras.

— Tu mérites tellement mieux que ce que Karen peut t'offrir, ma douce, murmura-t-elle. Je suis fière de toi pour t'être défendue. Et aussi pour avoir de l'empathie pour une femme qui a passé la majorité de sa vie à souffrir d'une addiction. Elle a besoin d'aide, mais tu ne lui dois rien. Ça n'a pas besoin d'être toi. La prochaine fois qu'elle te fait un coup du genre – et on sait toutes les deux qu'elle le fera –, tu auras les outils pour la gérer. Et si ça devient difficile, tu viens me chercher. On s'en occupera ensemble. C'est d'accord ?

Blake hocha la tête et s'accrocha à elle de toutes ses forces. Enfin, elle lâcha dans un sanglot :

— Je suis désolée de t'avoir inquiétée.

— Je suis désolée que tu aies dû subir ça de la part de la femme qui est censée t'aimer et te protéger.

Elles s'accrochèrent longuement l'une à l'autre et quand Wanda recula enfin, elle regarda Blake dans les yeux et dit :

— Je t'aime. Je comprends ce qui s'est passé, et il n'y a rien à pardonner. À la seconde où tu as été de retour ici, en sécurité, c'était passé. Promets-moi juste un truc, tu veux ?

— Quoi ?

Wanda serra les mains de sa sœur et dit :

— Je veux qu'on soit franches l'une avec l'autre. Sans ça, on ne peut pas avoir de confiance. Et je crois que la confiance est peut-être le truc le plus important pour nous deux, tu ne penses pas ?

— Oui, répondit Blake en hochant la tête de bon cœur.

— Alors, ici et maintenant, on va se promettre que quoi qu'il arrive, on sera franches l'une avec l'autre.

Blake leva son petit doigt. Avec un grand sourire, Wanda le serra avec le sien.

— À trois ? demanda-t-elle.

Blake hocha la tête et quand Wanda fut arrivée à trois, elles dirent toutes les deux :

— Promis juré.

Elles se mirent à rire.

Le minuteur des cookies sonna et, toujours en pouffant, Wanda alla les sortir du four. Suivie de Lyric, Blake la rejoignit tandis qu'elle les faisait passer sur une grille de refroidissement.

— Alors, en toute franchise, qu'est-ce qui se passe entre Cameron et toi ?

Wanda laissa échapper un rire surpris. Elle ne s'était pas attendue à cette question.

— Je ne sais pas. Je suppose qu'on sortait ensemble et maintenant…

Elle haussa les épaules.

— Ça a été un peu mouvementé ces derniers temps. On verra.

— Je peux juste dire un truc et ensuite je te fiche la paix ? demanda Blake.

— Heu, d'accord.

Avait-elle vraiment envie de l'écouter ? Elle n'en était pas certaine, mais elles venaient de se jurer d'être franches, alors il fallait mettre cela à l'épreuve désormais.

— Je t'ai entendu dire à Cameron que tu pensais que ce n'était pas un bon moment pour une relation parce qu'il fallait que tu te concentres sur moi. Et je veux juste que tu saches que je trouve que vous allez bien ensemble. C'est un mec génial, pour autant que je puisse en juger. Tu devrais foncer.

Wanda secoua la tête, amusée par la tournure qu'avait prise la conversation.

— Vraiment ? Tu penses que c'est une bonne idée de sortir avec quelqu'un qui vit dans une autre ville ?

— D'abord, il emménage ici. Cam me l'a dit hier. Et ensuite, oui. Pourquoi tu crois que je l'ai invité ici, l'autre soir ?

— Quel soir ?

— Quand je t'ai dit que j'avais effacé un spam sur ton téléphone, juste après t'avoir balancé que Cam était son fils. Oups.

Elle grimaça.

— C'était un autre mensonge. Mais le seul, a priori.

— Tu l'as invité ici ? Vraiment ? demanda Wanda en se souvenant de cette soirée.

Ils étaient restés dans le salon et ils avaient beaucoup parlé. Elle avait passé un très bon moment.

— Vraiment.

Blake afficha un sourire espiègle.

— Maintenant, va lui dire que tu veux être sa petite amie ou je ne sais quoi, parce qu'il est déjà à moitié amoureux de toi. Et tu mérites quelqu'un comme lui dans ta vie.

Elle attrapa deux cookies, lui fit un clin d'œil et baissa les yeux vers le chiot pour dire :

— Viens, Lyric. Allons jouer.

CHAPITRE 25

*A*ssis à son bureau dans le studio au rez-de-chaussée de la maison louée par ses parents, Cameron fixait la page blanche du script qu'il était censé écrire. Cela faisait des semaines qu'il n'avait pas travaillé efficacement. Son inspiration s'était envolée, quelque part entre Vancouver et Keating Hollow.

Quand il s'agissait de travailler sur *Vallée de Feu* en tout cas.

Mais quand il travaillait sur un projet personnel centré sur une rousse volcanique dans une petite ville magique... là, les idées venaient toutes seules.

Frustré que les mots ne lui viennent pas pour le projet sur lequel il était censé travailler, il ferma le fichier de *Vallée de Feu* et ouvrit *La Muse du sorcier*. Il se sentit instantanément plus léger et commença à travailler sur une scène touchante entre la protagoniste et sa jeune sœur qui était récemment revenue dans sa vie après plusieurs années de séparation.

Ses doigts volèrent sur le clavier alors que les mots se déversaient hors de lui. Il ne savait pas combien de temps il était resté assis là, mais quand il eut enfin fini le chapitre où l'héroïne rencontrait son héros, il s'appuya à son dossier et regarda son compte de mots.

Plus de quatre mille mots en seulement trois heures.

Et c'était formidable d'être de nouveau en selle, même si ce n'était pas un travail pour lequel il avait un contrat... pour le moment. Il avait le sentiment qu'il n'aurait pas trop de mal à le placer et s'il le faisait, il trouverait un moyen de le produire lui-même.

Il se leva pour s'étirer et entendit frapper à la porte. Ce devait être un de ses parents qui passait pour lui dire qu'ils sortaient faire un tour. Ça leur arrivait souvent. Il passa une main dans ses cheveux en bataille, rejoignit la porte, et se retrouva incapable de prononcer un mot quand il découvrit Wanda dans un jean moulant et un chemisier en soie rouge qui mettait superbement en valeur son décolleté généreux.

— Salut, dit-il en sentant un sourire idiot étirer ses lèvres.

Il demeura dans l'encadrement de la porte ouverte.

— Qu'est-ce qui t'amène aujourd'hui ?

Elle leva vers lui un Tupperware qu'il n'avait pas remarqué jusqu'alors.

— J'ai fait des cookies. Je me suis dit que ça t'intéresserait peut-être.

— Des cookies ? répéta-t-il.

Bon sang, qu'est-ce qui clochait chez lui ? Il venait d'écrire une scène de première rencontre mignonne et spirituelle et voilà qu'en vrai, il se retrouvait à bafouiller comme un abruti.

— Oui, des cookies, fit-elle en riant. Je peux entrer où tu comptes me faire poireauter là toute la journée ?

— Oh ! Ah oui.

Il se mit à rire et lui fit signe d'entrer.

— Désolé. Visiblement, je suis tellement surpris de te voir que j'ai du mal.

Elle posa une main sur son torse en passant et lui souffla un baiser.

— Je suis sûre que tu vas t'en remettre.

Il sentit son cœur fondre et se répandre en une petite flaque à ses pieds. C'était la Wanda qui l'avait fait craquer au début. Pleine d'assurance, drôle, charmeuse. Mais il savait maintenant qu'elle était aussi une personne attentionnée, équilibrée, avec un cœur en or, et il était absolument partant. Il fallait juste qu'il la convainque qu'il en valait le coup.

Debout dans son petit appartement, elle regarda autour d'elle : le grand lit dans un angle, le bureau fixé au mur, et le petit coin salon. Ce n'était pas immense, mais les grandes baies vitrées inondaient la pièce de lumière et il y avait une vue superbe sur la vallée.

Quand elle se tourna vers lui pour le regarder, il lâcha :

— Tu avais raison.

Elle haussa un sourcil curieux.

— À quel propos ?

— Le jour où on s'est disputés chez toi, quand j'ai dit que je voulais davantage… commença-t-il.

Les yeux de la jeune femme s'écarquillèrent de panique à ces mots. Il se hâta de finir son explication pour qu'elle ne pense pas qu'il allait de nouveau trop loin.

— Tu as dit que j'insistais alors que tu n'étais pas prête. Et tu avais raison. Tu avais tellement à gérer avec ta sœur, et je ne voulais pas te causer davantage de stress. Je veux être celui qui t'aide à souffler. Alors je voulais juste te dire que je suis toujours partant, mais je vais attendre patiemment que tu sois prête. Plus d'insistance. Plus d'attentes. Mais je reste là.

Les lèvres de Wanda se retroussèrent en un sourire et ses yeux pétillèrent de ce qu'il ne pouvait qu'imaginer être du bonheur. Elle était radieuse, et il dut faire appel à toute sa volonté pour ne pas s'approcher et l'embrasser. Ils avaient besoin de cette conversation.

— J'ai entendu dire que tu emménageais à Keating Hollow. Cam l'a dit à Blake, et Blake me l'a dit. Tu comptes rester ici, ou bien tu vas chercher un appartement un peu plus grand… et peut-être un peu plus intime ?

Il la contempla en se demandant où elle voulait en venir. Il connaissait le ton de sa voix. C'était celui qu'elle prenait juste avant de commencer à retirer ses fringues.

— Qu'est-ce qui se passe, là ?

Elle rit et avança pour poser ses paumes à plat sur son torse.

— Je flirte avec toi. Est-ce que ça fait si longtemps que tu as oublié à quoi ça ressemblait ?

— Non, mais je m'interroge sur ce changement de direction. Je viens juste de te dire que je prenais mes distances parce que je ne voulais pas te mettre la pression et pourtant…

Il jeta un coup d'œil vers le lit, mourant déjà d'envie de l'y traîner.

Elle pouffa à nouveau de rire.

— Désolée, tu es juste si canon quand tu es en mode auteur. Je crois que ce sont les cheveux en bataille. Ça veut dire que tu étais en train de créer et ça me plaît.

— Wanda, gémit-il. Tu me rends dingue, là.

Elle le regarda droit dans les yeux et annonça :

— Je suis venue ici pour te dire que j'avais tort.

— Toi ?

— Oui, moi. J'utilisais Blake comme excuse pour te tenir à distance. La vérité c'est que je suis folle de toi, mais que j'ai la trouille. Blake n'est pas la seule à avoir été abandonnée. Mon père nous a quittées quand j'étais très petite et ma mère a dû travailler dur pour qu'on garde un toit au-dessus de nos têtes.

Et puis elle m'a été arrachée bien trop tôt. Comme elle n'a jamais eu de relation qui ait fonctionné, je crois que je me suis mis en tête que ce n'était pas quelque chose pour moi non plus.

Cameron avait envie de la serrer dans ses bras et de lui dire qu'il ne lui ferait jamais de mal et ne la décevrait jamais, mais il savait que ce n'était pas une bonne idée. Elle avait des choses à dire, et il devait la laisser le faire. De toute façon, il ne pouvait pas lui promettre cela. Les seules promesses qu'il pouvait lui faire, c'était de l'aimer et de la respecter.

— Je comprends. Ce ne sont pas vraiment des exemples qui inspirent la confiance.

— Même Lin Townsend, mon substitut paternel, son mariage s'est effondré, et c'est l'homme le plus adorable que je connaisse. Mais il faut que je me rappelle qu'il est avec Claire depuis quinze ans. Et puis il y a les Pelsh, et tes parents et, bon sang, toutes mes amies. Elles sont toutes mariées et heureuses en ménage. Pourquoi pas moi ?

— Tu veux te marier ? la taquina-t-il juste parce qu'il était incapable de s'en empêcher.

— Si tu te tenais devant l'autel avec moi, j'y réfléchirais, dit-elle en lançant son propre défi.

Il se mit à rire.

— Oh, il vaudrait mieux que ce soit moi à ton côté à l'autel, sinon ça voudra dire que j'aurai des fesses à botter.

Elle se hissa sur la pointe des pieds pour l'embrasser tendrement. Cameron l'enlaça aussitôt et la serra fort contre lui.

— Qu'est-ce qu'on vient de décider, là ?

— De se fiancer, à l'évidence, dit-elle, et ses lèvres frémirent d'amusement.

— Ne dis pas ça à moins de le penser, Wanda. Parce que je

ne joue pas. Je veux y aller franco et tout mettre à plat. Je suis amoureux de toi.

Elle le fixa, la bouche entrouverte d'une surprise qui n'était pas feinte cette fois.

— Je sais que tu ne t'attendais pas à ce que je dise cela, dit-il en repoussant une mèche de cheveux de ses yeux. Et je ne te mets toujours pas la pression. Je le dis parce que c'est vrai, pas parce que je m'attends à ce que...

— Je t'aime aussi, espèce de nigaud. Je t'aime, et c'est ce que je suis venue te dire.

Elle jeta ses bras autour de lui à nouveau et cette fois, ils s'embrassèrent sans aucune retenue.

Quand ils reprirent enfin leur respiration, Cameron fronça les sourcils.

— Est-ce que ça veut vraiment dire qu'on est fiancés ? Je pensais que je ferais une demande beaucoup plus classe que ça.

Elle pouffa de rire.

— Bon, si on commençait par être dans une relation exclusive ? Et peut-être réfléchir à emménager ensemble avant de parler de fiançailles. Mais seulement si ce n'est pas ici. J'adore tes parents, mais je ne veux pas vivre chez eux.

— Est-ce que ça veut dire que je peux te présenter comme ma petite amie désormais ? la taquina-t-il.

— Tu as intérêt si tu ne veux pas avoir l'empreinte de mes chaussures sur ton derrière.

— Enfin.

Il lui prit la main et dit :

— Viens. J'ai quelque chose à te montrer.

— Oh ? Quoi ?

Elle le suivit jusqu'à une Jeep blanche, garée dans l'allée.

— J'ai rendu la voiture de location et acheté celle-ci. Qu'est-ce que tu en penses ?

— Elle est décapotable ?

— Bien sûr.

— Alors c'est parfait.

Wanda l'observa tout au long du trajet qui les mena en bas de la montagne jusqu'à la lisière de la ville, et au-delà de la propriété des Townsend, sur le terrain qu'elle avait toujours voulu, mais qu'elle ne pensait pas pouvoir gérer toute seule.

— J'ai entendu dire que tes parents songeaient à acheter ce terrain pour une exploitation agricole.

— En effet, mais ce n'est qu'une partie de l'information.

Ils quittèrent le chemin en terre pour traverser un pâturage jusqu'à une section du terrain qui était en partie occupée par des séquoias, avec un petit pré au bord d'un ruisseau. La Jeep s'arrêta et Cameron demanda :

— Qu'est-ce que tu en penses ?

— C'est superbe. En fait, j'ai toujours pensé que si j'avais assez de courage pour m'attaquer à ces quatre hectares, c'est exactement là que je mettrais ma maison.

Cameron hocha la tête.

— Oui. Moi aussi. Tu veux venir avec moi quand je ferai faire les plans ?

— Quoi ? Ce terrain est à toi ? Je croyais que c'étaient tes parents les acheteurs.

Cameron sauta de la Jeep et rejoignit son côté à petites foulées pour ouvrir sa portière avant qu'elle n'ait l'occasion de le faire et l'aider à descendre dans l'herbe.

— Mes parents comptaient l'acheter, mais il s'avère que s'ils ont assez pour le terrain, ils n'ont pas un assez gros capital pour lancer une exploitation agricole. Alors je me suis associé à eux à la condition que je puisse construire notre maison ici.

Wanda arracha son regard du ruisseau pour se tourner vers lui.

— Tu as dit *notre* maison.

— En effet. J'aimerais construire la maison de tes rêves ici, Wanda Danvers, et ensuite, je veux sortir avec toi aussi longtemps qu'il le faudra pour que tu sois prête à devenir ma femme.

— Comment c'est possible ? demanda-t-elle d'une voix émerveillée. Ce n'est pas ce à quoi je m'attendais quand je me suis pointée chez toi aujourd'hui.

— Ah bon ? À quoi tu t'attendais ?

Elle haussa les épaules.

— Oh, je ne sais pas. À m'excuser, te faire des choses, et partir en sachant que j'ai enfin un petit ami que je compte garder.

— Tu peux toujours me faire des choses, dit-il en l'attirant vers les arbres. Il n'y a personne ici, à part toi et moi et peut-être quelques biches.

Wanda sourit et dit :

— Fais attention à ce que tu souhaites.

— Oh, j'ai été très prudent, gronda-t-il en la tirant vers lui. Très, très prudent.

En riant, Wanda se détacha et s'élança vers les arbres. Cameron la rattrapa et la plaqua au sol, où ils restèrent dans les bras l'un de l'autre une bonne partie de l'après-midi.

CHAPITRE 26

— *T*u es prêt ? demanda Cameron à son fils, à l'entrée du Café Incantation.

— Aussi prêt que possible, je suppose.

Cam serrait dans sa main la carte d'anniversaire que Jessie lui avait envoyée bien des années auparavant. Il ouvrit la porte du café. Cameron le suivit à l'intérieur et repéra aussitôt le couple qui devait être Jessie et sa partenaire. Elles étaient assises à une table dans un coin, à une bonne distance des autres clients. C'était un bon emplacement pour avoir un peu d'intimité.

— Cam ?

Une grande femme mince aux cheveux argentés coupés court bondit de sa chaise et ouvrit les bras comme si Cam était censé s'y jeter.

— Jessie !

Son visage s'éclaira de joie et il se précipita pour l'étreindre. Il la souleva et la fit tourner autour de lui avant de la reposer sur ses pieds.

— Je n'arrive pas à croire que tu sois là.

— Moi non plus, dit-elle en essuyant une larme solitaire sur sa joue. Franchement, je pensais ne jamais te revoir.

Jessie se tourna vers Cameron et déclara d'une voix malicieuse :

— Vous devez être le mythique Cameron Copeland.

— Mythique ? demanda Cameron en lui serrant la main.

— C'est comme ça que Tori parlait de vous, dit-elle avec un sourire triste. Je suis tellement désolée. J'ai vraiment essayé de la pousser à vous contacter. C'était un vrai sujet de conflit entre nous.

— Alors tu savais, dit Cam dont l'expression s'assombrit de contrariété.

— Je savais, confirma Jessie.

Elle les conduisit jusqu'à sa table.

— Cameron, Cam, voici ma partenaire, Trish.

Trish était plus petite et plus ronde que Jessie, avec des cheveux sombres ondulés qu'elle avait rassemblés en une longue tresse.

— Bonjour. Ravie d'enfin vous rencontrer tous les deux.

Elle serra Cam dans ses bras et quand elle se tourna vers Cameron, il crut qu'elle allait lui serrer la main, mais au lieu de cela elle l'étreignit lui aussi et dit :

— Désolée. Je ne peux pas m'en empêcher. Les câlins, c'est dans ma nature.

Il pouffa de rire.

— Pas de souci. C'est de famille chez moi aussi.

Ils s'assirent tous et le silence s'installa. Au bout de quelques secondes, Cameron se releva.

— Vous voulez quelque chose ? Je vais me chercher un café. Cam ?

— Un grand moka avec de la chantilly.

— On a ce qu'il faut, répondit Jessie en désignant leurs tasses.

Cameron hocha la tête.

— Je vous laisse commencer à discuter. Je reviens bientôt.

Après avoir commandé, Cameron resta au bar pour observer Cam interagir avec Jessie. Il souriait pendant qu'elle et sa compagne se relayaient pour raconter une histoire, et au bout d'un moment, ils furent tous les trois en train de rire.

Il aurait pensé être aigri ou ressentir une pointe de jalousie en voyant son fils avec quelqu'un qu'il ne connaissait pas et qui avait joué un rôle majeur dans son enfance. Au lieu de cela, il se sentait reconnaissant que Cam renoue des liens avec quelqu'un qu'il avait aimé, en qui il avait eu confiance, même si cela n'avait été que durant une période assez brève. Quand les boissons furent prêtes, il retourna à table et garda le silence pendant qu'ils parlaient tous les trois de la vie de Jessie et Trish.

Elles vivaient sur la côte nord, à Tahoe, et travaillaient comme monitrices de ski en hiver et proposaient des tours en voilier en été. Cameron était impressionné. Elles semblaient mener une vie merveilleuse, détendue, où elles faisaient ce qu'elles aimaient à longueur de journée.

— Et vous, Cameron ? demanda Trish. Qu'est-ce que vous faites dans la vie ?

Il haussa les sourcils, surpris. Il pensait que si Jessie avait entendu parler de lui quand Cam était petit, elles savaient probablement qu'il avait écrit son premier scénario juste en sortant de la fac. Sa carrière avait décollé immédiatement.

Cam leva les yeux au ciel.

— Il est scénariste. Il a un film et une série qu'il a co-écrit avec Miranda Moon, et les deux sont en tournage en ce moment.

— Scénariste ? répéta Jessie, surprise. Tori m'avait dit que vous étiez un artiste sans le sou. Elle avait présenté les choses comme si vous vendiez des tableaux sur le quai de Santa Monica.

Cameron aboya de rire.

— C'est bien Tori, ça. Elle n'a jamais été impressionnée par mes ambitions. Elle ne trouvait pas ça réaliste.

— Réaliste, dit Jessie avec un hochement de tête. Tout comme être monitrice de ski. C'était un de mes buts sur le long terme d'arriver à un point où je puisse vivre la vie que je mène désormais, mais Tori fronçait le nez à cette idée. Elle disait toujours que le ski et la voile n'étaient pas de vrais métiers.

Trish secoua la tête avec tristesse.

— C'est dommage qu'elle n'ait pas pu comprendre les rêves des autres. À quoi c'était dû, tu penses ?

— Elle voulait être une artiste elle aussi, dit Cameron. Son père a refusé de payer ses études à moins qu'elle ne choisisse une filière pratique. C'est pour ça qu'elle a étudié la compta. Elle a terminé et est devenue comptable ?

— Oui, confirma Jessie en prenant une gorgée de sa boisson. Et elle détestait ça. Mais je n'ai jamais su qu'elle voulait être une artiste. Je savais qu'elle était douée. Elle a fait quelques portraits de Cam quand il était petit.

Jessie plongea la main dans un sac en toile et en sortit un portefeuille. D'un mouvement du poignet, elle fit apparaître un portrait miniature d'un enfant d'environ cinq ans.

— C'est Cam ? demanda Cameron, émerveillé par le détail de la peinture. C'est superbe.

— En effet. Elle l'a réalisé à partir d'une photo de toi, Cam. Elle me plaisait tellement que ta mère a fait ça pour moi.

— Ouah, dit-il. Elle avait vraiment du talent. Même si j'ai l'air d'un gros benêt et que je ne suis pas sûr de tes goûts si ma bouille te plaît autant. Mais je suppose que je peux passer outre. Tu as fait tout le trajet depuis Tahoe.

Ils restèrent assis là à échanger des anecdotes pendant une bonne heure avant que Cam ne finisse par s'impatienter et demande enfin.

— Pourquoi elle ne m'a jamais parlé de mon père ?

Le silence se répandit sur la tablée et toute la gaieté légère qui y avait régné disparut.

Jessie se racla la gorge.

— Je crois qu'elle avait peur.

— De quoi ?

Jessie posa sa main par-dessus la sienne.

— Que tu veuilles le rencontrer et que tu ne sois plus tout à elle.

Le ventre de Cameron se serra d'écœurement alors qu'il commençait enfin à comprendre quel avait été le problème dans sa relation avec Tori.

— Tout à elle ? Je ne suis pas une chose. Je suis une personne, souffla Cam.

— Nous le savons, dit Jessie d'une voix apaisante. Elle le savait aussi, mais avant de t'avoir, sa vie tournait autour de ce que les gens voulaient pour elle. Son père avait ses idées. Cameron avait les siennes. Même ses grands-parents avaient des règles sur ce qu'elle avait le droit de faire avec le petit héritage qu'ils lui avaient laissé. Elle avait l'impression de devoir travailler dur pour mériter l'amour de tous les gens qui faisaient partie de sa vie, à part toi. Toi, tu l'aimais, peu importe ce qu'elle pouvait faire. Tu te fichais qu'elle soit comptable ou non. De l'endroit où elle vivait, de la personne avec qui elle sortait. Tu l'aimais inconditionnellement. Et elle en avait terriblement besoin.

Avant cette révélation, apprendre que Tori pensait qu'elle

devait mériter son amour aurait profondément blessé Cameron. Mais il comprenait maintenant. Elle avait toujours essayé de se conformer à ce que les gens voulaient d'elle. Et Cameron, sans s'en rendre compte, était devenu un obstacle entre elle et sa famille. Il l'avait toujours encouragée à se consacrer à son art, mais si elle l'avait fait, son père aurait été mécontent. Et ne pas se consacrer à son art lui donnait sans doute l'impression de décevoir Cameron. Mais cela n'expliquait toujours pas pourquoi elle lui avait dissimulé sa grossesse.

Jessie avait-elle raison ? Tori avait-elle pensé qu'il lui arracherait son enfant ? Un frisson parcourut sa colonne vertébrale à cette pensée. Cameron n'aurait jamais fait une chose pareille.

— Cameron ? l'interpella Jessie.

— Hein ?

— Est-ce que ça va ?

Il cligna des yeux et hocha la tête.

— Je suis juste en train d'analyser ce que vous venez de dire, et peut-être que je comprends mieux certaines choses.

— L'important dans tout ça, c'est que Tori avait peur de ce qu'elle voulait réellement. Elle était attirée par les rêveurs passionnés qui souhaitent vivre leur vie selon leurs termes et chaque fois que l'un de nous commençait à la pousser à faire de même, elle prenait la fuite. C'est ce qu'elle a fait à ton père, Cam, et à quelques autres avant moi. Je suis sûre qu'il en aurait été de même avec moi si cela avait duré plus longtemps entre nous. Au lieu de ça, elle m'a fichue dehors parce que je n'étais pas d'accord avec ses choix.

Jessie s'interrompit pour prendre une longue gorgée d'eau avant de reprendre :

— Quant au fait qu'elle ne vous ait rien dit, Cameron,

d'après elle, elle a mis plusieurs mois avant de se rendre compte de sa grossesse, et arrivée là, elle était terrifiée de vous faire face à cause de la façon dont elle était partie. Alors elle a fait l'autruche et décidé que la question était réglée.

— Ça ressemble effectivement à Tori, dit Cameron. Je ne pense pas que je serai jamais en paix avec le fait d'avoir manqué l'enfance de Cam, mais je peux dire que je suis heureux qu'il vous ait eu dans sa vie pendant un petit moment. Il est évident que vous l'aimez. Alors merci d'avoir pris soin de lui. Je vous en suis reconnaissant.

Cam étreignit son père, avant de reprendre la conversation avec Jessie. C'est ainsi qu'il apprit qu'elle lui avait envoyé des cartes pour son anniversaire et Noël chaque année après son départ. Jessie n'avait été mise au courant du décès de sa mère que lorsque la dernière carte d'anniversaire lui avait été renvoyée.

— Tous les ans ? répéta Cam. Tous les ans, et elle ne me les a pas données.

Il passa une main dans ses cheveux, vraiment mécontent.

— C'est vraiment n'importe quoi comme comportement. La vache.

— Je suis désolée, Cam. Ça me rend dingue de savoir que tu as cru que je t'avais abandonné moi aussi. Mais ce n'est pas le cas. Je t'emmène partout où je vais, dit-elle en tapotant son portefeuille. Là, et dans mon cœur.

Peu après cela, ils prirent congé du charmant couple de la Sierra. Jessie et Trish promirent de revenir en été passer un peu de temps avec Cam.

— J'ai hâte, dit Cam.

Mais la lumière avait disparu de son regard. Il était en colère. Et qui aurait pu lui en vouloir ? Il avait appris beaucoup sur sa mère, des éléments dont elle ne pouvait se défendre. Cela faisait beaucoup d'informations à absorber.

— Est-ce que ça va ? lui demanda Cameron alors qu'ils sortaient du café.

— Pas trop, là, mais ça ira. J'ai toujours su qu'elle n'écoutait qu'elle-même. Et franchement, à quoi je m'attendais ? À une version magique de cette histoire où ma mère n'aurait pas eu le mauvais rôle ? Elle nous a tenus éloignés l'un de l'autre par pur égoïsme. C'est impardonnable.

Cameron était d'accord.

— C'est vrai, mais tu peux apprendre à l'accepter. C'est tout ce qu'on peut espérer. Alors prends le temps d'accueillir tes émotions, et ensuite, essaie d'aller de l'avant. C'est tout ce que tu peux faire.

Cam jeta un coup d'œil à son père.

— Tu as l'air davantage... en paix. Est-ce que cette conversation t'a aidé ?

— Tout à fait. Je commence enfin à comprendre pourquoi elle a fait ce qu'elle a fait. Et je vais pouvoir arrêter de me demander ce que *moi* j'ai fait de mal. Parce que la réponse c'est : rien. Et toi non plus, mon fils. Souviens-t'en.

Cam hocha la tête d'un air pensif. Quand ils arrivèrent à la Jeep, il regarda son père.

— Tu sais quoi, papa ?

— Quoi donc ?

— Je t'aime.

Cameron lui adressa un sourire rayonnant.

— Je t'aime aussi. Maintenant, filons retrouver les sœurs Danvers. On est attendus à un mariage.

CHAPITRE 27

*a*melia Holiday donna un coup de fourchette dans le gâteau de mariage et essaya de ne pas donner l'impression qu'elle était prête à se noyer dans la fontaine de champagne. Y avait-il pire que d'être forcée d'assister à un mariage le jour de la Saint-Valentin, alors que vous étiez célibataire et enceinte ?

Ton ex pourrait être là. Ça, ce serait pire, lui fit remarquer fort à propos la petite voix dans sa tête.

— La ferme, marmonna-t-elle en priant de ne pas être en train de se porter la poisse.

Grayson Riley. Comment se faisait-il que le type avec qui elle avait eu une relation passionnée pendant quelques mois à Cape Cod se soit retrouvé à Keating Hollow ? Elle savait qu'elle était lâche. Le jour où il était venu la chercher à la Galerie K, elle avait paniqué. Elle n'aurait jamais dû se cacher derrière le comptoir. Cela aurait été la parfaite occasion de lui annoncer la nouvelle, mais elle n'avait pas du tout été prête.

Maintenant, elle allait devoir se mettre à sa recherche et, étant donné qu'elle ne voulait plus jamais le revoir, c'était quelque chose qu'elle avait très envie de repousser le plus longtemps possible.

Elle releva la tête et essaya de penser à n'importe quoi d'autre que Grayson et se concentra sur les superbes décorations magiques. Ils étaient dans le vignoble des Pelsh, sans doute parce que c'était le seul endroit avec une salle assez grande pour un mariage en intérieur auquel quasiment toute la ville était conviée. Ce qui voulait dire que les sorciers et sorcières les plus puissants de la ville étaient tous présents, et ils s'étaient lâchés.

Au centre de chaque table, il y avait des bougies dont les flammes faisaient défiler diverses photos de Shannon et Brian. Cela allait de quand ils étaient enfants au présent, et ces images racontaient l'histoire de leurs vies. Des sculptures de glace en forme de Cupidon s'étaient éveillées après la cérémonie et tiraient leurs flèches inoffensives au hasard sur les gens qui dansaient. Mais l'enchantement préféré d'Amelia était le bar à chocolat personnalisé. Tout ce que vous aviez à faire, c'était penser au genre de chocolat que vous vous vouliez, et il se matérialisait sous vos yeux.

— Amelia ! Qu'est-ce que tu fais là toute seule ? demanda Hanna Pelsh en s'avançant, une bouteille de champagne à la main.

— Je souffle un peu, dit Amelia en agitant la main vers la piste. Rex m'a fait virevolter tant de fois que je crois que la tête me tournera toujours quand je la poserai sur l'oreiller ce soir.

— Ton frère est un excellent danseur. Il a pris des cours quand il était petit ? demanda Hanna.

— Non. Mais je crois que lui et Holly suivent des cours de danses de salon. Elle a dit qu'elle travaillait sur une liste, genre quarante choses à faire avant d'avoir quarante ans, ou un truc du style. Et Rex est tellement dingue d'elle qu'il fait ses quatre volontés.

— Ça, c'est bien vrai.

Holly se laissa tomber sur une chaise à côté d'Amelia.

— Eh, Hanna. Comment ça va ?

— Bien.

Elle leva la bouteille de champagne.

— Je te ressers ?

— Carrément.

Elle poussa son verre et celui d'Amelia vers Hanna.

— Une ration pour deux, s'il te plaît.

— Oh, non. Pas pour moi.

Amelia jeta un regard incrédule à Holly. Sa belle-sœur savait qu'elle ne pouvait pas boire.

— T'inquiète, les deux sont pour moi, lui dit-elle avec un clin d'œil. Il faut que je me réhydrate après avoir dansé comme ça.

— Ah oui, sans blague, se moqua Amelia.

Mais la vérité, c'était qu'elle était jalouse de ne pas pouvoir se joindre à elle. Elle aimait le champagne, mais il fallait bien faire quelques sacrifices quand on était enceinte.

Avant d'avoir le temps de cligner des yeux, Amelia se retrouva entourée de couples bienheureux. Les jeunes mariés, Brian et Shannon, étaient certainement partis consommer leur union quelque part, mais Rex avait suivi Holly pour venir s'asseoir. Et leur présence avait attiré Yvette et Jacob, suivi d'Abby et Clay, et de Wanda et Cameron. Des couples partout. N'y avait-il personne de célibataire à Keating Hollow ? Amelia commençait sérieusement à en douter.

Ils se mirent tous à papoter. Yvette et Jacob venaient de remplir les derniers papiers pour adopter, Abby expliqua à quel point elle adorait être enceinte, et Wanda leur parla de la maison qu'elle et Cameron comptaient faire construire.

À n'importe quelle autre période de sa vie, Amelia aurait été ravie non seulement de les écouter, mais de participer activement à cette conversation emplie de bonnes nouvelles. D'habitude, elle aimait les mariages et les bébés, et elle avait joué les marieuses pour plus d'un couple d'amis. Elle ne pouvait nier qu'elle était une grande romantique. Pour tout dire, elle était la personne qui commençait à regarder des comédies romantiques de Noël en octobre et ne s'arrêtait qu'en janvier, quand les chaînes de télé remplaçaient ça par des polars.

Malheureusement, on lui avait brisé le cœur quelques mois auparavant et elle ne s'en était toujours pas remise. Une partie du problème était qu'elle devrait porter la preuve de cette relation pendant encore cinq mois, alors il lui était difficile de l'oublier.

— Amelia, tu as commencé à travailler sur ta chambre de bébé ? lui demanda Abby en se rapprochant pour ne pas avoir à hurler par-dessus le vacarme de la fête.

— Oui.

Amelia sentit ses lèvres se retrousser en un petit sourire et la tension abandonner ses épaules. Elle était peut-être malheureuse à cause de Grayson, mais elle était toujours contente de parler de l'évolution de sa grossesse.

— Je n'arrive pas à m'arrêter avec les dessins au pochoir sur les murs.

— Elle ne déconne pas, déclara Rex de l'autre côté de la table. Ma sœur est en train de créer tout un zoo pour ce bébé.

Amelia pouffa de rire et posa les mains sur son petit ventre.

— Je ne peux pas m'en empêcher. Je commence à peindre et le temps m'échappe.

— Ah. C'est pareil quand je suis dans mon labo en train de travailler sur une nouvelle formule ou une crème, dit Abby. Écoute, si tu veux qu'on se retrouve à un moment pour discuter affaires de bébé, je serais ravie qu'on se fasse un goûter entre mamans avant l'accouchement. Qu'est-ce que tu en penses ?

— Ce serait super.

Amelia était sincère. Elle aimait beaucoup Abby Townsend. Et si elle jouait bien ses cartes, elle aurait peut-être même droit à une course en voiturette de golf.

Amelia finit par se sortir de la table Joie et Prospérité et retourna au bar à chocolat. Elle se tailla une part respectable de caramels enrobés de chocolat et aperçut le frère de Shannon, Silas Ansell et son petit ami, Levi, sur la piste. Ils dansaient un slow et avaient l'air tout aussi amoureux que les autres couples qu'elle avait laissés à sa table. À côté d'eux, Cam Berry et sa petite amie, Blake, faisaient de leur mieux, mais ils n'arrêtaient pas de se marcher sur les pieds. Ils explosaient de rire chaque fois que ça arrivait.

Son cœur se serra en les observant tous. C'était ce à quoi l'amour était censé ressembler. Plutôt qu'un plan cul et des promesses de ne pas s'attacher. Elle grinça des dents rien qu'en pensant au stupide pacte qu'elle avait conclu avec Grayson. Eh bien, la blague s'était retournée contre elle, parce qu'elle s'était clairement attachée.

— Amelia ?

Rien qu'en pensant à lui, voilà qu'elle entendait sa voix. Elle secoua la tête pour essayer d'en déloger les souvenirs qui y résidaient.

— Amelia, entendit-elle à nouveau.

Cette fois elle se tourna et l'aperçut qui marchait droit sur elle. Elle chercha du regard un endroit où se cacher, comme elle l'avait fait à la galerie quelques semaines auparavant, mais là, c'était parfaitement absurde. Il l'avait déjà repérée. Ce n'était pas comme si elle pouvait plonger sous une table.

— Grayson, hoqueta-t-elle. Qu'est-ce que tu fais là ?

— Je travaille ici, déclara-t-il, l'air plus sexy que jamais dans son pantalon noir classique et sa chemise blanche.

Avec ses épaules larges, ses hanches étroites, ses incroyables tablettes de chocolat et cette satanée fossette qui la rendait toute chose, il débordait de sex-appeal.

— Je veux dire, qu'est-ce que tu fais à ce mariage, pas… ?

Elle se tut soudainement en percutant qu'il venait de dire qu'il travaillait là.

— Où ça, là ? Le vignoble ou Keating Hollow ?

— Oh, Brian m'a invité, dit-il. On s'est rencontrés à la brasserie et le courant est bien passé. Il a dit que ça serait la fête de l'année, et on dirait qu'il n'avait pas tort.

— Tu travailles où ? demanda-t-elle. Ici au vignoble ou ici à Keating Hollow ?

— Ici sur la côte ouest. Je suis représentant pour un distributeur qui travaille avec les restaurants pour leur fournir des bières, des vins et des cidres locaux. Les Townsend font partie de mes clients.

Comme Amelia était trop choquée pour répondre, il poursuivit :

— J'ai appris que tu travaillais à Keating Hollow, alors je suis passé il y a quelques semaines pour te voir, mais il s'avère que tu es difficile à trouver. C'est dommage que je t'aie manquée. Tu es superbe. Toute en courbes voluptueuses et… mince, voilà, j'ai envie de toi. Comme toujours.

Il la gratifia de ce demi-sourire sexy qui avait toujours réussi à l'attirer dans son lit.

Mais pas cette fois. Cette fois, elle serait forte.

Il avança jusqu'à se trouver juste derrière elle et posa une main sur sa cuisse. Le corps de la jeune femme se mit à la picoter d'anticipation.

— J'ai eu la vision de toi dans mon lit ce soir, murmura-t-il à son oreille.

Le désir électrisa sa colonne vertébrale et elle faillit céder, là, comme ça, mais il était hors de question qu'elle le suive dans sa chambre. Pas avant qu'ils aient parlé.

— C'est drôle. Ma vision, c'était moi toute seule dans une baignoire géante avec plein de mousse.

Il lui jeta un coup d'œil soupçonneux.

— Tu n'as pas de visions.

— Maintenant si.

Elle lui sourit avec candeur, car c'était vrai. Et perturbant. Elle ne savait pas comment faisaient les gens qui avaient des visions.

— Mais comment ? dit-il en fronçant les sourcils. Tu es une sorcière de feu, pas une sorcière d'esprit. Je n'ai jamais rien entendu de tel.

— Ça arrive parfois chez les femmes enceintes, dit-elle d'une voix tremblante.

Voilà. Elle avait lâché le mot.

Grayson se figea et son regard descendit lentement sur son corps.

— Est-ce que tu es en train de dire ce que je crois que tu es en train de dire ?

Amelia posa les mains sur son ventre, tirant sur sa robe de soie pour rendre la vérité apparente.

— Félicitations, Grayson. D'ici cinq mois, tu seras papa.

À PROPOS DE L'AUTEURE

Deanna Chase, auteure de best-sellers aux classements du New York Times et de USA Today, a grandi en Californie, avant de s'installer dans le sud-est de la Louisiane, au rythme de vie plus tranquille. Quand elle n'écrit pas, elle passe du bon temps à La Nouvelle-Orléans avec son mari ou elle joue avec ses deux chiens shih tzu. Pour plus d'informations et actualités sur ses nouvelles parutions, visitez son site web, deannachase.com.